緑土なす
新婚旅行と、遠い雷鳴
〈しんこんりょこうと、とおいらいめい〉

みやしろちうこ

Illustration
user

この物語はフィクションであり、
実際の人物・団体・事件等とは、いっさい関係ありません。

新婚旅行と、遠い雷鳴

登場人物紹介

足弱《あしよわ》（ラフォスエヌ）

山奥で野人のように暮らしていた、片足に障害を持つ男。今世王の行方不明の庶子の兄を探す国家事業で上京し、発見・保護される。長く自分が王族だと認められずにいたが、今世王の溢れる愛と、証拠が見つかったことにより、自覚。今世王を愛することを自分に許すこともできた。異能で痛み止めの薬草“オマエ草”を生み出し、現在は王室の秘薬として、病に苦しむ者に広く届けられるように、栽培の規模を広げている。

今世王《こんせいおう》（レシェイヌ）

千年続くラセイヌ王朝の最後の王。ラセイヌ王朝の王族は国土を緑豊かにする異能を持つが、血族しか愛せない宿命。“王室病”と呼ばれる死病で一族が死に絶えてから、一人生き残った今世王は孤独のあまり弱っていく一方だった。庶子の兄である足弱が見つかって、縋りつくように、ひたすら愛を捧げる。その想いはついに報われ、二十九歳の秋に足弱と結婚式を挙げた。

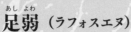

灰色狼

王族のありとあらゆる世話をし、
王族に尽くすことを生きる喜びとする家臣一族

協力関係

〈温《ぬく》もり〉

足弱付き侍従長。引退する〈命〉から侍従長を引き継いだ。優しく誠実な人柄で足弱を支える。

部下

〈星《ほし》〉

足弱付き侍従。好人物。〈温もり〉のよい相棒。

〈命《いのち》〉

前の足弱付き侍従長。今は相談役として足弱を温かく見守る。

緑《りょく》園《えん》殿《でん》長《ちょう》官《かん》

(〈水明《すいめい》〉コク)

アルゲに監禁されていた時に足弱を世話してくれた下男。実は潜伏中の灰色狼だった。このたび新たな緑園殿長官、「灰色狼」の長に就任した。

元上司

〈紅《こう》葉《よう》〉

前緑園殿長官にして「灰色狼」の前の長。

〈円《えん》〉〈吟《ぎん》声《せい》〉

足弱付き侍従補佐。

〈一《いっ》進《しん》〉

今世王付き侍従長。真面目で一本気。長年比べられてきた〈温もり〉が足弱付き侍従長になり、内心「ついにきたか…！」と思っている。

部下

〈見晴《みはらし》〉〈小鳥《ことり》〉

今世王付き侍従。

〈巻《まき》雲《ぐも》〉

今世王の主治医(作中では王の主治医のことを“御匙”とも呼ぶ)。

〈雪《ゆき》解《ど》け〉

宮廷料理長。豪華な料理が舌に合わない足弱に苦悩。

侍従・文官

近衛軍

〈朝《あさ》霧《ぎり》〉

元近衛軍将軍。<青嵐>はじめ多くの元部下に慕われている。

〈眺《ちょう》望《ぼう》〉(ヤク)

コクと共に足弱を救い出した灰色狼。現在は本名に戻り、近衛軍で勤務。若いのに老け顔。

〈青《せい》嵐《らん》〉

近衛軍将軍。豊かな黒髪がトレードマークで女性たちに人気。

↓ 部下

〈光《こう》臨《りん》〉

近衛軍佐将。趣味は王族の衣装を鑑賞すること。

〈焔《ほむら》〉

<青嵐>付きの副官。年上のしっかりした男。右頬に傷がある。

〈黎《れい》明《めい》〉

今世王の筆頭護衛兵。近衛軍一の武勇を誇る。<光臨>の弟。

↓ 前任者

〈歳《さい》月《げつ》〉

今世王の元筆頭護衛兵。無口すぎる男。

市井の人々

ワン

都へ上る旅の途中で足弱と親しくなった書士(現在は官吏)。今では足弱の正体に気づき、敬しつつ友人として接している。

ホン・セイエ

郷里で足弱に親切にしてくれていた夫婦。

老人

王族を憎む学者で、山奥に足弱を隠し、王族を否定する考えを吹き込みながら育てた。故人。

第一章　新婚一年目

新婚旅行と、遠い雷鳴

第一話　秋の雨と仔馬の名前

異母弟である今世王《こんせいおう》と結婚した年の秋に、物事がどっと変わったように足弱《あしよわ》は感じた。

みえない波とでもいうような。

それは単に、物事のとらえ方が変わったせいかもしれなかった。

これから死ぬまで確実にそばにいてくれる伴侶という、風に吹かれたら簡単に飛ばされそうな落ち葉でしかなかった自分の重石になってくれる存在ができたせいだろうかと足弱は考えた。

「兄上、東への新婚旅行を兼ねた御幸《みゆき》巡行《じゅんこう》は再来年の春以降になりそうです」

深まりゆく秋の葉に降る雨のなか、午後になって帰ってきた今世王は足弱の房室を訪ね、向かいの席で茶を一口飲んだあといった。

「え」

「この秋に大きな行事をしたばかりですので、さすがにいますぐ出発にはできませんでした」

「い、いや、おれが驚いたのは、巡幸《じゅんこう》に行くってもう決まったのかって、早いなとおもったからだ」

「そうなのですか」

陶器の茶器を片手に持った今世王は青い宝石のはまった金細工の耳飾りを揺らして微笑んだ。

親指の爪くらいの大きさのものが左右で一個ずつ。それを大型として、中型が二個、小型四個の青い宝石を縦に並べて金で細工している。

緑流城《りょくりゅうじょう》から戻って着替えた今世王のいまの姿は黒地に黄金色の刺繍がほどこされた重厚さのある衣装で統一されていて、装飾品は耳飾りの青い宝石と金の飾り以外は、小さめの金細工ばかりだ。

「わたしはいますぐ兄上の手をとって馬車に飛び乗りたいくらいの気持ちですよ」

「それは、いくらなんでも」

「そうですね」

くすくす笑う今世王の秀麗な顔貌の左右で揺れる耳飾りは、結婚の記念として式の後日足弱から贈ったものだった。お忍び用の隠れ蓑《みの》として作った商家であつかっていた宝石を仕立ててもらっていた。

それを式が終わってお互い一息ついた頃合いを見計らって差し出したのだ。

金の髪に青い瞳の人物に、金細工の青い宝石の耳飾りなど、くどいのではないかと内心心配しながらだったが、喜んで受け取ってくれた今世王はこうして上手に身に着けてくれている。

（贈ったものを使ってもらえると、嬉しいものだな）

そこでふっといま目の前にいる人物に新たに何か贈りたい気持ちになった。具体的な案まではは っきり固められなかったが、そのおもいつきは足弱の心の隅に残った。

今朝から雨脚は強い。

久しぶりのまとまった雨でもある。

昼前など空が暗くなり遠くで稲妻が走り、直後どーんと轟《とどろ》いた。ちょうど窓から空をみあげていた足弱の視界に光の残像が残った。何度も瞬きをした。

（すごい雷鳴だったな）

庭の木々が落ち着きなく揺れている。風も強く吹きだした。侍従たちに雨に濡れますと声をかけられるまで、足弱は窓辺で雷雨を感じていた。

好天つづきだった空も、ラセイヌ王国の行事が終わったのを見届け、そろそろいいですよねといわんばかりに降りだした。

雨のために足弱も遠出せず、ずっと緑園殿《りょくえんでん》にいた。畑仕事や剣の稽古はしなかったが、結婚式の礼状を灰色狼《いろおおかみ》たちに送るために現在は印章の図案作りをしていた。

自分たち用の礼状に使われるものとは知らないままに、灰《はい》色狼たちが木工工房や材料、道具、彫り物師の助っ人まで手配してくれていた。

いまだ彫り作業に入っておらず、司書たちが集めてくれた図録などをみながら図案を検討中だった。

「おれも印章を作ってしまいたいし、そのくらいの時期ならさすがに完成しているとおもうし、いいんじゃないかな」

「本当は、再来年ではなく来年の春には出発したいところでしたが、これからの一年間で結婚式用の組織編成の解除と、御幸巡行の根まわしをする必要があります。東部への巡幸の通達をだして、どこで宿泊するかなど検討します。再来年、春の兄上の誕生日をここで祝ってから出発しましょう。河でくだっていける距離も長いので、夏のいい季節に海の近くに到着できる予定です」

「海かぁ」

「この目でみるのが楽しみです」

「見渡すかぎり海っていう文章を読んだことがあるが、山のうえからみおろした、どこまでもつづいていた森林みたいなものかな」

故郷の山の風景を足弱は連想した。

向かいにいる今世王も足弱の故郷に来たことがあるのでたぶん同じ風景を想像しているだろう。

「樹海といいますからね、あのような感じなのでしょうね」

「波もあるんだろう？」

「大きさはイッシン河以上にあるらしいですね」

「あのイッシン河以上って、想像がつかないな」

「大海原《おおうなばら》という光景。兄上、いっしょにみましょうね」

「ああ、もちろんだ」

足弱が深くうなずくと、今世王も笑みを深めた。

いまだみたことのない海について、ふたりはお互いの知識を持ち寄って語った。

「船で移動するならイッシン河なんだよな？」

「王都からやや北上してニツイン河でくだるほうが、南部巡行のときと重なる地域が少ないですから、そちらになるでしょうね」

「そういうの、考えるんだな」

「もう少し計画が固まったら地図をおみせしますね」

「ありがとう」

ふたりはそれから沈黙し、雨音に耳を澄ませた。


翌朝、雨はあがっていた。

「花がきれいだ」

居間での朝食後、庭先をみに房室の廊下に出てきた足弱が侍従長の〈温《ぬく》もり〉にいう。

「雨の恵みを浴びて花々が咲き乱れているそうです。アルセフォンに乗って庭をみてまわるのは、いかがでしょうか」

「それもいいですね」

「仔馬もすくすく育っているそうです」

「ああ、それは会いたいな」

足弱が笑顔になると、随伴《ずいはん》していた他の侍従たちも笑みを浮かべた。

その後、今世王に贈ってもらった、架空の動物が長大な身をくねらせて珠玉を追っている意匠が彫り込まれている馬車が用意されて、さきに植林山とオマエ草畑の見回りをしてから、厩舎《きゅうしゃ》へ行くことになった。午前中はたっぷり馬と戯《たわむ》れる。

厩舎に着くと、厩夫たちは両膝をついて足弱を迎えた。

この厩舎では、今世王から足弱専用にと贈られた黒馬のアルセフォンと白馬の姉妹セイフォーリアとセイフィーリアの三頭が世話されており、今年の夏に新たな一頭が増えた。

仔馬は母馬と同じ馬房にいる。

黒馬のアルセフォンと白馬のセイフォーリアのあいだに生まれた仔は、黒馬の牡だった。

足弱が命名することになり、散々迷った結果、両親の名前から採用したくて「アルセイル」と名付けた。そういう理由からなので名前に意味はなく、この二頭のあいだの仔だということを足弱がとくに愛《め》でた命名だといえるだろう。

「アルセイルは元気そうだ」

毛艶のよい馬体はまだ幼く細い。足弱がセイセツ王国に遠征して王都に帰還するまえの夏に生まれていた。半年ほどしたら母馬と離され、乳離れとなるらしい。

(好きなだけいっしょにいさせてあげればいいのにな)

そうはおもうが、馬の生育にくわしいわけでもないので口を挟むつもりはなかった。

無理に触ることもなく離れた位置から親子を愛でるだけだ。

「兄上さま、こちらに」

「はい」

乗馬用に手綱《たづな》などをつけられたアルセフォンが厩舎の入口に引かれてきた。足弱も乗馬用に服装を改めてきている。頭部を守るための兜《かぶと》も何もいわれずとも装着する。

馬具をのせられたアルセフォンに騎乗した足弱は、侍従の〈星《ほし》〉と護衛の近衛兵三人を連れて厩舎から離れた。林道で少しだけ馬を走らせ、瓢簞《ひょうたん》型の池にかかった橋を渡った。土の道の端のほうはまだ乾ききっておらず泥が跳ねた。

微《かす》かに残る水気を感じる午前中の空気が心地よい。日差しも強すぎず、秋の彩《いろど》りに溢《あふ》れている葉の変化が目に楽しい。

足弱は四人と時々ことばを交わしながら馬を歩かせた。どの馬も立派で毛艶がよい。

黒馬は足弱だけで、他は栗毛《くりげ》だ。

しかしどの馬も体格がよく肥《こ》えており生気に満ちていた。賢い黒い瞳もくりくりして輝いてみえた。

馬上から見渡す秋の花々も色彩豊かだ。

とくに低木に咲いている、重弁《じゅうべん》の赤い花が目立つ。温暖な南部ではもっと色の種類があるそうだ。花茶のなかに入っていることもある香りがいい茨の一種だ。

「〈星〉さん」

「はい、兄上さま」

名を呼ばれて肩を並べる位置まで〈星〉は馬を進めてきた。〈星〉は浅黒い肌に骨格がしっかりとした素朴で好感のもてる顔つきをしている。出会ったころ二十代半ばだったかれも、もうそろそろ三十歳だろう。

「昨日、レシェに東への旅は再来年の春以降になりそうだときいて、おれ、意外だったんです。レシェなら来年っていいそうだなとおもったから」

「さようでしたか」

「いままでは、わりとその年のうちに、一年以内に出発という形が多かったとおもうんです。だからおれは、レシェが命じればそうなるもんなんだとおもっていたみたいです」

「陛下の御心中を推し量ることは叶いませんが、新婚期間を三年と望まれた陛下ですから、慌ただしく王都を離れるよりも、この地で一年兄上さまとまずはお過ごしになられたかったのかもしれませんね」

足弱は少し口の端をあげた。

そういう、〈星〉の穏やかな解釈がききたかった。

ざっざと土を力強く踏む五頭の蹄《ひづめ》の音がする。不規則でありながら、活気があって楽しい音だ。

「海をすぐにみに行きたい気持ちはおれもあるけれど、旅行の計画が先になってちょっとほっとしているところもあります」

草を食《は》もうとするアルセフォンを綱を引いて止める。

「おれたち結婚したばかりだから、この関係に慣れるためにも」

緑園殿から外に出ると、「兄上さま」ではなく「ラフォスエヌ殿下」と呼ぶ声が多くなる。

これからは、「王配殿下」という呼称も増えるだろう。

「殿下」ですら、呼ばれ慣れないところがあるのに、「王配」ともなると自分が既婚者であることを人々の面前で叫ばれているような心地になる。

それがせめて一年以上先になったことは大きい。

心の準備ができる。

(おかしなものだな。周りから兄上さまと呼ばれることのほうが嫌だった時期もあったのに。好悪の念というのは、つねにそのときのおれの状況しだいなわけだ)

なにはともあれ、この緑園殿でこの秋に誕生した自分と弟との関係を、心のなかで地均《じなら》ししていけるのだ。よくよく踏みしめておきたい。

「夫婦関係というのは、時間が経《た》つにつれて馴染《なじ》んでいくものですから、兄上さまがご自由にできるこの地でお過ごしになって、心穏やかに慣れていかれるのもよいですね」

「ありがとう、〈星〉さん。おれのいいたいことでした」

「恐縮です、兄上さま」

馬のぴこぴこ動く耳を眺めながら会話していた足弱は、〈星〉に顔を向けてそういった。ふたりの目が合って、自然と笑い声があがった。

五人は下馬して、馬に池の水を飲ませた。その際、雑談のなかでわかったのだが、〈星〉は二十歳で結婚をして、なかなか子ができなかったのがつい先日妻の妊娠が発覚したらしい。その妻は普段ホウリョウホにいて、秋の新嘗祭《にいなめさい》のときに王都にのぼってきていて、里に帰ってからわかったとのこと。

その場にいた全員が次々にお祝いのことばを口にした。

〈星〉はその場で両膝をついて、足弱に深く頭をさげた。

「兄上さまと陛下の御威光の賜物《たまもの》とおもっております。ありがとうございます、兄上さま」

「あ、安産でありますように」

戸惑いながら足弱はそう口にした。家臣の妻の妊娠まで王族のお蔭《かげ》といわれるなどおもいもしなかった。

灰色狼一族のなかでは、冠婚葬祭の折々に金一封が族長から渡されるらしい。

〈命《いのち》〉が侍従長だったとき、足弱の身近で灰色狼たちの祝い事があった場合、足弱からといって幾らか下賜してくれていたはずだ。足弱自身はおめでとうと口にする程度だった。

今回もたぶん、引き継いだ〈温もり〉が何かしてくれるだろう。

その後も馬のための休憩を挟みながら午前中ずっと乗馬をして過ごした。

第二話　ホン夫妻からの手紙

昨年の冬にセイセツ王国の流行《はや》り病《やまい》に罹患した者たちを救済するため西へ強行日程で旅した際、テンホ里に近いのだから使者をだしてみないかと、当時侍従長だった〈命〉から提案された。足弱はその提案にのって、テンホ里で親しくしてくれていた農家の夫婦に手紙を届けてもらったのだ。

内容は、王都に帰ったあとも弟と仲良く過ごしている、自分の畑を作っている、庭の一箇所で植林をしたくなり手伝ってもらいながら手掛けたが根が張り年々順調であるなど、そういうことを書いた。

ホン夫婦と別れて帰還後、その弟と結婚したことは書いていない。

男女が結婚することが常識の社会で、同性同士で結婚など、王族でもないかぎり許容されない。あの夫婦が足弱を王族とおもうこともないだろうから、普通に常識のない人間だと判断され、以後の交友は途絶《とだ》えてしまうはずだ。

だから当たり障《さわ》りのない近況を綴《つづ》った。

その返事は、足弱がセイセツ王国から王都へ帰還し、秋の祝祭が終わり、秋も深まったころに届いた。

「お手紙は、不肖わたくしが代筆いたしました」と、その使者だった兵士はいった。その兵士の後ろにもうひとり兵士が控えている。

近衛軍の兵士である使者はふたり。何かあったときのためにふたりで行動しているらしい。

ふたりは馬を並べて春にコグレ郡を出発し、途中野宿をしたり旅宿に泊まったりしながら、馬を休ませつつ旅をして夏に到着。

訪れるときの身分は『アオとアシ兄弟の営《いとな》む商家の使い』を貫くために、着替えまで持参していた。

そこでホン夫妻の家に泊めてもらって体を休め、字の書けない夫婦のために「そんなこともあろうかと」持参していた紙に代筆をした。八日休養したあともと来た道を戻ってコグレ郡に着くと、届けるべき主のラフォスエヌは今世王と王都へ出発後と知る。

ふたりはコグレ郡で五日休養したあと、馬を替えて今度は王都を目指して出発した。

ホンとセイエの様子をききだすために、ふたりの使者にあれこれ質問した足弱は、ふたりの長旅に絶句してしまった。

「ふたりが無事でよかった。大変な用事を果たしてくれてありがとうございました。ホンさんとセイエさんからの手紙、すごく嬉しいです」

緑園殿の足弱の房室の庭先で、石の長椅子に座って引見していた。

片膝をついて、さっぱりと身綺麗にした姿で報告のため御前《ごぜん》に参上していた兵士ふたりは、足弱に直接ねぎらわれ、うっと息を呑んで目を潤ませた。

「と、とんでもございません」

「兄上さまからのご命令、何なりとお申し付けくださいませ」

ふたりへの慰労は〈温もり〉の助言を受けて、功績をたたえる賞状をしたためることと、足弱用のおやつから甘味を分け与えるよう手配してもらえることになった。

兵士ふたりは両膝をついて頭を深くさげ、退去を許され膝をついたままにじって去った。

そんな経緯があってできた手紙の交換だった。

足弱は、ホン夫妻からの手紙を受け取って以降、それをたびたび読み返した。


季節は進み冬となる。

宮殿の戸は二重となり、床の敷物が毛布となり火鉢がさらに増えた。

足弱の印章作りはまだまだ図案の段階だ。

窓際の文机で植物についての備忘録をまとめていた足弱は、右足をかばいながら立ち上がり、文箱を棚から持ってきた。緑園殿のなかでは狭い部類に入る部屋は、寝室の奥にある。足弱が時々こうしてひとりになるための空間だった。ここで籠《こも》るときは何もかも自分でする。

蓋《ふた》を開けて書簡を読む。

『アシさんへ

アシさんからのお手紙、とても驚き、喜びをもって受け取りました』

ふふ、足弱は出だしを読むとつい笑ってしまう。

脳裏にはホンの姿とあの声、あの口調が浮かぶのに、なまりがなく、字面が丁寧すぎるのだ。

近衛軍兵士が代筆しているためか、ホンからの手紙だとおもって読みだすと落差に笑いを誘われる。

『アシさんと別れてからもう二年になるでしょうか。王都で弟さんと仲良く暮らしているそうでなによりです。あの弟さんには、兄が世話になったからと、とてつもない量の贈り物を残していかれてしまい、もらいすぎだとセイエともども困りました。王都の豪商というのはああいう豪儀《ごうぎ》なものなのでしょうか。

そうだとするとアシさんも驚いたことでしょう。

いくらか返したいと、いただいたときにいた威厳のある年配のかたにご相談したら、返却を申し出ると失礼にあたると教えてもらい、断念したものです。

それもあってその後、これほどの大金をいただいたのでふたりで相談し養子をとることに決めました。

自分の兄夫婦の末息子ひとりと、セイエの姉夫婦の娘を養子にもらうことにしました。

セイエと結婚してすぐに赤ん坊が流れてから次の子に恵まれず、自分たちは田畑を耕《たがや》し夫婦ふたりでこのままのんびり暮らせればいいと、もう子供は諦めていました。

しかしアシさんの弟さんからの大金があるならば、子供をひとり、いやふたり引き取っても十分養い、息子にはこの田畑を継がせ、娘には持参金を持たせて嫁がせてやれると考えました。自分の兄とセイエの姉も子供が多く、末っ子を立派に育ててくれるならありがたいという話でした。

だんだん話が本格的になり、セイエがその気になって子供用の衣装を作りだしたので決断したのです。

だからアシさんのお蔭です。アシさんが、わざわざ手紙を届けに来てくれたのでこの知らせを送ることができました。

引き取ってもう一年となり、息子はムーユ三歳、娘ユートンは二歳です。

ふたりの元気のよさに毎日振り回されています。

アシさんと弟さんに、厚く御礼申し上げます。ホン
セイエ』

アシさん、ありがとうね。


何度目かになる再読でも、足弱は最後には目に涙を浮かべていた。

ホン夫妻の子供事情など考えたこともなかったが、どの夫婦にも歴史がある。ふたりがさらに幸せになる決断をくだしたことが嬉しかった。そしてその決断に満足している様子がうかがえて、いつだって足弱の心は温かくなった。

（おめでとう、ホンさんセイエさん）

大国ラセイヌの左半分を往復するような長旅を再びだれかに強いることになるため、足弱は養子縁組の祝い物を贈りたいといいだせずにいた。

前侍従長で相談役として緑園殿に残ってくれている〈命〉や侍従長〈温もり〉、他の侍従たちはすぐに気づいて、使者をだすことを勧めてくれている。

ホン夫妻は灰色狼一族に連なる者たちではないので、足弱が贈り物をするなら明確に指示しないといけない。

だからこそ、

「これだというのをみつけてから……」

そういって使者をだす期間を延ばした。

幕間　新侍従長〈温もり〉と会議　晩秋

新嘗祭と王族同士の婚儀、灰色狼たちの合同結婚式も終わった晩秋。

ここ、王都ラセイヌ緑園殿の一室では、王族付きの代表者による会議が開かれていた。

結婚の挨拶《あいさつ》のため帰郷していた〈温もり〉は、王都帰還後ここに兄付き新侍従長として参加していた。

これまでは〈命〉か、その〈命〉の代理として〈温もり〉が出席してきた。

だから初めてゆえの緊張ということはないが、静かに感慨が心を満たしていくのは感じていた。

〈温もり〉以外にも参加者の面子《めんつ》が変わっている。

そのもっとも大きな変化は議長となる緑園殿長官だろう。年を経た威厳あるたたずまいに白髪交じりの灰色頭だった前任者と違い、いまだ三十代半ばを過ぎたばかりの新族長〈灰色狼《はいいろおおかみ》〉。

その姿は副官時代から見慣れているとはいえ、自分たちの代表として改めてみると新鮮に映る。

ごく普通の体格と容貌ながら、消えないままの右頬の黒い痣《あざ》。つねに平静で、表情はほぼ動かず、特徴的な声。剣の腕が立ち、胆力もある。

ただし同じ灰色の衣であるが、一番高価で格調あるものに変わっている。

静かな室内にしゃがれ声が響く。

「今年の結婚を機に、各任地に伴侶を帯同する者が多く、家族構成の変更が相次いでいる。留意いただきたい。陛下と兄上さまの再来年の東部への御幸巡行準備については別途会議をする予定だ。何か質問は？」

「よろしいでしょうか、長官」

「どうぞ」

女官長〈憧《あこが》れ〉が許しにそっと頭をさげて口を開く。

「兄上さま付き侍従の増員の話は今回ありませんでしたが、ご予定はございますでしょうか。その際には女性たちの候補もご考慮いただきたいです。兄上さまが緑園殿でお暮らしになるようになって四年ほどになります。ちょっとした用事などお命じくださるようになりました。そろそろ侍従としておそばに侍《はべ》るのも可能ではないでしょうか」

「兄上さま付き侍従長、どのようにおもう？」

「増員に関してはいましばらくお待ちください。なお、この緑園殿に来て以来、兄上さまは様々なことに慣れてこられました。しかしいまだ、兄上さまは女官や侍女たちの働きを尊重して、つねにぐっと自分を抑えていらっしゃいます。まだほどよき距離が必要かと存じます」

「かように兄上さま付き侍従長は申しているが、〈憧れ〉はどうおもう」

水を向けられた女官長は、今度も静かに頭をさげた。

「承知いたしました。ですが、どうぞわれわれにできるお役目があれば、お声掛けください、侍従長」

「承知いたしました」

〈温もり〉はそう答えた。

若い今世王を長年支えてきた〈灰色狼〉が〈水明《すいめい》〉にその名と地位を譲《ゆず》り、〈温もり〉も〈命〉から兄付き侍従長を引き継いだ。

兄付き侍従で現在、専属となっているのは三十歳手前の〈温もり〉と〈星〉、侍従補佐として十代の〈吟《ぎん》声《せい》〉と〈円《えん》〉の四人である。〈命〉は相談役として残ったが、人員が減ったことはたしかだ。それゆえ、各所からの探りがくる。

折々に他の侍従たちの手を借りているので、準専任ともいえる侍従たちは多い。そのため、人手不足になることはない。そこから兄付き侍従をひとり、侍従補佐もひとり、合計ふたり増やしてもいい――という腹積もりはあるのだが、この会議の場で発言しようものならあっという間に情報が伝播《でんぱ》して、

「いつ選抜するのか」

「選ぶ基準は何か」

「推薦者は必要か」

「わたしは剣術も馬術も自信があります」

など、どっと問い合わせと自薦他薦が舞い込んでくるだろうから、口をつぐんで平静な顔をしていた。

その後も冷めた茶が温かいものに替えられて会議はつづいた。

第三話　冬の物思い

午前中は剣の稽古で体を動かし、印章の図案作りで頭を働かせた足弱は、午後からは何も考えたくなかった。だから馬車に乗って植林山とオマエ草畑に行った。

そしてその日は宮殿に帰らず小屋に泊まった。

『新婚』が開始されて、今世王とは三日つづけて寝て、つぎの日は別々に寝るようにしている。

「毎晩寝床をごいっしょしませんか」

と今世王に誘われもしたが断った。

「いやだ」

あんまりはっきりといったものだから、今世王が青い目を丸くした。

「兄上」

「ずっといっしょだと今日が何日目だかわからなくなるから」

内心焦《あせ》りながら理由をいう。

「侍従たちが数えておりますよ」

それはそうだろうが、寝台のなかで事に及ばれそうな際にきけるかどうか。

「でもとっさにわかっていないと、流されそうで……」

「後日、日数調整を入れれば」

「レシェ」

「わかりました」

そういうやり取りがあって、足弱は一日空く日は気ままに小屋で就寝していた。

(なかなか進まないな)

ついつい日中に取り組んでいた印章作りのことを考えてしまう。

季節は移ろい冬の気配が近づいてきている。そのせいでよけい焦ってしまうのだ。印章をおもいついたのはいいけれど、進み具合が予想通りにいっていない。理想より自分が不器用なのだ。器用さ、審美眼《しんびがん》がない。そのせいか何度もがっかりしている。でも投げ出すつもりもなくて、やっぱり考えてしまうのだ。

だからあえて違うことを考えた。秋の結婚式が終わってから、脳裏に浮かんでいた案だった。

（……手紙を、書こうかな）

相手は異父弟や妹たち。

異父弟のハラハラン郡太守ハイゼとは面識もできた。披露宴に出席してくれたことへの礼状も送った。手紙のやり取りが始まってもおかしくない状況だろう。

しかし、いざ書こうとすると内容に困る。足弱の経験と知識は、山暮らしと宮殿暮らしの両極端だ。いまでは王族の一員で、こちらがどういう内容を送ったところで先方が気を遣うに違いない。

（季節の挨拶くらいなら、できるか……？）

だがそこで、ホン夫妻への手紙をたくしたふたりの兵士の大旅行をおもいだして胸が苦しくなった。王都から南部への往復旅。その旅は、この王国を横断する大河イツシンを渡河しないといけない内容になる。

布団のなかに収まって、暗い天井をみあげていた足弱は眉根をさげた。

（そうだよな。手紙を届けてくれる人も、ハイゼたちも困らせるだけだ）

心のなかで首をよこに振って、足弱は目を閉じた。

自分のなかで自分の提案を取り下げると、胸のつかえがとれた。


雪が降るようになるまえは、植林山をみてまわったり畑に行ったり、剣術稽古をしたり、字の練習や読書など足弱はしたいことをのびのびして過ごしていた。

肌寒くなるにつれて、侍従たちが用意してくれる衣装の枚数が増えたり、厚みがでたり、毛皮がほどこされた防寒着がでてきたりする。

暑がりの足弱は、毛皮製の袖なし胴短衣が動きやすくてお気に入りだ。

植林山の写生を終えて、瓢簞《ひょうたん》型の池の周囲をぐるっと散歩して、石の長椅子に腰をおろす。池の水面に枯れ葉が浮かんでいる。触ると耳介《じかい》が冷えていることに気づく。

早朝だと吐く息も白くなってきた。しかし日中は陽光のしただと白くはない。

股のあいだに杖を挟んで、足弱はぼうっと紅葉の終わった広々とした庭を眺めた。季節が駆け足で去ろうとしている。あれほど行事の多かった秋がもう店じまいだ。

(今年は忙しかったな)

セイセツ王国の『死班病《しはんびょう》』騒ぎで夏までは苦悩と行動の季節だった。王都から西へ、西からセイセツ王国へと移動を重ねて、大規模な畑を耕作してもらい、足弱も種まきや促成《そくせい》に奔走《ほんそう》した。

杖を両手で握り、そこに顎《あご》を預けながら足弱は今世王の怒りの発露のことなどをおもい返していた。ぶるっと震えがきたのは、冬の冷たい風が一陣吹いたせいよりも、神のごとき憤怒《ふんぬ》の一撃が大地を割ったあの衝撃をおもいだしたせいかもしれない。

庶子の足弱とは違い、純血の王族の子である今世王の異能は桁違いだった。

足弱はいよいよぼんやりしてあのときの情景を回想した。砂煙のなか、あらわれたたなびく外套と黄金色の長髪、黄金色の鎧《よろい》と、無表情の整った顔。

セイセツ王国出国に関しての出来事を反芻《はんすう》すると、茫洋《ぼうよう》とした表情のしたで首筋の裏にぴりっとする恐怖を感じた。

自身に迫った怒号や暴力。それに対する護衛の働き。進み出た足弱の身代わり役の侍従たち。灰色の近衛兵たちの作った命の盾。最後に異母弟が駆けつけてくれたものの、そこに至るまでの長い献身は、足弱がこの王都に到着して緑園殿に連れ込まれてからまったく変わらない。

足弱は首を傾げ、薄い雲をみあげたまま、また違うことを考えていた。

(……この国を豊かにする王族は本当にすごいけれど、灰色狼のみなさんの仕《つか》え方も、すごいよな……。おれが知らないだけで、そういうものだっていうならそうなのかもしれないけれど。家臣ってここまで主人に尽くすものなのかな)

自覚は薄いが、自身のなかに流れる王族の血筋の祖先たちが連綿と積み上げてきたものの末端で、身におぼえのない財産をもらっている気がした。

幕間　新侍従長〈温もり〉と会議　冬

早朝に雪がちらついた冬の日の昼過ぎ、足弱が午睡に入ってから〈温もり〉は席をはずして廊下を歩いていた。緑園殿と緑流城のあいだにある大門よこの通用門から通してもらい、緑流城北面にある三階の近衛軍将軍の部屋に向かう。

二年後の東部への御幸巡行の計画も立ち上がり、〈温もり〉は足弱の日々の世話を粛々として務めながら、侍従長として会議にもよく呼ばれていた。

秋の挙式から冬のこの日まで瞬く間に時は過ぎた。〈命〉の助けもあって兄付き侍従の人数不足を感じてはいなかったが、希望者が有り余るほどいることはわかっているので、合計ふたりほど増やす案をまた考えていた。

(東への旅で気になる人材を使ってみて、機会があれば兄上さまとことばを交わしていただいて、相性をみてもいいかもしれない。兄上さまを支えることのできる、〈星〉のようながっしりした体格の者がいいか。それとも詩心のある詩作が上手な者がいいかな。

若い侍従補佐に兄上さまは目をかけてくださるから、十代前半の優秀な子を入れてみるか？　元気がよすぎて兄上さまを振り回すような子ではいけないだろう。かといって、おとなしすぎたら意味がない。純真や無垢では兄上さまのお役に立たない。若い侍従補佐はこうして考えてみると難しいな。十代の補佐は保留だな。〈命〉さまがホウリョウホにお戻りになった際に、特に若い子で光るものがある子がいないか、それとなくみていただくよう、お頼みしてみよう)

冬用の厚みのある灰色の袖が揺れている。すれ違う者たちは〈温もり〉に頭をさげていく。〈温もり〉も会釈《えしゃく》を返す。

緑流城は緑園殿よりも視界に入る人数も視線も気配も多い。周辺国の使節たちの目からみれば雅《みやび》な装飾がふんだんに施され、雰囲気のある廊下や室内が限りなく連なっている緑流城だが、日頃から王族の私室に詰めることが多い〈温もり〉からすれば家具や装飾の上品さや静謐《せいひつ》さが、緑園殿とはまるで違うと感じた。

〈温もり〉は優雅に裾をさばき、背筋を伸ばして歩を進めた。

　今回の会議の主催者は近衛軍将軍だ。御幸巡行の警護に関連することらしい。

　三階にあがると、近衛兵士が控えていて、将軍の執務の間にほど近い部屋に案内された。

「遅くなりました」

「これはこれは『新』侍従長殿。兄上さまの部屋からここまで遠いですからね。どうぞ座って茶を飲んでください」

　長卓の向こうに胡坐《あぐら》をかいて座っている〈青嵐《せいらん》〉がからかうように声をかけてきた。かれの副官が茶器を用意してくれる。

『新』を強調された〈温もり〉は頬が赤くなっていませんようにとおもいながら勧められた座布団のうえに腰をおろした。長火鉢が置かれていて部屋は暖かい。

　その場には、近衛軍将軍〈青嵐〉と副官〈焔《ほむら》〉、緑園殿長官〈灰色狼〉、御匙《おさじ》〈巻雲《まきぐも》〉、王付き侍従長〈一《いっ》進《しん》〉が揃っていた。

　近衛軍将軍が口火を切った。

「みな忙しいのでさっそく本題に入らせてもらおう。再来年の東部への御幸巡行で王族方の護衛の層を厚くするため精鋭を選抜したいとおもっている。そこで候補のひとりとして挙がったのが〈雷鳴《らいめい》〉だ」

　その名前にぴんときたのは近衛以外だと〈巻雲〉と〈灰色狼〉だけだった。

　なんとなく〈温もり〉は〈一進〉と目を交わした。

——おまえ、知っているか？

——知らんな。

「〈雷鳴〉については、まずはわたしから説明いたします。〈雷鳴〉は二年前まで某所に潜入し、諜報活動をしていました。任務終了後は前任の長官の配慮により緑園殿内の警備に配置され、遠くから王族方を眺める位置で療養しながら勤務していました」

〈灰色狼〉の特徴的なしゃがれた声がいう。つづいて、話を引き継いだのは奥医師でもっとも身分の高い、壮年で眉が理知的な〈巻雲〉だった。

「潜入任務からの帰還兵は一見平気そうにみえたとしても、どこかしら傷を負っている場合が多い。ここでいう傷というのは身体的なことではなく、心のことです。四季折々の花々を愛でる心を失っているとかです。そういう者たちは長く療養させますと、あるときふっと回復します。われわれ一族の者なら折に触れて王族方のお姿を拝見すると、その回復が早いのです。

今回挙げられている〈雷鳴〉は帰還当初から会話は通常通りでき、ホウリョウホでの家族との対面も違和感がなかったと報告があります。兵士としての訓練も一通りこなしていますし、定期的な医師の問診も異常がないとのことでした。

ですので、近衛軍の一般兵士としてなら、問題なく任務につけるでしょう。それでは王族方の護衛としてはどうか。ぜひみなさまのご意見をいただきたい」

〈巻雲〉の説明が終わると、〈青嵐〉がぐっと背筋を伸ばして、凝《こ》りをほぐすかのように首を傾けた。この部屋のなかで一番体格がよいので、静かなそんな挙動も衆目を集める。

「さて、みなさまご存知の通り、潜入任務を拝命する者は優秀な者たちが多い。無事に回復してくれるなら、こんな嬉しいことはない。過酷な経験を経てなお正常でいられる精神力があると証明してくれたわけで、さらに得難《えがた》い人材ということだ。近衛軍としてはそんな逸材は積極的に使っていきたい考えだ。〈眺望《ちょうぼう》〉なんかはいい例だな。それで、潜入任務のご経験のある長官殿のお考えはいかがでしょう」

男らしい整った顔でにこやかに笑みを浮かべた〈青嵐〉は、意味ありげに緑園殿長官をみつめていう。

「帰還兵だからだれでも優秀かというと、なんとも言い難いところです。ただ、王族方への想いは他の追従を許しません。御身《おんみ》に害なす者あらば命くらい捨てるでしょう」

長官は表情ひとつ変えることなく、すげないともいえるそっけなさで答えた。

「優秀だということを否定するつもりはありませんが、旅行中の警護に採用するとして、命令を逸脱することはありませんか？　大丈夫なのでしょうか」

〈温もり〉が抱いていた不安を〈一進〉が身を乗り出すようにして口にした。

しばし室内に沈黙がおりた。絶対に大丈夫などと、だれも請け負うことなどできないだろう。

〈巻雲〉が口を開いた。

「……心のなかは外からはわからないものです。顔色や挙動から健全であるとみえるだけです。危険なものが内在していたとして、発露するまでわからない。

ただ、兄上さまの剣術指導役として陛下より招聘《しょうへい》された〈歳月《さいげつ》〉殿が空き時間で主催しておられる剣術修練会に、〈雷鳴〉はこのところ欠かさず参加しております。これは毎回軽傷ながら怪我人がでるほどの厳しい修練なのです」

主に侍従たちに対して〈巻雲〉は説明を加えた。その指導の厳しさは見学をしたという侍従補佐の〈吟声〉と〈円〉から〈温もり〉はきいていた。

『近衛の精鋭だという兵士たちが、悲鳴をあげてばたばた倒れていたのです』と、〈吟声〉は惨状を目撃して青白い顔をしていたものだ。

会議に参加している侍従たちがうなずくと、〈巻雲〉は話をつづけた。

「さよう……そのような、かなり厳しい剣術指導に参加するという〈雷鳴〉の積極的な姿勢は、これまでなかったものです。われわれの心を大きく揺るがすのはいつだって王族方です。よいほうへ傾いてくれればと願っております。

困難な任務を遂行して使えなくなったからといって切り捨てていては、人材の層は薄くなるばかりであり、医師の立場からもいわせていただくと、見守る価値はあるとおもっています。奥医師から人を出します。定期的な問診を受けることを義務付けるというのはどうでしょうか」

この面子のなかに潜入活動経験者の成功例があるため、反論しにくいと〈温もり〉は感じた。何かいったとしても、当の長官も他の面々も気にしないだろうが、優秀な者を捨てておきたくないという心情は共通している。

「近衛軍としても、何も王族方の身辺警護に採用してそのままにするわけじゃない。監視もつける。〈雷鳴〉は搦《から》め手からの攻撃をしたかとおもえば、切り替えて攻め込んだり、わりと変幻自在で護衛兵としては欲しい人材なんだ。味方だと頼もしく敵だと手を焼くやつだ」

「やっかいですね」

そういわれると護衛兵として欲しくなってしまう。おもわず〈温もり〉が発すると、〈青嵐〉が微笑んだ。

「御匙の案も入れて、採用するという方針でこの件はわたしから陛下に奏上《そうじょう》する。兄上さまにもお伝えするかはその場で陛下とご相談するので、兄付き侍従長にはその結果が出るまで兄上さまには黙っていてもらいたい」

「承知いたしました」

この意見も当然だと受け入れた。

(おそらく、伝えないことになるのではないだろうか)

足弱が御幸巡行のあいだ〈雷鳴〉を気にする素振りをすれば、それは〈雷鳴〉にすぐ伝わるだろう。王族方から気にかけてもらうなど灰色狼一族にとってこれほど嬉しいことはない。ただでさえ、ここ二年間よりもずっと近くで王族方を警護することになるのだ。有頂天《ちょうてん》になって何か失敗するかもしれない。それはかれにとっても王族方にとってもよくない。

午後の会議は近衛軍将軍が面々に礼を述べて終わった。

遠い〈雷鳴〉その一　選抜

〈雷鳴〉は遠くからみていた。

かれはラセイヌ王国人の平均的な身長で、黒髪に黒い瞳、浅黒い肌色をしている容貌も目立つところがない二十代後半の普通の青年だった。

この上なく普通。それでいてかれは灰色の革鎧を身に着け、剣を佩《は》き槍を持っていた。

物静かで人々のなかに埋没するかれは、その特性と剣の腕前を見出されて五年ほど他国で潜入活動をしていた。戻ってきて二年となる。

復帰してからはずっと緑園殿の警備兵のひとりとして、遠くから王族方の幸せな姿をみていた。近寄りすぎることもなく、触れることも声をかけられることもなかった。

そう、ラセイヌ王国に戻ってみるとたったひとり孤独だった今世王の傍《かたわ》らに血族があらわれていたのだ。

任務で王都を離れるまえには、緑園殿と緑流城とを行き帰りする今世王のお姿を垣間見るのがせいぜいだった。しかし〈雷鳴〉にとっては、そんな一瞬だけでも自分の主人を拝むことができたことは、遠い任地での心の支えでもあった。

その容姿はまさに純血の王族で、二十歳前後の今世王は存在しているだけですでに神々しかった。ただ、血族を亡くして以来、その陰は濃く、どこか儚《はかな》げで、横顔には憂いがあった。

帰還後、ふたりとなった王族の語らう声や、ふたりの笑い声、合奏する妙なる調べがきこえる距離に、いま、かれはいる。

表情のなかった今世王はよく笑い、よく喋《しゃべ》り、よく演奏するようになっていた。いまも神々しい美貌はそのままだが、孤高の美しさの代わりに、煌《こう》々《こう》とした明るさを発するようになったと〈雷鳴〉は感じていた。

暗かった青い瞳が、嬉しそうに異母兄をみつめている。

月の浮かぶ静寂に沈む緑園殿のなかで、さらに暗い木の陰に立ちながら〈雷鳴〉はおもうのだ。

（おふたりが幸せだ……。わたしも幸せだ……）

　王族ふたりが結婚したことで〈雷鳴〉のなかで何かが起こり、以前よりも訓練場での修練に身が入るようになった。

「〈雷鳴〉、調子がよさそうだな。どうだ、〈歳月〉殿に剣をみてもらうか？」

　そう、〈清流《せいりゅう》〉に誘われた。十代のころより抜きんでた才能をもち、近衛軍で五本の指に入るだろう剣の達人。

「ああ、そうさせてもらえたら光栄だな」

　そうやって今世王の筆頭護衛兵を務めたあの〈歳月〉の特別稽古にも参加して、こてんぱんにされて地面に転がるひとりになった。

　砂地に転がされ仰向けになってみあげた太陽は白く眩《まぶ》しかった。好天の秋空が清々しい。

（……わたしは、陛下と兄上さまの幸せを、お守りできるだろうか）

　砂まみれになった体を宿舎となっている緑葉殿《りょくようでん》に運び、大浴場にみなで入る。声や音がわんわん響くので、だれがだれに向かって何をいっているのかわからない。

「――新婚旅行のご計画があるらしい――」

「東……海は……」

「――留守番組は嫌だ！」

　近衛軍に所属しているかれらのなかで目下、沸騰中の話題が話されているようだ。

　ざあざあと湯が掛け流されていく。もうもうと白い湯気が視界を覆う。

（……今度は、外まで、お供《とも》、できるだろうか）

　復職してから二年、王族ふたりを警護する勤めは緑園殿限定だった。出御されてしまうと〈雷鳴〉は置いていかれていた。

〈雷鳴〉自身もあえて緑園殿長官や将軍に同行を願い出るほど、衝動や行動力が湧いていたわけでもなかったので、この二年は静かに主人たちの帰還を待っていた。

〈雷鳴〉は無意識に手早く体を洗いながら、考えていた。

（どこの地なりと、陛下と兄上さまの、幸せを、守りたい。わたしも、行きたい。旅に、いっしょに、行きたい）

そのためにはどうしたらいいか。

王国ラセイヌの南部、熱帯地帯で諜報活動をしていたころ、王国から離反する企《くわだ》てなどないか、そういう活動をする者たちはいないかなどの情報を得るために、あらゆる手を尽くした。

信用されるために人好きする仮面をかぶり、心を開かせ、口を滑らかにさせた。

王族が心血を注いで継続してきた王朝を末端から崩していこうとする企みなど、あってはならない。

王国内部の不満分子の炙《あぶ》り出しとともに、〈雷鳴〉にはもうひとつ大事な任務があった。それは他国から放たれた間 諜《かんちょう》の始末である。

怪しい人物をみつけ、張り込み、情報を引き出して闇に葬《ほうむ》る。王都から遠い地で、〈雷鳴〉はその場その場で自分の判断を信じて、ずっと王族のために命を賭《と》して任務を遂行してきた。

目的を達するためなら何をしてもいい――それが〈雷鳴〉が学んだことだった。

「どうやったら、巡幸に随行できるんだろうな」

「陛下と兄上さまの身辺警護に組み込まれるのが最善、次善は遠征隊に入っていることだが、今回はどの部隊が選ばれるかわからんぞ」

「セイセツ王国に遠征した隊は、はずされるのじゃないか？」

「再来年だという噂が本当なら、疲れもとれているだろうし、再度選ばれる可能性もあるだろう。なんといっても経験を積んでいる」

「それはずるいだろう⁉」

「そうだそうだ！」

「他国遠征も視野に入った前回とは違い、今回は国内だ。しかも内容はご結婚された記念の御幸巡行だ。いままで随行できなかった部隊を優先するとわたしはおもう」

「将軍に直訴だ！」

「そして、おまえは留守番組にまわされるんだな、わかってる」

「うぐ、それは嫌だ」

意識して耳を澄ませると、どっと会話が流れ込んできた。


何回転がされ、叩きのめされても〈歳月〉の特別稽古に参加をつづけていたある冬の日。

近衛軍将軍〈青嵐〉の指令により十二人の兵士が呼集された。

「ここに集められたおまえたちには、再来年の東部への御幸巡行における王族身辺警護の補助と、最後の盾を命じる」

広間の壇中央に立った近衛軍将軍〈青嵐〉がいう。背が高く脚の長い華やかな容貌の男だ。大国の近衛軍の将として見栄えがじつにいい。

緑葉殿の一階の広間に呼ばれた面々は〈雷鳴〉からみても精鋭揃いだ。

すでに王族の護衛兵をしている者たちを除けば、近衛軍の強い兵士を上位から選んだらこの顔ぶれとなるだろう。このなかに自身がいることを、ふしぎであるともいぶかしいことであるともおもわなかった。

(わたしはそこそこ強いからな。強さだけでみたなら選ばれもするか)

〈清流〉のような正統な剣でなく、〈歳月〉のような堅固な剣でもないが、〈雷鳴〉も独自の剣を持っていた。強《し》いて挙げればそれが選ばれた理由だろうか。

なんにせよ、剣の修練に身を入れるようになり〈歳月〉の特別稽古に参加したことが、目にとまった原因だろうことは予想できた。

〈雷鳴〉はそうっと選ばれた者たちを値踏みした。

〈眺望〉、口髭《くちひげ》のある老け顔の小柄な男だが、驚くべき鋭い剣筋を放つ。練習で対戦した際、その剣筋にはどこか妖《あや》しさがあると〈雷鳴〉は感じた。

〈清流〉、若き天才。剣の型が美しい。〈雷鳴〉に声をかけてくれた気さくな好青年。

〈赤心《せきしん》〉〈苗木《なえぎ》〉〈破竹《はちく》〉〈野焼《のや》き〉〈弾雨《だんう》〉などの中堅の強兵《つわもの》が並ぶ。

「王族の身辺警護は、あくまで王族付き護衛兵が優先される。しかし巡幸という旅先でのこと、専任護衛兵たちで手が回らぬ箇所の警護や、朝昼夜を問わない交代要員が、おまえたちであるとおもってくれ。

そして警護を万一破る敵襲があった場合、その前線を支えるのがおまえたちの役目だ。そのあいだに、正規の護衛兵と侍従たちが王族方を守って逃げる。おまえたちが敵襲に耐えれば耐えるだけ王族方の命は守られる。——命を捨てる覚悟はあるか⁉」

〈青嵐〉から鋭い問いが放たれ、

「応！」

自然と腹から声がでていた。

（いつだって死ねる）

この命令を断る者などこの場にはいない。

（王族のためなら。おふたりのためなら）

〈雷鳴〉は王族方をこの二年遠くから見守る距離を保っていた。その距離がわずかに縮まることになったのは、王族ふたりの成婚とその記念となる東への旅行がきっかけとなった。

第四話　誕生日と展示の案

王都に雪がちらつき、そろそろ来春の足弱の誕生日の催《もよお》しについて本格的に考えるかというころ、兄がもっといろんな人の演奏をききたいと希望しているという情報を最初に仕入れてきたのは兄付き侍従長〈温もり〉だった。

それが緑園殿長官から今世王へと伝わり、演奏会を開催せよという命令という形で長官に戻された。

「御意」

代替わりしたばかりの長官は、緑流城の一室で片膝をついて頭をさげた。

午前中の日差しを受けるその若々しい黒々とした頭をみおろし、今世王は一瞬だけ白髪交じりの灰色の頭髪になっていた前任者を連想した。

演奏会開催の件とは別件について尋《たず》ねる。

「兄上の誕生祝いの贈り物の進捗《しんちょく》は？」

「あとは陛下に当日のお召し物を選んでいただくだけとなっております」

「ふむ。悩むな」

あの黒髪と黒い瞳、静かな雰囲気の男に着せたい衣装があまりにも多すぎる。

今世王は足弱に似合うとおもえば誕生日に関係なく四季折々に発注しているので、いつその衣装を着てくれるかを楽しみにしていた。

普段、足弱は今世王が注文して作らせた新しい衣装や、灰色狼たちが用意した寒暖に適した衣装、府庫《ふこ》にある衣装などのなかから、衣装係が選んでくれた数点を比べて今日着るものを自分で決めていた。

だから、ある日不意打ちで自分が作らせた新しい衣装に袖を通した足弱をみることを、今世王は小さな喜びとしていたのだ。

しかし、春の兄の誕生日の衣装。これは当日用として確実に着てくれる。

どれだけ華美でも凝《こ》っていても、足弱は黙って着てくれる。

〈誕生日が春なので、ついつい春の色合いにしてしま

うが、もっと違う色や柄の兄上もみてみたいものだがな。しかし花々に囲まれた兄上もよいものだしな）

年が明けて春が訪れ、足弱の誕生日三日前から「ラフォスエヌ殿下誕生祭」と銘打って連日にわたり大演奏会が開催された。観衆は大臣を始めとする貴族たちだ。城下でも民たちのあいだで演奏会が催されて人が集まり、さらには歌い踊る人で往来がにぎわった。花の王都はこの期間、音楽の王都に様変わりしていた。

大国ラセイヌ中から達人名人たちが自薦推薦で選出されて、篩《ふるい》にかけられ、近衛たちの厳しい身辺調査に合格して緑流城の晴天《せいてん》広場に招待された。

主催者でもある王族ふたりは最初から最後まで着座していることはなく、興味のある演目のときだけふらっと臨席して耳を傾けた。

そこには伸ばしている最中の黄金色の髪を王冠と髪飾りで美々しく整えた今世王と、鍔《つば》の広い黒い帽子に薄い紗《しゃ》を垂らして顔がみえない状態の異母兄が並んで座っていた。

時々ふたりは顔を寄せ合って喋り、今世王は穏やかな微笑をたたえた。紗の向こう側で、きっと庶子兄も同様だったことだろう、とおもわせた。

＊

誕生日当日の朝。足弱は四十歳の誕生日も異母弟やみなに祝ってもらった。弟からはまた新しい冠衣装を誕生日祝いの贈り物だといって進呈され、足弱は袖を通した。濃い赤花と薄い赤花が織りなす、着るのにちょっと勇気のいる派手な柄ではあったが、この日ばかりは足弱は文句ひとつついわず感謝して着た。

「よくお似合いです」と侍従たちに口々にいわれて、足弱はひたすら面映《おもは》ゆいおもいをした。

足弱に朝の挨拶と誕生を祝うことばを贈りに来た今世王は、日頃みかけない鮮やかな赤に包まれた足弱をみると破顔し、青い目をきらきらさせた。

「誕生日おめでとうございます。生まれてきてくれてありがとう、わたしの〈木《こ》漏《も》れ日《び》〉よ。

　ああ、兄上には赤もお似合いだとレシェはわかっていましたよ。それにしても、今年の赤も正解でしたね！　赤に彩られた兄上は内面の艶やかさが引き出されたようだ。美しい。わたしのラフォスエヌ」

　贈ってくれた今世王が心から喜んでくれているようで、足弱も嬉しかった。

　その日の午後も演奏会で、国中から集まった達人たちによる、さまざまな楽器の演奏を堪能した。

（十人での瑟《しつ》は音が揃っていて迫力があるなあ）

　定番の春の曲たち、『春の川』『春の木』『春の山』『メイホウキの旅路』。

　こういった野外での演奏で映える『天上遥か悠々快々』。

　とくに上手な老人が、今世王が足弱に贈ってくれた短い曲『春の雨情』を弾いたのには驚いた。

　今世王が弾いてくれたときは、明るい空から降る小雨のような情景が浮かんだものだった。それが老人の手による『春の雨情』はむわっとした湿気と、パラパラと降った雨を受けてふかふかになる恵みの土の、春の蠢動《しゅんどう》が感じられた。

　目を丸くしてよこにいた今世王をみた。

「こういう企みも楽しいかとおもいまして」

「ああ、面白いな。弾き手が違うとこうも違うんだな」

「ええ」

　今世王が手を伸ばしてきて、足弱の手を握った。

　演奏、合奏、歌や踊りもあり、拍手や歓声もあがって真昼の演奏会は華やかな笑いで満ちていた。

　微笑ましく眺め、音を立てずに手拍子していた足弱がふと喋った。

「なあ、レシェ。おまえが毎年いろんなものを贈ってくれるから、おれ、全部おぼえきれなくて使っていないものもあるとおもうんだ。そういうの、もったいないなとおもう。それに、そのうち置き場所がなくなるんじゃないか。誕生祝いだけじゃなくて、結婚祝いもたくさん贈ってくれただろう？　だから、これからお互いの誕生祝いはおめでとうをいいあうとか、手紙にお祝いを書いて交換するだけとかにしないか」

機嫌よく足弱をみつめていた今世王の表情が一変した。そばに控えていた互いの侍従長も動きをぴたっと止めた。その張り詰めた空気に壇のしたに並んで座っていた大臣たちが、そっと振り返る。

足弱は弟と周囲の反応に驚き、紗越しに目をきょろきょろさせた。

足弱の手を握っていた白い手が、愛撫するように動きだした。

「普段使いの物を使えないことや、忘れてしまうことを気にかけてくださっているのですね。それは一覧にして管理しておりますし、侍従たちが把握していますのでその件は大丈夫ですよ、兄上。そうだな？〈温もり〉」

兄付き侍従長がさっと近づいてきて両膝をついた。

「はい、陛下。日々のお召し物との釣り合いをみて、陛下からの贈り物をご使用いただいております。季節柄、年に一回しか使わない物もございますが、一度は袖を通していただいております」

「あ、ありがとう、〈温もり〉さん」

侍従長は頭をさげた。

「つぎに置き場所がなくなるのではないかというご懸念も無用です。使っていない宮殿が緑園殿だけで十以上あります。足りなければ宝物殿でも建てればよいでしょう」

そこまでいって今世王はふふふと笑った。

「置き場所をお気になさるなんて、お可愛らしいですね、兄上」

弟が自分を可愛いとおもう箇所が足弱にはわからなかったが、置き場所が足りないなら建てればいいという考えなのはわかった。贈り物をやめる気がないという意思も伝わってきた。

「身に着けたり、部屋に飾って鑑賞するのがおれひとりだけというのも、贅沢《ぜいたく》な話だなとおもうんだ。たくさんの着物、宝飾、家具に工芸品、どれも美しい。あれをみることができるのは、おれとおまえと、灰色狼たちだけなんだよな？　いまはかぶってないけど、今日贈ってくれた冠も、すごい出来だったな。去年のも一昨年のも、結婚式のも。宝物殿がいくつ必要になるんだろうな」

足弱の指を触っていた今世王はしばし視線を正面に向け、笛の音をきいていた。

「宝物殿が百でも二百でも必要なら建てたらいいとおもいます。緑園殿を手狭にしたくなければ公領に置けばよいでしょう。府庫にあるいくつかは毎年臣下たちへの褒賞《ほうしょう》として下賜したりしておりますよ」

同じように笛の音をきいていた足弱は、はっとして顔を今世王に向けた。

「物知らずが余計なことをいった」

今世王の笑みが深くなった。

「いえいえ、何でもおっしゃってください。兄上のお考えをきくのはレシェイヌの喜びです。蔵《くら》で眠る逸品が少数の者の目にしか触れないことを憂える兄上は、芸術を愛《め》で広げたいお志《こころざし》があるのでしょう。

——演奏会の次は、結婚記念大展覧会でも開催しましょうか。結婚衣装や兄上からわたしへの贈り物は展示しませんけれど、試作品で色違い、飾り違いなどたくさん作りましたからその一部を展示させましょうか」

あまりに話が飛躍して、足弱は一言だけ声を漏らした。

「え」

演奏会の壇のうえの背もたれのある椅子のなかで心なしのけぞってしまう。

「結婚式の物品を管理させていた〈羽衣《はごろも》〉に候補をださせましょう」

王付き侍従長〈一進〉の背後に、筆と竹簡《ちくかん》を抱えた秘書官がわらわらと寄ってきた。

「王都で大展覧会を開催するとして、地方から王都へのぼってこれぬ民も多いでしょうから東西南北の主要各地を展覧巡行してもよいかもしれない。展示品は王族の私物であるから管理は灰色狼がするとして、開催地の決定や運営、運搬は役人がするがよかろう。まあ、開催時期など詳細は今後詰めていけばよいな。アジャンに話をおろしておいてくれ」

「はっ」

今世王が話し終わると〈一進〉とその背後の秘書官たちも頭をさげた。

足弱は口を「え」の形にしたまま一連の流れを眺めていた。

(決まった……？　え、もう、決まった？)

こめかみがどくどくいっている。ふと、笛の音がきこえてきた。しかし旋律が心に入ってこない。足弱は青空に目をやり、白い雲を探した。

急な展開についていけなかった足弱だが、しばらくして、

(おれの発言からレシェが……！)

と、慌てた。

すごくいい案を出してくれたとおもうし、自分のおもいを汲《く》んでくれてとても嬉しかったのだが、なにせ即決だったので、その速さに対応できずぼんやりしてしまった。

(大ごとがまた始まってしまう)

演奏会が終わったあとも、結婚記念大展覧会の件について「急じゃないか」と懸念を伝えた。

「実行するにしても、来年のわれわれの東部の御幸巡行が終わってからになりますから、人手も時間もたっぷりあります。この国最高峰の職人たちの逸品を民たちの多くが目にできる機会です。成功させたいですね」

「ああ、うん。どれもきれいだもんな」

「兄上への贈り物は死蔵されるということにはなりませんから、ご安心ください」

「そ、そうだな。ありがとうレシェイヌ」

その後も足弱は今世王と楽しく過ごし、誕生祝いの夕餉《ゆうげ》に舌鼓を打ち、夜は五日ぶりの激しくも熱い交歓をすることになった。

第五話　四十路の味

兄の誕生日の夜について、今世王は二旬《にじゅん》前から交渉を開始していた。

演奏会開催については家臣に任せることができたとしても、夜の夫婦の営みについては当事者たちが話し合わねばならない。

「二日前から同衾《どうきん》は我慢しますので、兄上のお誕生日の夜は新婚夫婦のお約束は適用しないでいただきたいのです」

——今世王と足弱が新婚として取り決めた項目は以下の通り。

一、『新婚夫婦』期間は三年間。

一、その期間中は、一日一回で、三日したら一日休み。もしくは、一日二回で、二日したら一日休み。

一、中四日制は、新婚の三年が明けてから復活する。

一、開始後、不都合があればそのつど話し合う。

寝巻きに防寒着をはおった姿で、今世王の寝室で寝酒を楽しんでいた。

日中の春の陽気が夜にも残り、それほど寒さは感じない。

漆塗りを重ねた酒盃を、足弱はおぼつかない手つきで卓に置いた。この仕草をするときは、いわれたことがすぐには理解できていないことが多い。もしくは、理解するのに少し時間がかかっている状態だ。

だから今世王は微かに首を傾げて、うかがう表情のまま愛しい伴侶をみつめた。

蠟燭《ろうそく》を四本立てた燭台の明かりに、短い黒髪と、わずかな皺《しわ》と、滑らかな肌が照らされている。すっと伸びた首筋と、寝巻きのしたの肢体が感じられる広い肩幅。

男らしく器用で無骨な趣《おもむき》のある指。

「……それって、おれの誕生日の夜は一回や二回じゃ、嫌だって話なんだな……？」

確認するように問われ、正解だというように今世王はうなずく。

黒い瞳が予想したことが当たったことにきらめき、

一瞬頬がほころびかけるが、そこでぴたっと止まった。

「う、うーん」

「何か問題ですか？」

「問題ということは……」

「兄上のお体のことは、このレシェイヌ、重々考えております。無茶はいたしません。気になることがあればレシェが代わりにしておきますよ」

片腕を伸ばして、兄の不自由な右膝を撫でた。最初は防寒着のうえから、じょじょに手の平を差し入れていく。温かい。

「おまえに代わりにしてもらうようなことは、ないんだ。ただ、ふ、二日前じゃなくて五日前くらいから我慢するのはどうかなって」

「兄上、五日も!?」

「に、二回じゃないってことは、最低三回だろ……？いや、もっとだろ？　だから」

「五日我慢したら、何回でもお許しくださるんですね。嬉しいです、兄上。耐えてみせます」

今世王はさっと計算し、太腿を寝巻き越しに撫でているほうの手はそのままに、もう片方の腕を伸ばして足弱の肩を抱いて口早にいった。

「無茶、無茶はだめだぞ」

寄せられた唇をちょっと避けたあとそれだけを念押ししてから、足弱は顔を戻した。

＊

誕生日の夜。

「あああ、ぅあ……」

おめでとうございますと日中、口にした唇で兄の四肢をなぞっていく。

瘦身《そうしん》というにはしっかりと筋肉がついていて、四十歳という実年齢より若々しい。磨かれた肌は随分なめらかになった。硬い足裏や手指はそれほど変わらないようにおもう。味は同じだ、ずっと美味しい。

「う、ぅう」

仰向けになっている兄がびくっと大きく跳ねた。

五日の節制を経験したあとの愛しい肢体のなんと甘

美なことだろう。

——耐えた五日間の記録。

一日目は、我慢と意識するまでもなく誕生日当日を楽しみに余裕で夜を過ごせた。

二日目は、夜ひとり寝の寝台で仰向けになってみると、兄のすべすべした首筋や体臭をおもいだして、じっとしていられなくなり酒を用意させた。

三日目は朝から、まだ就寝中の兄のもとへ行こうかとずっと葛藤《かっとう》していた。

（我慢だ……誕生日を迎えた兄上を隅々まで何回も味わうためには、ここは我慢だ。そうだろうレシェイヌ？）

昼を過ぎるころには葛藤は自分への罵倒《ばとう》になっていた。

（どうしてわたしは五日間も我慢するなんて提案を呑んだんだ？　いまは新婚期間なのだぞ。ほぼ毎日兄上を抱けるというのに！）

夕餉を食べる足弱の様子を眺めていると、物欲しいおもいがとめどなく湧いた。濡れた唇。覗《のぞ》く赤い舌、白い歯。長い指。手首から肘までの筋。襟から覗く首筋。目の前の料理よりずっとわが兄が美味しそうだった。

四日目、寝苦しい夜を酒の力を借りてなんとか眠った。夜這いへの誘惑と戦いすぎて、朝は負けた気分で目覚めた。

政務の合間に〈一進〉からは、「陛下、ご無理せず。どうか」と、懇願するようにいわれるほど覇気が消えていたらしい。

夕方、緑園殿に戻って兄に挨拶しに行って、兄からも、「レシェ、どうした」といわれるほど意気消沈していたようだ。抱きしめさせてもらったとたん、目の前が暗くなり、気づいたら壁際に追い詰めて深い口づけをし、片膝で兄の股を割っていた。

このまま食べたかったが、

（あと一日だ、レシェイヌ！　自分から五日間耐えてみせると大言を吐いたのだ。あと一日だ、レシェイヌ！）

震えながら兄から離れ、夕食は別室で食べると伝えて去った。

五日目、夜中、泣いて目覚め、案外人間は丈夫にできているのだと学んだ。ぺしゃんこの気分でもこうして生きているのだから。

それとは別に、自分のあまりの弱さ、だらしなさ、辛抱のできなさに絶望した。

へたに新婚期間だと称して自分を甘やかしてきたために、兄が緑園殿に来た初期に『待て』をさせられていたころより我慢が辛い気がしていた。自分としては少々の苦しさはあるもののもっと上手に五日間を過ごせるとおもっていた。その少々の苦しさこそ、誕生日の夜を根こそぎ味わう薬味となるのだ、と。

いや、これはここ半年の新婚状態から急に兄を取り上げられた禁断症状というやつではないだろうか。

泣いた痕の残る頬をみた夜番の灰色狼が、悲愴な顔つきで、頼んだ白湯《さゆ》を運んできた。

朝、どん底な気持ちで目覚めた。

政務以外は、兄への贈り物をひたすら眺めて、自分の気持ちを慰めた。真珠の首飾りの出来がいい。

もう兄をひと目でもみたら襲いかかりそうだったのでその日も夕食は別にすると使いを出し、短い手紙だけ書いて持っていかせた。

『愛しています、ラフォスエヌ。明日は一日ずっといっしょですよ』

兄からの返事には、『無茶はだめだっていったこと、忘れてないよな？』と書いてあった。

いまのところ空想のなかでしか無茶をしていないし、一度気持ちが張り裂けて、それを繕っているので段々冷静になってきている気がする。

「陛下、もう二度と、五日間耐えるというようなご提案はなされませんよう、お願い申し上げます」

〈一進〉から嘆願された。

「〈一進〉、今回は余《よ》の予想が甘く、覚悟が足りなかったのだ。つぎ、同じような提案をするときはいまの余とは違うぞ」

こんな目に遭《あ》っても、兄をたっぷり回数制限なく抱ける夜を過ごせるという目的があると、また同じ提案を持ちかける気がしていた。

そしてついに兄の誕生を祝う朝がくる――。


日中の演奏会こそふたりとも緑流城で過ごしていたが、夕刻には演目も終わり、夕餉は緑園殿に戻って王室厨房がはりきって作った祝宴料理が長大な卓に並んだ。

それら祝宴も終わり、兄を今世王の寝室に招いて、手ずから寝巻きを脱がせたあとは、アラスイの香油の瓶を片手に四方を閉じた寝台にふたりして入っていった。

今世王は仰向けになってもらった足弱の唇に口づけをしながら、手の平に垂らした香油ごとまずは四十歳となった愛しい人の一物《いちもつ》を可愛がった。

「あ、う」

わずかに両膝がぴくぴくと跳ね、踵《かかと》がふらふらと浮いてくる。両手は、寝台の敷布を握ったり、今世王の腕を触ったりしている。

性急な愛撫にならないよう、急《せ》く気持ちを抑えながら、手と口、主に唇と舌を使って兄の四肢を味わっていく。

(美味《うま》い！)

感動で打ち震えた。

我慢した分、味付けが強烈なような気もした。

五日間の、耐えすぎてもはや記憶を失いそうな日々が一瞬で脳裏を駆けていき、目の前の人物をめいっぱい味わうことに集中する。

一番吸いつきたい箇所への同意は得られなかったが、そこは想定済みだったので未練がましいことはいわない。

ただ、きわどい箇所に顔を近づけていく。

「あ、レシェ……」

風呂あがりだ、どこもかしこもきれいだ。それが残念なくらいだ。

(また、汗だくの兄上を味わいたいな)

『王室病《おうしつびょう》』に罹患《りかん》した自分から愛しい人を引き離した日々が終わり、ようやくこの腕に抱けた日。小屋の近くにつくっていた畑のなかにいた足弱を、かっさらうようにして畔《あぜ》まで運んで押し倒した、あの夏の日。兄が好んでかぶっている麦藁帽子が脱げ、倒れた砂地が熱いと一瞬だけ感じたことを覚えている。

作業着を引っ張り、露出した汗みずくだった首筋から鎖骨、胸元の絶景。脳裏に「艶やか」「美味しそう」という単語が浮かんだときには、すでに食らいついたあとだった。今世王の体内の火山は噴火し、溶岩は流出してどろどろに周囲を焼いて溶け出ていた。

あのときと比べれば、今夜はどれほど穏やかだろう……とおもいたいところだが、勝手に五日間耐久をしていたので今夜の今世王も溶岩をどろどろに流出させていた。自分では確認できないが、目の色さえ違っている気がした。

うっかり咥《くわ》え込まないよう気をつけながら、足の付け根を舐めていく。いくらでも唾が湧く。はぁはぁと息が荒くなりそうな自分を抑える。香油で濡らした片手で垂れているふたつの玉の柔らかい皺を伸ばす。

「うあ、あっ、や、あ」

両膝がいよいよ立ってきて、兄の欲望も勃起してくる。

今世王は片膝をついて上体を起こし、指に香油を足した。無造作に尻肉の片方をつかんで五日ぶりの隙間に指を差し入れた。

「ん!」

足弱は仰向けのまま、びくっとしたあと汗を浮かべた顔ではあはあと息をついた。

「そろそろ、こちらを味わいますね」

中指の腹で側面を撫でていく。なんとよい感触だろう。あまりの甘美さに指先から溶けそうだった。入口がぐっと締まってくる。

「四十歳になった兄上のなかはどんな感じでしょうね。ずっと楽しみにしておりました」

にこっと朗《ほが》らかに微笑んだあと、今世王は指を増やした。

「あ、あ、あ」

片足を根本から持ち上げるようにして尻を浮かせ、枕を敷いた。その枕に胡坐をかいた今世王の膝を食い込ませるほど近づいた。

「お、おれ、昨日と、変わって、ない、ぞ」

ふうふうと息を吐きながら、今世王のことばをきいていた足弱が返事をしてくる。

「それはこれから、レシェイヌが隅々までたしかめますので」

そういって、二本の指を付け根まで差し込んで、じわじわ広げた。ぶらっと、勃《お》きていた男根が揺れた。

今世王にこれからここを使って抱くための前戯をほどこされているというのに、萎《な》えもせず感じてくれている。伸ばしている波打つ金髪を首筋に張り付かせたまま、今世王はその事実を凝視した。

水が満ちていくようにじわじわと喜びの水位があがってくる。

強烈に抱きたい抱きたいというおもいで荒ぶっていたが、足弱のほうも抱かれてよいとおもってくれているのだ。

「ラフォスエヌ……！」

指を三本にして、香油も二本注いだ。激しくしそうな分だけたっぷりと。


「く、うぅ……！」

今世王は愛しい伴侶の肢体を組み敷き、ゆっくりと貫いていった。

「あああ……！」

おもわず脱出したそうに両肩をよじった足弱を、今世王は真上から片手で押さえた。

「う、うう、レシェ、苦しい」

「少しだけ我慢してください。すぐ慣れます。すぐ、です」

大きく広げさせた両足の付け根を持ち上げるように、腰を動かした。

「ああ!?」

両手で足弱の両腰を押さえて、もう一度腰を進めた。なかにずずずっと突き入れる。押し入り、広げた感覚がたまらない。

「ややあ、や、め、ああっ」

少し暴れた足弱が今世王の両手をはずそうとしてくるが、力では敵《かな》わない。今世王も離す気などない。むしろ抱き寄せ、体の重なりを深くした。

「ひぃ、ぃあ、ああ」

頬を上気させた足弱は可能なかぎり背を反らせ、両手を突っぱねてきた。その腕をたやすくはずす。

「すごく、いいですよ、ラフォス」

「レシェ、レシェええ」

奥に押し入ると、そこで軽く前後に揺らす。それに付随して長い四肢ごと揺らされて、足弱が今度は今世王にしがみついてきた。

「兄上、可愛いですね、兄上」

今世王はもちろん抱き返した。

汗に濡れた肌同士がぴったりとくっつく。足弱の首筋に流れ落ちる汗をみたとたん、今世王はすすった。強く吸いついて痕が残っていく。

しっかりと足弱を抱いた今世王は、何度も腰を突き入れ前後に動かし、自分の男を味わう。

自分だけの男。

自分だけの兄。

四十歳の体も最高ではないか。

足弱は身をよじり、

「ふか、深い」

どこか必死の形相《ぎょうそう》で首を左右に振った。

「ここ、もっと深いところが、気持ちいいですよ。ん、ほら、ラフォスっ、ラフォスエヌ」

「ん、ああ……！」

「ラフォスエヌ！」

何度も大きく前後して、できるかぎり奥に今夜最初の白濁を注いだ。足弱も自分の腹に白濁を散らしており、四肢から力が抜けて敷布のうえにばたっと落ちた。

荒い息をつきながら今世王は香油で濡れた手で兄の臀部《でんぶ》を撫でる。指先を伸ばし、様子を探る。教えたましっかりと咥え込んでいる。

まだ抜く気はなかった。

自分の息も、兄の息も整わないうちに、今世王は動きだしていた。両手でつかんだ尻肉を自分に押しつけるようにして、浅く引いて突くを繰り返す。

「ぐ、んっ」

香油と白濁で狭い道は滑りがいい。足弱は全身が汗に濡れ、体温があがって、人間であるのに花の香りを発していた。

　春のこの誕生を祝う夜。ラフォスエヌという男を鑑賞し、絶賛し、賞味していいのは自分だけだ。

　太腿から伝い落ちた香油が、敷布に溜まって膝が滑るが今世王は気にせず腰を振る。一度ぎりぎりまで引いて、力強く、じっくり貫く。

「あ、あ、レシェ……」

　語尾を震わせた足弱が、今世王の腕のなかで身じろぐ。まだはぁはぁと息をする足弱は、濡れた前髪が額に張り付き、黒い濡れた瞳が今世王をみあげる。

　日中の美々しく装われた足弱も美しく愛らしかったが、すべて剝《は》ぎ取られたこの姿も、無防備でいたいけで今世王をこれ以上なくそそった。

　今世王がその顔をみおろしたまま揺らすと、足弱は視線を避けるように顔を横に向けた。両手の爪を立てて今世王の肩をつかむ。

　足弱の尻から片手を離して、胸のさきを刺激した。乳首を指で挟んで軽く力を入れて転がすように動かす。小さいのにぴんと立ってくる。

「あ、う、胸は、やめろって、や、あ」

　反応がよくて今世王はおもわず微笑んだ。

「もう一度兄上を味わったら、つぎはここを可愛がりますね。たくさん舐めて吸ってあげますから」

　残ったもう片方の手で腰を抱き寄せ、深く押し入る。

「ああ！」

　まだまだ、こんなものじゃない。

　伴侶でもある兄がどこまでも愛しい。気持ちが抑えられない。今夜はずっとここに咥え込ませたままになるだろう。

第六話　誕生日翌日

誕生日が明けて、足弱はまだ寝台のなかにいた。今世王の寝室だ。

天井をみあげて昨夜のことをぼんやりとおもいだす。

足弱のほうも五日間の休養があったので、誕生日の同衾は、勢いに呑まれながら快楽に浸《つ》かり、幸せな夜だった。

（まあ、腹だけは苦しかったかな……）

三回注いできて、そのまま四回目を始めたときは、一旦抜いてくれと懇願した。そこでようやく抜いてもらった。

『ひさしぶりに一晩で三回以上したので、勝手を忘れておりました。許してください、兄上。ここ、レシェがきれいにしますから』

そういって指で広げられて楽にしてもらったが、あれは嫌な感覚だった。今世王に上半身を抱き起こしてもらっている姿勢で、太腿から膝にかけて濡れ、敷布までぐしゃぐしゃだった。

『も、風呂……』

と口走ったことはおぼえているが、その口に口づけされて以降をよくおぼえていない。

「ん、つ……」

どうも寝てしまったようでオマエ草を飲んだ記憶がない。だから右足から腰にかけてが痛重い感じがするし、全身が怠《だる》い。違和感があって手を伸ばすと、右足全体に包帯がしてあった。

（オマエ草飲めなかったから軟膏塗ってくれたのかな）

だとしたら軟膏効果でこれでも楽になっているのだろう。

足弱の実感としては飲むほうがよく効く。

（それにしても）

結婚式を挙げてから新婚夫婦になってほぼ毎晩同衾しているというのに、今世王にその晩の規制をはずさせると、こうなってしまうんだな、と再確認したおもいだった。

（なんだか、ここにきて、レシェとこういう仲になっ

たばかりのころのおれみたいだな）

そんな既視感をおぼえた足弱だった。

「兄上さま、お目覚めでしょうか」

幕越しの声が〈温もり〉だと気づく。

「オマエ草をお持ちしました。失礼いたします」

「……はい」

助かる、とおもって返事をする。かすれ声しかでない。

「おはようございます」

「おは、よう」

幕を除《の》けた〈温もり〉の手を借りて上半身を起こして立てた枕にもたれる。昨晩は今世王の寝室で同衾した。目覚めた寝台は今世王のものだ。

両手で差し出された湯呑をそのまま支えてもらって飲み干す。この湯呑は茶碗くらいあって、オマエ草を飲むときはこの量だ。

「喉によい水飴はいかがでしょうか」

「ああ、あれ」

「はい。すぐお持ちします」

喉の炎症に効く薬草汁が入っている少し苦くて甘い、薬草喉水飴だ。足弱とその侍従たちに評判がいい。緑園殿の奥医師たちが煎じて飲ませてくれていたものにさらに水飴に入れる工夫をしてくれて以来、水飴というと菓子というより薬草のことだった。

小鉢と木の匙をそれぞれ持って、少し白く濁っている水飴をたっぷりすくって舐めた。

甘くて目が覚める。おもわず匙を咥えたまま笑顔になる。それに釣られたのか〈温もり〉も微笑んだ。

「昼餉もご用意できますが、いかがいたしましょうか」

「少し寝てからおれの部屋に戻って、それから食べようかな」

オマエ草の薬湯と水飴で潤ったのか、喉からすっとことばがでた。

「承知いたしました」

「おやすみ」

「おやすみなさいませ」

小鉢と匙を返し、足弱は上掛け布団をかぶり直した。

眠りにつくまえにまた少し昨日の日中のことをおもい返す。

——結婚式衣装の展示の案……。

そういえば、日中、そんな話をしたのだった。そうすると急に眠気が去った。足弱は寝台でよこになりながら想像した。

(……もしおれが、ホンさんたちみたいなテンホの里の住民だったとして、住んでいる近くで王族の結婚式の衣装や祝いの品が鑑賞できる機会が巡ってきたとしたら、それはもう大騒ぎになって、きれいな着物を新調して、畑作業もちょっとだけ休んで、みんなで行く計画を立ててたとおもう。わくわくして、楽しいんじゃないかな)

ホンとセイエ夫妻は、養子のふたりを連れていくかもしれない。家族揃ってのお出かけだ。

(まだ小さいから無理かな。でも来年の御幸巡行のあとなら、少なくとも二年後以降だろうし、五歳と四歳か。まだ幼いか。各地へ展覧会が巡回するのは王都で開催したあとになるだろうから、三年か四年後かもしれない。だったら六歳と五歳。七歳と六歳。うん、ぎりぎり行ける?)

足弱はホンさん一家が巡回展覧会に来れるか来れないかについてひとしきり考えていた。それは楽しい想像で、足弱自身もわくわくするものだった。

(なんだか、大展覧会、開催してほしくなってきたな……。あちこちに無理がないなら、開催してほしいな。レシェが用意してくれた結婚衣装すごかったもんな。どれもこれもすごいから、みたらみんな驚くだろうな。そうだ。大展覧会って、灰色狼が準備するんじゃなくて、表の役人たちがたずさわるんだな。そういう振り分けって、やっぱり政《まつりごと》なのかな。ああいうのをぱっと判断するのって、すごいよな。おれちゃんとわかっていないままにレシェにお礼をいったけど、今日戻ってきたらもっとちゃんとありがとうっていおう)

布団によこになったままここまで考えていた足弱は

二度寝することは諦めて体を起こした。頭が冴えてしまってもう寝ることはできない。

「だれか、いますか」

「はい、兄上さま」

侍従補佐〈円〉の声がした。

「眠れないから、もう、自分の部屋に戻ろうとおもう」

〈円〉が寝台の幕を開けてくれたのでそう伝えた。

「あ、あとレシェイヌは城かな。戻ってきたら部屋に寄ってくれないかと伝えておいてほしい」

「はい、兄上さま」

昼を過ぎたころ、今世王はすぐに顔を出してくれた。

「兄上、お体の調子はいかがですか？」

居間で長椅子に腰掛けている足弱のまえに颯爽《さっそう》とあらわれる。

昨夜の濃くて青より紺のような、黒に近いような色だった瞳や、前髪から覗く飢えたような眼差《まなざ》しの強さと、けしてほどけない指から漂っていた重苦しい雰囲気はない。

「ああ、体は大丈夫だ。おかえり、レシェ」

長椅子の隣に座ってもらい、足弱は礼を述べた。

「昨日の展示の話、ありがとう。今日おもいだして考えていたら、だんだん楽しくなってきたんだ。いい案だなって。おれが気にしているからって、いろいろ考えてくれて、しかもすぐに手を打ってくれて。いつもありがとう、レシェイヌ」

少し目を見開いた今世王が、白い肌を微かに上気させ、少年っぽいまっすぐな笑みを浮かべた。

「よいのですよ、兄上。でも、ええ、兄上に喜んでもらえてレシェイヌも嬉しいです。お昼はよく食べましたか？」

ふたりともそのまま談笑し、足弱は今世王に演奏をねだった。

第七話　夏の笠と紗と水泳訓練

夏虫の声が勢いを増している。

自分の房室前の廊下からすぐの屋根のある風通しのいい場所で冷たい果実汁をそっと飲んでいた足弱は、両手と両足をうんと伸ばした。さきほど午睡から覚めたばかりだ。

去年はセイセツ王国関連のことがあって西部へ遠征していたことと、来年は東部へ御幸巡行をする予定もあって、今年の夏は王都を動かず過ごそうかと今世王と話していた。

北部に王室の避暑地があり、その場所に今世王が足弱に結婚記念に贈った新築の宮殿がほぼ完成していた。そこを訪問するのは『結婚記念旅行』から戻ってからにすることにしていた。

『せっかく建ててくれたのに、すぐみに行かなくていいのか？』

『記念の品の何もかもを一度にご披露することもありませんから。今年は移動を控えめにして体を休めてくださいね』

今世王にそう配慮されて、足弱はそういうのもいいなと提案を受け入れていた。

〈温もり〉が〈吟声〉を従えて近づいてきた。

「兄上さま、東部への御幸巡行の際にはお顔を隠す笠と紗は新しいものを作りませんか」

そういって足弱が愛用している、黒い笠と黒い紗を卓にだしてきた。黒い帽子も使うが、今回は笠だけの新調のようだ。

「まだ使えそうですけど」

「春から夏にかけての旅となりますので、涼し気なものを増やしてもよいかと存じます」

足弱は椅子に座ったまま首を傾げた。

御幸巡行の最中に顔を隠す場面を想像する。太守たちからの挨拶を受けたり、船旅で船室から出たりするとき、往来で遠方から民衆にみられる場合などだろうか。

（この黒いのがひとつあれば十分だとおもうけどな）

〈温もり〉が侍従補佐から薄い水色の布を受け取って卓に広げる。黒い布のうえに重ねられると、その爽やかさが一層際立った。

「こちらは、候補となっている生地です。兄上さまの顔形を外側からは見え難くしており、内側からだと黒よりみやすく工夫がされております。隅に白い糸で池と水花の刺繍を入れる予定でおります。いかがでしょうか」

「笠も水色にするんですか」

「もちろん水色にもできますし、青色、紺色、素材のままの薄い茶色にもできます。黒い笠でも水色は合いますね。紗の丈を長くすると印象も変わりますので、旅のあいだの気分転換になるかと」

穏やかな〈温もり〉が長い旅を想定して勧めてくる。

「紫色も気品があって兄上さまにお似合いでしょう。隅の刺繡は陛下が贈ってくださった花の模様がよいかと存じます」

「ああ、なるほど……」

つい納得して声がでた。そうすると、〈温もり〉とそばに立っていた〈吟声〉がにっこり微笑んで頭をさげた。なんだか了承した形になってしまった。

今世王が足弱に贈った花は『ヒヨイドリハナ』という濃い紫色の花弁をしている。

「あの、それじゃあ〈温もり〉さん。さっきの水色のやつで『タチマチイスキ』の刺繡をして、レシェイヌ用に作ってくれませんか。レシェもかぶる機会があるかもしれないですし、この水色、あの花みたいですから」

『ヒヨイドリハナ』の返礼で足弱が今世王に贈った花は『タチマチイスキ』という水色の花弁に丸い黄色の斑のある花だった。足弱が初めて食料確保以外を目的として育てた花だ。

「それは素晴らしいお考えですね」

「きっと喜んでいただけますね」

侍従長と侍従補佐も賛同してくれて、旅行用の笠と紗はいくつか新調し、今世王への贈呈用も作るということで決定した。

（来年のいまごろは、もうここを出発して旅をしてい

るのか）

新しく入れてもらった花茶を一口飲んでそんなことをおもった。来年の御幸巡行のための準備はゆっくりとだが、しっかりと灰色狼たちによって進められている。ふいにこういう提案があって、足弱ははっとするおもいをしていた。われながら悠長なことだ。

（人任せがひどすぎるけど、でも自分でできるのかっていうと……）

山の奥で自分のことは全部自分ひとりでするよう育ってきて、三十六歳になってからこの緑園殿に連れ込まれて、逆にほとんどのことを人任せ、お世話される環境となって、かつての足弱は鳥肌を立てて拒絶していた。

（まあ、いろいろあったからな……）

花茶を飲み干し、寝室よこのひとりになるための部屋に「入ります」と、一声をかけて席を立った。

いまのこの、任せるところは任せるという心境になるまでどれほど葛藤があったか。慣れずに身悶《みもだ》え、周囲を困惑させた。そんな期間、ずっとそばにいて足弱の気持ちをきだし、おもいを何度でも吐き出すよう励ましてくれたのは皺の刻まれた柔和な顔の前侍従長の〈命〉だった。

〈命〉は侍従長の地位を昨年の秋に〈温もり〉に譲り、かれが結婚式やその挨拶まわりで足弱のそばにいられない期間は、侍従長代理として控えていてくれた。

〈温もり〉が帰還後も、相談役として緑園殿そばの緑葉殿に滞在し、三日おきに足弱の顔をみに来ていた。

しかしその期間も五日に一回となり、十日に一回となっている。基本的に真夏と真冬は郷里のホウリョウホに戻るという話だ。もちろん、足弱のお呼びがあればいつでも推参《すいさん》するという。

（王都とホウリョウホを行ったり来たりさせるのも、忍びない……）

ずっと緑園殿にいてほしい気もするが、〈命〉にも家族がいる。長年侍従として勤め上げてきて引退したのだ。これから本当の余暇が〈命〉を待っているのだ。

不慣れな主人の人間の杖としてずっと心を支えてくれた〈命〉の存在は大きかった。

その存在が抜けたことで空いた大きな穴を、残った面々と時間がじょじょに埋めてくれようとしていた。

来年の御幸巡行では、東部の海で海水浴をする予定があるため、水泳訓練の復習が足弱の稽古事のなかに組み込まれた。

この緑園殿に来て以来、足弱は近衛兵のなかでも水泳に熟練した者たちに指導されていた。基本的な水に浮かぶ型や、水のかき方、息継ぎの仕方をおさらいする。

暑い午後の日差しのした、緑園殿の大きな池で水に入って、足弱は涼みながら手足の動かし方を確認する。

「それでは兄上さま、失礼いたします」

「はい、ど、どうぞ」

この水泳訓練で一番大事な練習は、衣類を着たまま落水した場合を想定してのものだ。

小舟をわざと転覆《てんぷく》させて落ちる。池を渡す橋から欄干を乗り越えてわざわざ頭から落ちる。

そしてとうとう、近衛兵ふたりがかりで、足弱の手足を持って振り子のように前後に揺らして、そーれ！で池に放り込まれた。

どぼん！

ぶくぶくぶくと視界が泡にふさがれる。

足弱は目を開けた状態で、長い袖に腕をからめとられたまま沈んでいく。

これまで二回、記憶にない分も入れると三回、足弱は水難に遭っている。

一回目は、三歳の折に乗っていた馬車が大雨後で水量の増していた川へ転落し、母と生き別れた。

二回目は今世王との結婚に同意し、婚約の記念として足弱の里帰りをした旅行途中に、川に流された。

三回目は王都近郊で植物学の講義を実地で受けていた最中、崖から下の川に滑り落ち、しばらく行方不明になった。

今世王を始めとして周囲の者たちが水の事故を心配するのももっともなことだった。その心配を受け入れて足弱も今年の夏は熱心に水練に励んでいる。

沓《くつ》を履いた足で水を蹴る。体が重い。

「ぐ、ぐ……」

しばらく我慢すれば体が浮かぶと知ってはいるものの、息が苦しい。早く水面に顔を出したい。

両手両足でばたばたと水をかく。自然と沓が脱げ、上着から肩が抜けた。

(この袖、長すぎるって)

歯を食いしばるが、口の端から空気が漏れていく。目の前がチカチカしてきたころ、腕をぎゅっとつかまれ、腰帯を持ち上げられるようにして、体がぐいぐいと上昇していく。

それはもう、水流を押しのけるような圧倒的な力強さだった。

おもわずそちらに目をやると、濃い青の裾や袖と、長い金髪を水中に泳がせている今世王だ。

(ええ!?)

がぼっと口から空気が飛び出す。すると今世王は顔を近づけてきて、口移しで空気をくれた。足弱は青い水中のなか、目をぱちくりさせて今世王をみつめた。

いつも太陽の似合う男だとおもっていたが、池のなかの明るい青い世界さえも似合うとはどういうことだろうか。

足弱は今世王に抱きかかえられるようにして上昇を再開し、上半身が飛び上がるようにして明るく輝く水面にでた。

「陛下!」

「兄上さま!」

「ご無事ですか」

水練の教師をしてくれている〈鹿砦《ろくさい》〉の声が背後からした。足弱は肩で息をしながら何度もうなずく。

岸辺に連れていってもらい、柔らかい砂地に手をつく。げほっと咳とともに水を吐くと息が楽になった。

「兄上、大丈夫ですか」

頭上から水をかぶっていつもよりうねりの入った前髪のあいだから青い瞳が覗いている。

「お、おま、えは……?」

膝をついて上半身を起こした足弱は、口元を手の甲でぬぐってみあげた。今世王は岸辺まで足弱を連れてきたあと軽い咳をしただけですぐに立ち上がっていた。

「わたしなら大丈夫ですよ。兄上に上着を」

駆け寄ってきた侍従たちから、ふわふわの綿を重ねた大判の布を受け取った今世王は、それでぐるっと足弱を巻いて立ち上がるのを手伝った。微妙に右足の力が入りにくかった足弱は口端に笑みを浮かべて、助かるよと今世王に囁《ささや》いた。

「抱き上げてよろしいですか？」

「歩けそうだ」

「レシェが運びたいな」

反論する間もなく足弱は抱き上げられていた。両手は布のしたになっていて、それこそ巻いた敷物みたいになっていた。

「わ、レシェ、腕が」

足弱は教えられた通り抱き上げられるといつも腕を今世王の首にまわして体勢の安定をはかっている。それができない。

「おや、兄上の腕がふさがっていますね。えい」

今世王は足弱の頬に音を立てて口づけた。ちゅっちゅっとつづけて、濡れていた頬を好きなようについばむ。

「ず、ずるい、ぞ」

上半身をもぞもぞさせるが、腕は抜けない。

今世王は足弱になじられて嬉しそうに小さな笑いをこぼし、わざとらしくゆっくりゆっくり、侍従たちが用意している休憩処に運んでいった。


手早く休憩処で着替えたふたりは移動せず、池を眺めたまま温かい青茶を飲んでいた。

脚の短い椅子に腰掛け、夏用の上掛け布団を膝に広げている。日除けのした、そこは涼やかでいて暖かかった。

「兄上の午後の水練を見学しようとこちらに向うと、兄上が池に放り込まれている真最中でした。訓練だとわかってはいたのですが、水面に泡だけが出てきて、兄上の頭が出てこない。なんだか背筋が寒くなり、我慢できなかったのです。〈鹿砦〉に声をかけていっしょに飛び込みました。冠とか上着とか沓とか、そこら辺に捨てて、えらく慌てて飛び込んだのです。可笑しいでしょう」

一息つくと、今世王は事情を話してくれた。

着飾った今世王が慌ててそれを自ら剝ぎ取りながら池に飛び込んだ情景を想像すると、おもわず口元が緩みそうになるが、足弱はそれをこらえて真面目な顔をした。

「可笑しくない。心配してくれたんだろう？　ありがとう、レシェ」

今世王は何度も瞬きして、無言のまま首を左右に振った。

「……まあ、少し、怖かったです。訓練するよう自分で命じたのにね」

今度は足弱が何もいわず、手を伸ばしてよこに座っている今世王の手の甲を軽く叩いた。そこで初めて自分の手の平が温かいこと、今世王の手が冷たいことに気づいた。だからぎゅっと手を握った。

新婚旅行と、遠い雷鳴

第二章　新婚二年目

第八話　心乱れる秋

新婚一年目の生活はゆっくりと過ぎた。

懸念された足弱の印章作りは、なんとか春に終わり、捺印《なついん》された感謝状が粛々と贈呈され各地で感激を生じさせた。

印章作りで彫刻刀が手に馴染んできた足弱は、そのまま工房を残してもらった。結婚式のあった昨年の秋から今世王は髪を伸ばしている。整えながら伸ばした髪は、肩甲骨の下あたりまで届いていた。その髪の飾りを手作りしてみようかとひらめいたのだ。

(……でも、失敗した場合も考えて……)

足弱は髪飾りをふたつ贈る計画を立てた。

ひとつは職人に春から依頼した品で、青色系統の色を集めた組み紐の端に、銀細工の鳥の羽根をあしらってもらった。これは今年の秋の新嘗祭に間に合うよう期限内に納品されてきた。

もうひとつは足弱の手彫りだ。


結局、図案を考えるのにまたしても四苦八苦した。

(秋、秋といえば)

贈る季節に思考を巡らす。今世王自身に相談するのも違うと考え、侍従たちや女官たち、図書室の司書たち、印章作りから継続して補助してくれている彫り物師にまで尋ねてまわって案を練った。

なんとか図案が決まり、彫り物師に選んでもらった木材に印をつけ、足弱は工房に籠る時間を多くとった。

そんな夏が終わり、秋の気配がしてきたころだった。

急ぐあまり足弱は彫刻刀の刃で左人差し指の皮膚を切った。

「いった……!」

切り傷からぷくりと生まれた赤い血ごと足弱は左指を口に咥えた。

「あ、兄上さま……!」

一番最初に気づいたのは、作業机のよこに控えていた彫り物師のひとりだ。

「え!?　も、もしかして、お、お怪我を」

工房の隅で植物図鑑の写生を手伝いながら控えてく

れていた侍従補佐の〈円〉が、その丸い顔を青ざめさせながらいった。

「大丈夫、ちょっと切っただけです。ほら」

足弱は口から出した指を眺め、部屋にいるふたりに向けて切り傷をみせた。

「兄上さま、この布をお使いくださいませ。そなたは道具を片づけておいてくれ」

「はい」

〈円〉は懐《ふところ》から真っ白な布巾をだして足弱の左手を包むと、よこにいた彫り物師に声をかけ、つぎに廊下にいる近衛兵を呼んだ。

「すまぬが、奥医師を呼んできてほしい。兄上さまが彫刻刀で指先を怪我された」

「は！」

兵士たちのあいだで打ち合わせる声がして、足音が遠ざかった。

足弱はこの時点まではまだ、手元が狂ったなと自分の失敗を反省しながらもにこやかな調子だった。

しかし、知らせをきいた奥医師三人、残りの侍従たち全員、最後には緑園殿長官まで工房に顔をみせ、いつのまにか大騒ぎになって足弱の顔もこわばった。

親指で押さえれば隠れてしまうほどの小さな切り傷だ。

「だ、大丈夫です。こんなのちょっと切ったくらいで」

奥医師の〈露草《つゆくさ》〉が切り傷用の軟膏を塗り、ぐるぐると包帯を巻いてしまった。

「明日の昼まで濡らさぬようお過ごしください」

〈露草〉は、締め付けることなく、しかしいかにも目立つように処置をした。

「いや、でも、これじゃあ、レシェにおれが何をしていたかばれてしまうんじゃないかな。彫り物をしていて怪我したっていうのはばれてもいいけど、何を彫っていたかわかるのは……」

印章作りのために用意してもらった工作工房に、印章が完成したあとも足弱がたびたび引き籠っていることを今世王は知っている。足弱はそのことに対して、木工細工が楽しくなったからと話していた。

今世王のための髪飾りを製作中であることは、今世王に秘密だった。

「陛下は何を彫っているかはお尋ねにならないかと存じます。ですが、御手を怪我されたのなら、治るまで工作は休まれるようおっしゃるのではないでしょうか」

〈星〉がそばで両膝をついて、とつとつという。

工房の長椅子の背もたれにいつになくだらしなく腰掛け、足弱は左人差し指を眺めた。左右から作業中断を進言されて、集中して取り組んでいた緊張の糸が切れて脱力してしまった。

鎮痛効果のある軟膏が効いているせいか痛みは感じなかった。

（包帯をここまで厚く巻かれたら、いっそ刃物が当たってももう切れないんじゃないかな）

工作を再開したい気持ちが燻《くすぶ》りつづけていた。

席をはずしていた〈温もり〉が午後の日差しといっしょに工房に再び入ってきて、長椅子のそばで両膝をついた。

「兄上さま。工房の補助をしていた彫り物師が、兄上さまが怪我をした責任をとるために極刑を望んでおります」

「きょ……？」

「王族の玉体を傷つけたのですから、死を賜《たまわ》る覚悟なのでしょう」

足弱は長椅子で飛び跳ねるようにして背筋を伸ばし、目を丸くしたまま首を左右に振った。そんな足弱をみあげた〈温もり〉はうなずいた。

「はい。兄上さまが彫り物師の死など望まれぬこと、わたしたちは承知しております。しかし、一歩外からみれば、それは当然ありうることなのです。兄上さまは王族。その指先ひとつさえ、害してはならぬ尊きおかたです」

足弱は左手を右手で握って、指先の包帯をまじまじとみつめた。

こんな小さな傷。しかも自分が失敗してできたもの。新嘗祭に間に合わせたくて、たしかに気が急いていた。

（そういえば、結婚式当日の昼餉は厨房多忙により軽食のような内容になったことを料理長が泣いてわびて

きて車裂きの刑にしてくれとかなんとかいっていたような……あれと似た発想なんだろうか）

ふとおもいだしていた。

「……わかり、ました。指が治るまで彫刻は休みます。ただから、かれにも気にしないよう伝えてください。ただでさえ遅れているのに、補助してくれる人がいなくなってしまうと、誕生日に間に合わないうえに完成もできなくなってしまって、おれが本当に困るから、と」

「はい、兄上さま。かならずお伝えします」

〈温もり〉は顔をあげたまま笑みを深くし、近くにいた〈星〉も嬉しそうに微笑んだ。

足弱のなかで燻っていた気持ちも水をかけられたようにして鎮火していた。

その日の夕餉。

足弱の左指の怪我のことをすでに知っていた今世王は、

「痛くありませんか」

と、それだけをきいてきた。

「ああ、軟膏が効いている」

「怪我が治るまで多少不便でしょうが、周りに手伝ってもらって指を使わないようにしてくださいね」

「ああ」

しつこく注意してくることもなく、怪我をした原因の彫刻について根掘り葉掘りきいてくることもなかった。ただ、その夜の同衾では、左手を振りまわさないよう両手を布で軽く縛られたことには驚いた。

「兄上、何かの拍子に左手で強くつかんだり、ぶつけたりしてしまいますから、用心のために」

「レシェ、今夜はなしでよくないか……？」

「腕をまえに。この布は柔らかいので手首を痛めませんから」

寝台で寝巻き姿のまま向かい合わせになったとたん提案されて、両手を出すようにいわれる。今世王は穏やかな調子で、手早く布を手首に巻きつけた。

「な、なあ、レシェ。もしかして、怒っているのか」

「……え？」

心底、予想外のことをいわれたという今世王の顔をみて、足弱も驚いた。

「あ、違うのか」

「兄上が、ご自分の楽しみで少々切り傷をつけたくらいでは怒りませんよ。ちゃんと侍従や彫り物師に手助けを受けていての怪我ですし、きく限りでは無茶をされた様子でもない。刃物をあつかっている以上、小さな傷は仕方ないのでは」

じつに理性的な意見だった。

「兄上、強く両手を引っ張らないでくださいね。兄上、寝巻き、乱しますよ」

「あ、ああ」

両腕のしたをかいくぐり今世王の手の平が重ねから這い入ってくる。白い寝巻きのしたは素肌で肌着も何もない。乱されてしまえば、すぐに裸だ。

「う、あぁ」

胡坐《あぐら》の今世王をまたぐようにして抱き寄せられた。拘束された両手でちょこんと今世王の胸に手を当てる。布越しに、どくどくと鼓動を感じた。

香油で濡らした指先が、背後から尻の割れ目をなぞっていく。もう片方の手で背中を支えられていなければ、のけぞって倒れそうだった。指先がぐっと入ってきて襞《ひだ》を撫でた。親指と残りの指で尻の片方の肉を持ち上げるようにぎゅっと握られ、先の入っていた指がぐぐっと奥に進む。

「んん……！」

首筋に汗を感じて、声が出る。今世王がその首に吸いついてきて、太腿が震えた。両腕は動かず、寝巻きは両腕にぶら下がったまま、尻ばかりほぐされていた。

上半身はいつもより不自由で、片腕と唇だけで動きを封じられているように感じた。

「あ、あう」

今世王をまたいで大きく足を広げたままの股間に、当然のようにねじ込むようにして二本目が入れられた。腰がおもわず浮き上がり、指から逃げた。

「兄上」

寄せられてきた唇が、足弱の唇に重なり、下方から舌を吸われる。腰を支えていたもう片方の手が寝巻きのしたを移動して、背中側から肩を慰撫《いぶ》した。

「ん、んむ、んぅ」

口を吸われる呼吸に合わせて、隘路《あいろ》を拓《ひら》く指が動き、足弱の視界は火花が散って、四肢に力が入らなくなってきていた。緊張していた太腿も震えが止まり、ゆっくりと寝台に仰向けになったとたんに、だらっと両足が伸びていた。

「兄上、腕をそっと伸ばしてください、そう、そのまま」

ずっと窮屈だった腕を前方に伸ばし、そのまま頭上にもっていく。寝巻きも首から胸まで完全に開いた。

「素敵だ、ラフォスエヌ。結婚してほしい」

ふ、は、と息を吐き出すようにして足弱は真面目にいう今世王に笑ってしまった。

「きょ、去年、おれたち、結婚、してなかった、か」

「あまりにも兄上が素敵なので、結婚したいとしかおもえませんでした」

これには足弱もどう答えていいかわからなかった。

まごついているあいだに、今世王はずっと隠されていた胸元に吸いついて、舐めて軽く噛んでと味わいだした。一瞬、腕で払いのけようとしたが両腕は頭上に置かれたまま、軽く片手で押さえられている。身をよじると、だらんと伸ばしていた片方の足を肩に担がれた。もう片方の足も、腰があがって膝立ちになる。

今世王が高ぶったものを足弱のものに擦りつけてきた。ふたりが同時にびくっと跳ねた。

「兄上、そのまま」

「あ……」

「ああ、兄上、本当にレシェイヌと結婚してくださっていたのですね。こんなにお可愛らしいのに、よかったです。わたし以外と結婚していなくて」

ちらっとみあげた今世王の青い目は、暗い寝台のなかでも気圧《けお》されるような眼力があった。

両手を押さえられ、片足を大きく持ち上げられた体勢で足弱は今世王を受け入れた。口づけするようなそっとした接触から、

「はぁ、ああ……っ、あ、ぁん、あ、あああ！」

勢いよく突き入れられ、荒々しく揺すられる。

体の中心を真下から貫かれるような衝撃。潤滑油ですっかり準備された道に深く、熱い剛直が入ってくる。

「う、ぅう、レ、レシェ、ぁ、ああ」

敷布をつかもうとするがうまくつかめず、そのまま滑って体が引きずられていく。足弱は右肩がしたになり、左足が抱えられていてやや斜めの体勢になっていた。その仰向けとも横向きともいえない角度のまま、何度も何度も腰を突き入れられていた。

「ぅあ！　あ！」

新鮮な角度からの突きに口の端から涎《よだれ》を垂らし、はひ、はひ、と息をする。

短い黒髪が汗に濡れて束となり、ぱたぱたと揺れ、雫《しずく》を敷布に散らしていく。

いつもならもうちょっと前戯が丹念であったり、長かったりするのだが、今夜は組み敷かれてからが手荒いほど早かった。ずっと勢いが落ちず、ひたすら足弱を追い上げていく。

「ラフォス、ここ、気持ちいいでしょう」

「ひぁ、ぁ、あ！　ぁあ！」

肌を打つ音がつづき、足弱の息切れしたような切れ切れの声が寝台から漏れていた。

「ん、ん、ぁレシェ」

「ラフォス、可愛いラフォス」

いつのまにか両手を頭上に伸ばしたまま体をふたつ折りのような体勢に持ち込まれていた。自分の両膝にぶつかりそうだ。時々、今世王の伸びた金髪が足弱の脛や膝に触れる。

この体勢は、今世王の色の違う欲望もあらわなもので自分が真上から貫かれていることがいやでも視界に入ってくる。上下するたびに、下敷きになっている自分に衝撃がくる。押される苦しさと引かれる悪寒。香油と汗と体液に股間から腹が濡れ、上気した肌が火照《ほて》っている。ふたりの肌がぶつかるたびに、活《い》きのいい音がする。ぎしぎしと寝台もきしむ。

今世王が大きく引いた、かとおもうとその分を取り返すようにして付け根を押し込むように、体重をかけてくる。当然、足弱のなかはぐっと深く犯される。

目を閉じてみないようにしたが、脳裏に像が残っている。

「も、もう」

布で巻かれた両手を動かそうとすると、すかさずその布のうえに今世王の手が置かれる。指先への注意なのだろうが、足弱は訴えるように両手の指先で握り返し、首を左右に何度も振った。体をなんとか動かせば、できた隙間を埋めるかのようにさらに深く穿《うが》たれる。

「ぁあ……！　ま、また、はい、るぅ」

ずっと太くて熱い杭で真上から貫かれ、舌もろくにまわらない。目の前はちかちかし、自分がいつ劣情を吐精したかもわからない。

「ああ、ラフォスエヌが可愛い、わたしの兄上が」

今世王からはそんな返事があった。ずるずると太いのが抜けていくが、抜け切ることはない。

「ひ、ぃ、ぃあ、ぁ」

いつもより動きにくい上半身をよじって足弱は喘いだ。

昇りつめさせられた頂《いただき》からなかなか降りられない。少しさがったかとおもえば、また容赦なく昇っていく。

「ラフォス」

ずしんと突かれながら名前を呼ばれる。

「ラフォス、ラフォスエヌ……！　なぜ、手首を、巻く、布ひとつで、ここまでわたしを、惑わす、の、ですかっ」

叱るようにそういった今世王はどくどくと足弱のなかに白濁を注ぎ込み、それでも足りないとばかりにぶるぶると震えた。

その夜は行為のあいだずっと両手首の布は巻かれたままだったと足弱は記憶している。

意識が戻ると、ぐちゃぐちゃになっていた寝巻きは真新しくなっており、両手も自由になっていた。

ぼうっとしたままでいると、今世王が白湯を口移しで飲ませてくれた。

「兄上、お代わりは？」

「あ、ああ、いや、もういい。ありがとう」

ちらっと目をやれば、左人差し指の包帯も改めて巻き直されたようだった。

「湯殿に運びますね」

「ああ」

白い寝巻きに上着をお互い一枚ひっかけた姿となり、足弱は今世王に抱き上げてもらった。両腕を首にまわすと、なんともいえない満足感があった。

息を小さく吐いて、足弱は今世王にもたれる。

今世王は慣れた仕草で足弱を抱え、寝室から廊下に出ていく。

「兄上、眠いですか」

「眠いけど、大丈夫だ」

「お体は平気ですか」

「さあ、ちょっと立ってみないと」

湯殿に到着して寝巻きを脱ぐと、そのまま腰を支えられたまま浴槽に近づいていく。ここでようやく立った足弱は、右足をちょっと引きずった。意識しているより足が重い。

「兄上」

それをみてとったらしい今世王が一声かけて足弱を抱き上げる。さらっとした素肌同士が触れ合い、まだ火照りはおさまっていないことがはっきりと伝わってきた。

足弱が小さく息を呑んでいるあいだに、湯殿係がふたりに掛け湯をする。

「兄上、左手はそのままうえに上げておいてください」

抱き上げられたまま花の形の浴槽に入っていく。

浴槽のなかの腰掛けに今世王が座ると、足弱は今世王の膝のうえに座る形になった。浮力で体が少し軽くなる。

湯で濡らした手の平で、今世王が足弱の胸を撫でた。

「いい湯ですね」

「ああ、気持ちいいな。おりようか?」

「どうしてです?」

口の端に笑みを残したまま、今世王はそっと足弱の頬に唇で触れた。ふっくらした柔らかい弾力があまりにも優しくて足弱は震えた。

「今夜はずっと同じ体位で苦しかったですか」

「え、あ、あれか……うん、あれな」

気がつくと体をふたつに折られるような体位になっ

ていて真上からひたすら貫かれつづけていた。別に初めての体位というわけではなかったのだが、足弱自身も動き辛いところがあったうえに、いつも以上に今世王が荒ぶっていた。

新婚生活に突入してからの他の夜の閨《ねや》と比べても今夜の今世王には気迫がこもっていた。だから足弱は内心びびった。

「今夜の、両手に布を巻いた兄上のお姿が……素敵で……いじらしくて、それはもうお可愛らしくて、どうにかしてしまいたくなって、心乱れてしまいました。なんとか自制しようと努めたのですが、あれが精一杯でした」

足弱は無言のままうなずいた。正直、何をいわれているかよくわからなかった。

今世王は湯を片手ですくっては足弱の肩にかける。白く濁った温泉の湯で肌が滑らかになる。

「もうあのままずっと、兄上を離したくないくらいでした。わたしのラフォスエヌ」

黄金色の睫毛《まつげ》が何度か瞬きしていたが、ついにその瞼を閉じて、今世王は温かい腕で足弱を抱きしめ直した。

足弱は今世王の心情がいまひとつはっきりつかめなかったが、そもそもの原因をおもい返していた。

（……怪我しないよう気をつけよう）

たぶん、それで大丈夫のはずだ。

＊

それから二旬後。

新婚生活の夜のために今世王の寝室を訪れた寝巻きに上着姿の足弱は、侍従に持たせていた物を引き取って円卓に置いた。

「なあ、レシェイヌ。あと五日でおまえの誕生日だよな。それで、おまえの誕生日に贈りたい物があったんだけど、完成が間に合いそうにないんだ。……これなんだけどな」

円卓には燭台が置かれている。足弱は飾りのない白い布巾の包みをといた。

それは秋の果実が何種類か籠《かご》に入った造形の木製品だった。両端に棒を通す穴が空いている。

指二本分くらいの幅と長さだ。

その狭い範囲のなかに艶々で丸々とした葡萄《ぶどう》や柿、きのこにクレスなどが籠からこぼれそうなほど盛られていた。

「これは、楽しい出来映えですね」

円卓のうえにかがみこんでいた今世王は、上体を起こして足弱に満面の笑みをみせた。

「もう完成しているようにみえます」

「うん、でも、そこの、ここのあたり、もうちょっとだろ？　まだ磨きも足りないし」

作り手のこだわりがあって、手放せなかった。

ずっと今世王には秘密にしてきたが、誕生日に渡せないのだから、ちゃんと用意していることを伝えておくべきだろうと考えて今夜みせることにした。

毎年、自分への誕生祝いは「兄上がわたしにおめでとうといってくれるだけでいいのです」という弟であったが、足弱としても形に残る何かを贈りたかった。

「一度おまえに贈って、取り返してまた完成させてから贈るっていうのもな……」

「兄上がわたしへの贈り物を作ってくださっているという時点でわたしは嬉しさで胸いっぱいです。ですが、兄上がちゃんと完成させてからというお考えなのはわかりました。もちろん待ちます。ですが兄上」

「うん」

「新嘗祭の夜は、結婚一周年でもあります。ですから結婚して初めてふたりで迎えた寝室でまた共に過ごしましょう。新調した特別な寝巻きを用意してあります。ですので初夜と同じく三日間兄上と寝起きを共にしたいです」

円卓の燭台に照らされたふたりは、座りもせず会話をしていた。

「ま、また三日間？」

足弱は三日間が恒例にならなければいいのだがとちらっとおもった。

特別な寝巻きがどういうものかの予想はつく。

（また、あの透けるやつか……）

しかし、新調するほど準備をしているというのだから期待を裏切るほど足弱も薄情ではなかった。

「じゃ、じゃあ、三日間そこで過ごしたあと、新婚の取り決めはいつから再開するんだ？」

今世王は頬に手をやって何かを決意するような真剣な顔になった。今度こそと心に期するものがある者の目だ。

「五日は、大丈夫だとおもいます。最長十日は我慢してみせます」

「レシェイヌ」

おもわず足弱は感心した。新婚生活を一年過ごしてきて、今世王の成長をみた気がした。十日も！

しかし、その後が怖いので十日はなしだろう。

「ですので兄上、昨年途中のままになった行為も改めてお願いします」

足弱は、これは恒例にしてはいけないとはっきり意識した。

そこからふたりはしばし揉めた。


秋となり今世王は外見が変わらないまま三十歳となった。

「誕生日おめでとう、レシェイヌ」

「ありがとうございます、兄上。一年目も大好きでした。二年目も大好きですよ」

王国の豊作に感謝する祭りから新婚二年目が始まった。そして春の御幸巡行への準備が本格化した。

第九話　春の御幸巡行

春。

一旬後に四十一歳となる足弱は、大変珍しいことに今世王に誕生日の贈り物をねだった。

「遠くに手紙を送りたいんだ。誕生日を祝ってくれるなら、その贈り物の代わりにおれの手紙を出してくれないか。遠いから大変だとおもうんだが」

今世王は困惑と喜びをないまぜにしたような、中途半端な笑みを浮かべて首を傾げた。

「兄上、お手紙はいつでも送ってよいのですよ……。ご存じありませんでしたか？」

共に夕餉を済ませ、食卓についたまま会話をしていた。周囲にいた給仕たちが一瞬動きを止めたが、何もなかったように食器をさげていく。

ゆっくり日が沈むようになってきていた。防寒具にも、もう何日も手を伸ばしていない。

「おれがお願いすれば届けてくれることは知っていた」

今世王が視線のさきで兄付き侍従長をとらえていまにも叱責しそうだったので、足弱はおもわず今世王の手をつかんでそういった。

「でもな、簡単なことじゃないだろう？　遠方にまで手紙を届けて返事を持って帰ってきてもらうのは大仕事だ。そんな気軽に頼めることじゃない。だから贈り物にしてもらったほうがおれの気が楽なんだ。毎年、おれの誕生日に何か欲しい物がないか、してほしいことがないかってレシェイヌは尋ねてくれるよな」

「はい」

「レシェイヌ。おれは、テンホ里のホンさん夫妻へと、ハラハラン郡のハイゼのところへ手紙を送りたい。おれの誕生日の願いを、おまえは叶えてくれるか」

足弱は手を両手で握り返された。

「喜んで、兄上」

「頼むな」

「愛しています、兄上」

真正面からいわれて、足弱は、ははと笑い声を漏らした。

「知っているよ」

前々から準備をしていた二通の手紙と養子縁組の祝い品は、即日厳重に梱包された。足弱はホン夫妻の養子ふたりが両親の代わりに、ゆくゆくは文字を読み書きできるようになってくれることを願い、手習い教本と筆、墨、硯《すずり》と巻紙を贈ることにした。それだけではそっけないかとおもい、一家四人がお揃いで衣を仕立てられるだけの反物《たんもの》と、幼子の遊び道具になりそうな木製玩具も選んだ。

翌日、馬術が巧みな四名の近衛兵士が選出され、翌々日には四頭の馬の準備が整い、西と南へ派遣されていった。

誕生日には昨年と同じように演奏会が開催された。

厨房は、公領で獲《と》られた川魚や山鳥、収穫された野菜などの食材から足弱好みの味付けの料理を作り、野苺を砂糖漬けにした甘味で食卓を明るく飾った。

＊

緑園殿に来て最初の秋に母の墓参りをする目的で南部への御幸巡行をした。それが足弱にとってこの二階建ての御幸馬車への初乗車となった。以来、北部の避暑地への移動、去年の西部への移動を兼ねた御幸巡行でもたびたび乗ってきた。

弟である今世王が、今世王の身分のまま移動をするとそれは御幸巡行となる。

足弱は最初、どこか今世王の馬車に便乗しているような気持ちでいたが、セイセツ王国がらみの西部への旅や、結婚後の東部への御幸巡行はさすがに他人事ではなかった。

はっきりと今世王だけではなく、自分が行くのだ、という意識があった。

夜が明けて間もない早朝、

「また、お世話になります」

近衛軍将軍〈青嵐〉にそういい、御者たちにうなずき、侍従たちに支えられて馬車に乗り込む。今世王は晴天広場であとを託される宰相や大臣たちから挨拶を受けるという行事をしてから乗り込んでくる予定だ。

他にも上級貴族や、朝廷に出仕している貴族や役人たちが見送りに集《つど》っている。

さきに馬車に乗り込んだ足弱は、そのまま二階へ。二階は王族ふたりがこの旅のあいだ多くの時間を過ごすために寝台まで設置された部屋になっている。

ほとんど直線にみえる階段を、尻を押してもらいながらのぼる。

（これだ、馬車の階段はこれだった）

梯子《はしご》というにはしっかりとした設《しつら》え。だからこれは階段。しかし、いくら大きな馬車といえども傾斜がゆったりの階段を置く場所がない。

「兄上さま、ゆっくりで結構でございます。右足はそこに、はい、つぎは左足を」

侍従のなかでは体格がいい〈星〉がしたから支えて、足の置き場所まで声かけしてくれている。さらに裾を踏まないよう手で持ち上げてくれている気の遣いよう。

艶のある滑りのいい木製の手摺りをしっかりと握り、足弱も腕力でのぼっていく。右足は膝からしたが湾曲しており踏ん張りがきかない。

のぼりきって一歩踏み出したところで、足弱はぎくりとした。

右膝あたりからびりっとした衝撃が右足の裏へと、右太腿から腰、背筋へと上下に走ったからだ。

すぐに嫌な汗が浮いた。

オマエ草という痛みによく効く薬草があって心強いが、痛みが一瞬で消えるわけでも治癒するわけでもない。だから、足弱もなるべく足に負担がかからないよう気をつけている。

気をつけているが、それでもやってしまうことはある。

「兄上さま？」

まだ階段途中にいる〈星〉の声に返事をせず、足弱は壁に手をついて右足を曲げないよう伸ばしたまま引きずるようにして移動した。壁を背もたれにして置かれてある長椅子にそろそろと近づいていく。

「兄上さま、われわれで腰を持ち上げます」

二階で待機していた十代後半の侍従補佐〈吟声〉と〈円〉が足弱の様子に気づいて提案してくる。

杖を、と口にするまえだった。足弱はその提案にうなずく。

「ああ、そこの、長椅子に、頼む」

「はい」

「失礼いたします」

足弱はそれぞれを抱えるようにして両脇に入れて、腰帯ごとつかんできたふたりに持ち上げてもらう。

「オマエ草を用意してくれ！」

〈星〉が一階に向かって声をかけていた。侍従たちの察しのよさに救われている。

「冠をはずしてほしい」

「はい、兄上さま」

今日は冠をつけていた。

衆目を集めるような場所だと顔を隠すために紗のついた笠などをかぶるので、冠衣装すべてを身に着けた足弱の姿は稀《まれ》だ。

今世王に冠衣装の贈り物をもらって披露するときや、すでに顔を知られている宰相や大臣たち、植物学の師であるホヘスと緑流城で会うときなど、ごく限られた場面だけだ。

今日はその稀な例に入る。緑園殿から緑流城の晴天広場に移動して、そのまま御幸馬車に乗り込む必要があった。周囲を背の高い近衛軍兵士に囲まれて移動するため、紗で顔を隠すほどでもないと足弱は判断した。上級貴族たちの挨拶は今世王だけが受けるので、そこは気楽だ。

もちろん、足弱が自分も挨拶を受けたいと望めば喜んで席は用意されるのだが、本人もその周囲――今世王と灰色狼たち――も、足弱がそれを望まない性格であることはわかっていた。

顎下で結ばれていた紐が〈円〉によってとかれ、そっと冠をはずしてもらって足弱は息を吐いた。

銀色の小鳥が、赤い小さな実を咥えている可愛らしさと優雅さを感じる意匠の冠だった。小鳥のとまる枝は写実的でいて優美だ。黒と銀で編まれた紐に、赤い珊瑚《さんご》の珠。

袖を通している衣装の、銀と赤の配色に合わせた見事な冠だった。

足弱はぼうっとした目で芸術品のような冠をみつめた。そのあいだも、沓を脱がせてもらっている。

「軟膏を塗っておきましょうか？」

「軟膏もすぐに効くわけじゃないからなあ。オマエ草を飲んでそこの布団でよこになっておこうとおもう。全然眠くないけど……」

おもわず目の前で膝をついている〈吟声〉に愚痴《ぐち》をこぼすと、細面《ほそおもて》の若い侍従はにこっと笑った。

「朝でございますから」

「そうなんだ。起きたばかりだから眠くなくて」

「横で何か朗読いたしましょうか」

「ああ、それはいいな。本は〈吟声〉が選んでくれ」

十代の侍従補佐ふたりに対して、足弱は年長者の気持ちになることがあり、他の侍従たちより砕けた口調で話すことが多くなっていた。

「兄上さま、オマエ草でございます」

「ありがとう、〈星〉さん」

「どうぞ、わたしも呼び捨てで結構ですよ」

「そのうち」

「はい、そのうち」

侍従補佐を呼び捨てにするようになったころから、他の侍従たちから自分たちも呼び捨てでお呼びくださいといわれるようになった。それは真面目なものではなくて、いまみたいな気楽な物言いでからかうようにいわれるので、足弱は助かっている。

真剣に言上《ごんじょう》などされたら、侍従補佐たちへの年上気分など吹き飛んでしまって、ここに来た当初のように、だれに対しても礼儀正しい態度しかとれなくなってしまったことだろう。

（そのうち）

自然と。侍従たちが待ってくれるなら、きっと。

盆にのった茶碗になみなみと入れられたオマエ草の薬湯からは白い湯気が立ちのぼり、揺れていた。足弱はそれを両手で持って、ゆっくり少しずつ飲んでいった。

＊

春の朝は晴天だった。その名前を戴《いただ》く晴天広場から号令が発せられ王族ふたりを乗せた御幸馬車が出発した。前後左右を警護するのは灰色鎧も艶やかな近衛軍。

「今世王陛下万歳！」

「王配殿下万歳！」

「ラセイヌ王国万々歳！」

「ラセイヌ」

「ラセイヌ！」

膝をつき頭をさげて恭順をみせた都の民たちは、行列が過ぎると次々に両手をあげた。いつのまにか声が揃ってくる。なかには王族への敬愛とは別の歓声も混じっていた。

都民にとって、御幸巡行の行列は精悍で洗練されている有名な近衛軍兵士たちを間近にみる機会でもあったのだ。とくに男ぶりが有名な近衛軍将軍は、灰色の長い外套と、兜の頂点から後方に流された赤い房飾りでとても目立ち、婦女子たちの衆目を集めていた。

「将軍ー！」

「どうぞご無事でえええ」

「素敵いいいい」

花が咲き誇る王都から太陽の末裔《まつえい》である主人たちは旅立っていった。

おおおーぉぉおおおぉぉ……。

ぉぉお……おおおーぉぉおおおぉぉ……。

大通りに詰めかけていた大観衆の歓声は天と地を震わせるようにとどろき、王都の端にいた者にまできこえた。

歓呼の声をあげて見送った口達者な都の民衆は、あげた両腕をさげると高揚感が去り無口になった。

この大都の主人たちは去ってしまったのだ。

そのおもいが胸に迫り、まだ午前であるにもかかわらずどこか寂し気に家路についた。

＊

足弱は馬車の二階にある寝台で寝転び、里に馴染めず旅に出た若者が、旅先で吉兆の花を採取して戻ってくる話を、〈吟声〉に朗読してもらいながらうつらうつらしていた。遠くで地響きのような歓声がきこえた気がしたが、やがて本格的に寝てしまったようで、呼ばれる声で目覚めた。

「……ん？」

「ラフォスエヌ、どうですか痛みは」

「レシェ？」

「はい、レシェイヌですよ」

「馬車は？」

「もう出発しています」

「おかえり」

「ただいま、兄上」

声に笑いが含まれていた。仰向けで寝ていた足弱は右手の甲で目をこすり、とろとろと瞬きした。

「……なんだか、頭がはっきりしない」

「二度寝されたからでしょうね。熱い布で顔を拭きましょうか」

「ああ」

今世王が侍従から布を受け取るのを足弱は視界におさめていた。そのまま今世王が敷布に手をついて近づいてくる。熱いが熱すぎないほかほかした布が顔に当てられ、柔らかく顔全体を拭いていく。折りたたんで瞼のうえにしばし置いてくれたから、足弱はうっかり三度寝に入りそうになった。

「兄上、そろそろ起きませんか」

布をはずされ、腕を引っ張られて上体を起こした足弱ははっとした。

「あ、ありがとう。き、気持ちよくて、寝すぎたか」

くくくと今世王は笑いを噛み殺すようにして笑っていた。

侍従たちは朝の早かった足弱のためにそっと寝かせておいてくれたのだろう。

今世王に腕をそのまま引いてもらって上半身を起こした。出発したのだと自覚してみると振動を感じる。

「出発したんだな」

「はい、つつがなく。皺になっていますね、着替えますか」

「このままでも、おれはいいけど、そうするか」

足弱もいつのまにかこの大型馬車での旅に慣れてき

ていたので、そこは同意してうなずいた。旅の極意は、準備万端整えて出発したのなら、あとはゆったり構えることだ。自分がこまごま気を遣っても周囲を振りまわす結果にしかならない。

三十六歳を過ぎるまで山中での暮らししか知らなかった。それなのに、自分が旅での経験を増やしているのをふしぎなことだなとおもいながら、足弱は勧めに従って着替え始めた。

幕間　恐ろしい一族

大国ラセイヌのアジャンは四十代の若い宰相だ。本来カミウルが宰相に就任するはずであったのだが、そのカミウル自身が己の非才を今世王に訴えて、アジャンを推薦したのだ。

アジャンとしては狷介《けんかい》な性格の自分よりも、人当たりのいい円熟した人格のカミウルこそがふさわしいとおもっていたのだが、断りきれずに空恐ろしい地位に据えられてしまった。

推薦者のカミウルは、推して終わりにするでもなく、外交を担当する大臣となり、陰日向なく若い宰相を盛り立ててくれている。

一昨年秋の王族方の慶事から二年目の春。

たったふたりの王族は東部への御幸巡行をおこなう。今朝はその出発の日だ。

日の出前にアジャンは緑流城の近くにある屋敷から馬車で出仕した。朝廷の多くの政《まつりごと》は午前中に動く。

薄暗いなか、城門脇にはかがり火が焚《た》かれている。

「いずれの者か」

門衛の誰何《すいか》する声。

馬車にはアジャンの家紋、白い茨が刻まれている。

「宰相閣下の車である」

御者と門衛のやり取りがあり、また馬車が動き出す。

アジャンは車内で単座したまま目を閉じている。人々のざわめき、空気の動揺を感じていた。

（今日から陛下と殿下が御幸され、近衛軍が王都を離れていく）

その準備のために多くの人員が集結していた。

緑流城の後ろに広がる色彩豊かな理想郷を主人たちが留守にするのだ。日頃仰いでいる存在が席をはずすがゆえに、より一層その存在の大きさを感じることになるだろう。

もはや王族は男ふたりしかおらず、ラセイヌ王朝もあと百年ほどと予想されている。太陽の不在は、王族並びに今世王のいない政体へ移行するまえの「慣らし」でもあるのだろう。

アジャンはそんな移行期の宰相である。

冷淡明晰といわれるかれの頭脳を買って、カミウルが自分より適任であると推薦した理由でもある。

馬車からおりて、宰相用の部屋に立ち寄って茶で一服し、衣装を改め、近侍に、出仕してきた部下たちに与える指示を伝言しておいて堂に向かった。

窓からいまだ薄明かりも差さないため、側仕えが手燭を持って先導してくれる。

今朝一番の仕事は、見送りだ。薄暗い晴天広場に二階建ての御幸馬車と、その巨大馬車を引くための立派な体格の馬たち、近衛軍であろう兵士たちの影が遠くから望める。

広場からすぐの堂の扉は全開になっている。宰相は、壇に一番近い席だ。そこに向かうため廊下を歩く。

宰相の冠は前に三本、後ろに三本、合計六本の玉すだれと決まっている。身に着ける衣装は役人のように黒と決まっておらず、黄色以外なら色も自由だ。だが、自然と地味な色合いや柄を着る者が多い。

アジャンは紺地に白雲がたなびく図柄を好んで着ていた。

今世王を始めとする王族が太陽というならば、わが身など大空に寄る辺《よるべ》なく浮かんでいる浮雲でしかない。そんな心情から選んでいる。

元々は、王族と比べたらわが身など一粒の砂のようなものだろう、と黄土色――は黄色に近いので避けてただの茶色一色の着物を仕立てて着ていたのだが、

「宰相閣下。あなたは役人でも灰色狼でもない、宰相なのですから、威風というものが欲しい。ひとつ着物を贈らせてください」

カミウルがそんな物言いで注進してきた。

一色だけの衣装をやめろ、おまえは役人か？　灰色狼か？　もっと金かけた衣装にせえよ、という意味だ。

「あなたが忠告してくださるのなら、やめましょう。もっと宰相としての面を押し出せというのであれば、贈っていただく着物を参考に変更します」

「ご傾聴《けいちょう》痛み入ります」

後日、カミウルが贈ってくれた着物の図柄は、実りに頭《こうべ》を垂れる稲穂と夜空の星の河という実に目立つも

のだった。

アジャンはそこから、自分なりに好みを加えていまの装いに至った。

玉すだれの冠をみると、廊下で出会う者たちが端に寄って道を空ける。

かつ、かつ、かつ。

堂の近くで軽快な足音が近づいてきたとおもうと、手燭で足元を照らして先導する者の向こうに灰色の鎧がみえた。

「これはアジャン宰相、おはようございます」

「近衛軍将軍、おはようございます。準備はいかがでしょうか」

年齢的にはアジャンのほうがいくつか年上だろうか。中背のアジャンより頭ふたつは高い〈青嵐〉が足を止めた。

「万端整っております。あとはわれらが主人をお乗せするだけです」

「それはなによりです。どうぞ、陛下と殿下の御身をお守りください」

「はい。そのようにいたします」

近づくにつれみえてきた顔貌は、彫りの深い男らしい整ったものだ。口調も態度も友好的で、緑流城の貴族や役人たちにも人気だった先代近衛軍将軍に勝るとも劣らない男だった。

（……恐ろしい）

と、宰相はおもうのだ。

先代の能力や人格的魅力に劣らない人物を後継者に易々と据えてしまえる灰色狼の層の厚みが恐ろしい。

他国からみれば、アジャン自身もそんな人材であるのだが、アジャン自身はラセイヌ王国王族の家臣一族をみると、まるで周辺国の為政者のような視点でものを考えてしまっていた。

「何かあればご連絡ください」

そうアジャンがいうと、将軍は笑みを浮かべた。

「はい。必要なご連絡はかならず」

必要なければしませんよ、という意味だ。

灰色狼は緑流城の貴族や役人たちと敵対しているわけではないが、立ち位置が違うため宰相といえど、こまめに情報をよこすわけでもない。

アジャンもそれはわかっている。

王族の家臣一族の現在の精神状態を知りたいがために尋ねている。家臣たちがピリピリしていれば、王族に何かがあった、もしくは何か気がかりがあるということだからだ。

しかしその探りも、〈青嵐〉には通用しない。かれはたいてい明朗だ。落ち込んでいる風情であってもそれは「振り」だ。一見怒っていても、精神は安定している。

「では、失礼」

〈青嵐〉は軽く頭をさげて、その長い脚であっという間に去っていった。かれの後方に同じ灰色鎧の兵士数人がつづく。

堂に入る。中央奥に壇があり、玉座が置かれている。その壇の下、右端に宰相の席がある。

「そこの明かりはつけずともよい」

席近くの柱にある燭台に火を灯《とも》そうとする下男を制止する。

「よろしいので？」

手燭を持って先導してきた側仕えの問いにうなずく。

「わたしひとりならそのほうの明かりだけでよい。すぐに日も昇る。まだ薄暗いあいだに陛下がお越しとの知らせがあった場合、その時点で堂全体の明かりをつければよい」

朝廷が資金難のため節約する必要があるということではない。点灯のために人が周囲をうろつくのをうるさく感じたのだ。

「わかりました」

そう、側仕えが返事をしたとき、声がした。

「おはようございます。アジャン宰相」

微かな足音と、しゃがれた声がした。椅子に腰を落としたばかりだったアジャンは驚いてとっさに立ち上がりそうになったがこらえた。

寸前まで足音すらしなかった。きっと足音を立てずに声だけかけることだってできたはずだ。だが直前でそうせずにわざと自身の存在を知らせてきた。憎い配慮ではないか。

特徴的な声なのでだれなのかすぐにわかる。

「緑園殿長官、おはようございます」

二年前交代したばかりの、いまだ三十代の若き族長だ。

長官は手燭を自ら持っていた。中肉中背で、右頬の黒い痣が印象に残る男だ。

「陛下はこちらに？」

「いえ、まだです」

「では、長官は随分お早くこちらにおいでになったのですね」

「わたしも同行を許されましたので、出立前に見落としなどないか、確認しておりました。そうでないと不安なあまりじっとしておられぬのです」

そんな可愛い性質《たち》か？　とアジャンはおもった。

「ご謙遜《けんそん》を」

「いえ本当に、じっとしておられぬだけですので。では失礼」

〈灰色狼〉は丁寧に頭をさげ、微かな足音を立てて離れていった。最初から最後まで表情も声音も変わっていない。手燭の明かりが揺れたときに表情が動いてみえたが、それはただの錯覚だ。若い長官の背を見送りながら、

（あいかわらず薄気味悪いな）

と、アジャンはおもった。

長身で風格ある年配者の長官から一変して、あの尋常ではない雰囲気のある男に緑園殿長官は代わった。二年前の交代の知らせは青天の霹靂《へきれき》のように感じたものだ。

外では出発前の準備で慌ただしい人々の気配がするが、堂のなかには静寂が戻ってくる。他の大臣や貴族たちがここに来るにはまだもう四半刻はかかるだろう。アジャンはいつだってゆっくり今世王の出御を待っていたかった。

政を担う年齢としては若いといわれる自身でさえどうがんばってもあと三十年ほどしかこの国に、今世王に奉仕できないだろう。こうして今世王から国の舵取《かじと》りを任せてもらえる期間は限られている。すなわち、この国の太陽を間近で仰げる期間も限られているとい

うことだ。

大国ラセイヌをずっと導いてきた今世王という存在。

その偉大にして最後の王に仕えるには、自分はあまりに卑小だ。その存在、その声音、その表情を足下で感じ、みあげるにしても、まずは気息を整えておきたかった。心を静め、頭も冴えていなければならない。

それらの準備は今世王を御前にするまえにするべき必要最低限のことだ。

この待機する短い時間に、アジャンは灰色の衣のふたりとすれ違ったことから、王族の家臣一族におもいを馳せた。

(恐ろしい一族だ)

結果、アジャンはそうおもった。


王族は国家収入の二割を、国王を輩出することの見返りとして受け取っている。

その二割のなかの一部で、緑《りょく》護院《ごいん》を建て、医師の質を上げ、さらには優秀な医者たちを修業として各県へ派遣している。

その医師たちの多くが灰色狼だ。狼たちが何を望んでいるかというと、ゆくゆくは御殿医になること。

この千年に渡る王朝において、緑園殿では最高の人材が王族に仕えてきた。

医者や絵師や針子に料理人など。皆が皆、灰色狼であったわけでなく、昔は灰色狼以外の王国民も緑園殿に出入りを許されていた。

だが、いまでは灰色狼のみだ。

いつのまにか、緑園殿には王族と、王族に仕える灰色狼一族しか出入りできない、という決まりになっていた。

最下層の掃除係などに、各地の大守から推薦されてきた子女を採用する、ということもおこなわれていたのだが、『王室病』で王族の数がひとりになってからは、仕える狼が余っているので――ということで、そういった役目の者たちも排斥《はいせき》された。

アジャンはぼんやりと、壇のうえの玉座をみあげた。

千年かけて、王族のそばにいる権利を、一族以外の者たちから奪った。それも、最も優秀である、という理由で獲得したのだ。だれも反論できない。

（いまはまだいい。王族が生きているうちはまだいい）

かれらの目は王族しかみていない。王族のためだけに忠誠を捧げ、余計なことは考えていない。

（だが……もし、殿下も陛下も身罷《みまか》ってしまわれたら）

灰色狼はどうするだろうか。

（あらゆる分野の一流と呼ばれる者は、かの一族が占めるだろう）

それだけ豊富な人材が集まっている。卓越した王族に仕えるために、死に物狂いで切磋琢磨《せっさたくま》してきた一族だ。

（国政のことも考えず、ただひたすら王族の安寧だけを願ってきたかれらの目が、周囲を見渡したらどうなるだろう）

王族が亡くなると殉死する灰色狼も多いが、十四歳で即位した今世王はその殉死を止めたという。だから、今世の王がお隠れになるときも、契約の切れる灰色狼たちに対して、殉死を戒めることは予測できる。

（そうだ、全員が殉死するわけでもあるまい。主人のいなくなった狼たちはどうする）

宰相はぶるっと震えた。

南原《なんげん》に狼たちは散らばり、やがて、あっという間にあらゆる分野の最高峰に立つだろう。

王族を偲《しの》び、墓守りする者たちもいるだろうが、新たな分野に進む者もでてくるだろう。武術芸術医術だけでなく、いままで関心のなかった政治分野でも台頭してくるはずだ。

（ああ、みえるぞ……）

数十年しないうちに、国政を動かすのは灰色狼一族になる。

（そもそも、あの優秀な者たちをラセイヌだけにとどめておくことができるだろうか）

ラセイヌ以外の国に散らばったなら、そこでの国政もたやすく握るだろう。

かれらの優秀さに敵う者などだれもいまい。

いにしえにおいて、荒ぶる血を周辺に撒き散らし殺す者と呼ばれた男に率いられていた一族の血が、どうかどうかよみがえりませんように。

(千年、王族に躾《しつ》けられたのだ。もはや略奪と殺戮《さつりく》しかしない一族ではないはずだ。王族のように、他の血を入れないわけでもないしな)

しかし灰色狼以外の者が一族に迎え入れられるには、なによりも王族に命を賭して仕える忠誠心が必要とさく。

(わたしはかれらの才を認める。そしてそうであるがゆえに、その才を恐れる。国を牛耳《ぎゅうじ》るのはよい。だが、主人のいない狼たちよ、おまえたちは国をどこへ導くのだ？　おまえたちに命令をくだし、躾《しつ》け、魅了しつづけた稀有な導き手はいないのだぞ)

千年の教練が、狼たちを理性ある人間として暮らしていけるようにしていればよいのだが。

物思いからさめて、気づけば堂のなかに人が集まってきていた。アジャンにならって自分用の燭台だけを置いて夜明けを待っている。ぽつぽつと、ひとりにひとつ明かりが灯っている。それはそれぞれの命のようにもアジャンにはみえた。

やがて、今世王と殿下が出立する時刻が迫ってきた。そのころには見送りを許された上級貴族たちが揃い、晴天広場にも人馬が整列している。

薄明かりが全開の扉から床を這うように差し込んでくる。

(まず太陽は地面を照らす)

それを視界に収めたアジャンは王国建国神話の一節をおもいだした。

——恵み深き光は、大地を照らす。

黒い石床を照らして進む朝日はその領域を押し広げ、奥深い堂の最奥まで届いた。ひとりひとりが灯していた明かりは消され、太陽の圧倒的な明るさのなかに飲み込まれていく。朝日は壇の一段目に這いのぼる。二段目に到達する。三段目に差しかかり、灰色の侍従たちが壇の裏手からのぼってきた。

「今世王陛下、ご出御！」

堂のなかの上級貴族たちは椅子から床におりて両膝をつき、頭を深く深くさげた。

「面をあげよ」

王付き侍従長の声がして、アジャンはもう一度深く頭をさげたあと、顔をあげた。

黄色の裾は長く、白糸と黄金糸の刺繍が複雑繊細な意匠を描き出していた。玉座の肘置きからは袖が垂れ、男性的でありながら白く長い優美な指がみえた。飾り帯からは長い房のついた扇《おうぎ》が覗いており、瑪瑙《めのう》の飾り留めがみえる。襟にかけて刺繍は植物的な柔らかさを描き、透明で小さな宝石が散りばめられている。

秀麗な顔の線に沿って両方のこめかみから、緩く波打つ黄金色の髪が鎖骨のうえまで届いている。後ろ髪は結い上げているのだろう。伴侶となった異母兄の要望に応《こた》えて伸ばしているという髪は、いつみても王冠と合わせたようにしっくりとくる形になっている。

足元から日差しが届いているというのに、王冠をかぶったその頭上から自《おの》ずと煌めきを発しているわが王を、アジャンはみあげた。

(太陽だ)

地上の太陽がここにいる。

まさしく、いまここに。

もはや顔貌がどれほど秀麗かなどどうでもよいことだった。その威厳、佇まい。畏怖と安堵。

アジャンの整えていた息が乱れそうになる。

しかし思考は曇らない。宰相として膝を送ってだれよりも前に出る。

「陛下に申し上げます。この度の御幸巡行にて訪れる東部の民草が、御幸の掲示より歓喜に震え、陛下と殿下の御幸を一日千秋《いちじつせんしゅう》のおもいでお待ちしております。代わりに王都に残るわれら一同が、陛下と殿下のご無事のお戻りを一日千秋のおもいで待つことになりますでしょう。ですが、ご出発のこのよき日には、あとのことはわれらにお任せいただき、快くお見送りしたく存じます」

そう言上すると、玉座の今世王が青い瞳でアジャンをみつめてひとつうなずいた。

「なに、アジャンがおればどうとでもなろう」

「恐れ入ります」

それから今世王は時間をかけず、席を立ち、見送りはここまででよい、と城外まで付いてくるのを禁じた。

付いて参れ、といわれれば、どこまでもどこまでも付いていきたい気持ちになっていた。それは自分だけではないだろう、とアジャンはおもった。居並ぶ大臣、上級貴族たちもそうだったはずだ。

（ラセイヌ王国はまさしく王族がいてこその国だ……王族がすべて亡くなれば、ラセイヌ王国もまた消えること、必定《ひつじょう》でもあるか……。

なにも王族がいなくなれば孤児同然になるのは、灰色狼だけではない、われら王国民すべてがそうなる。しかしそれではあまりにも寂しすぎるというもの。宰相として、後世の臣民たちに遺《のこ》せるだけのものを遺そう）

そんな慨嘆《がいたん》を胸に秘め、せめて御幸馬車が晴天広場から出るその後ろ姿だけでも見送ろうと、アジャンは膝を立たせた。

第十話　荷馬車問題

　今回の旅程は東部の郡を巡りつつ、ニツイン河で河船に乗って河口付近まで進み、海辺で避暑をしてから、海沿いの郡を慰撫し、名馬の産地である東フォセトウ郡を目指す。そのあとは、王都へ向かってゆるゆると帰還することになっていた。

　足弱は御幸馬車の二階だけでなく、人影のない道であればアルセフォンに騎乗したり、御者台の端に座らせてもらったりして陸上の旅をつづけた。

　郡の城に宿泊するときなどは表向きは奥の居室にこもり、人前に出ることはしなかったが、裏手からこっそり城の周辺を長い筒の『遠眼鏡』で覗いた。

　この『遠眼鏡』は硝子《ガラス》を大変磨く必要がある細工物らしく、とても希少で、これはようやく完成したひとつらしい。片目で遠くの景色を望む『遠眼鏡』で太陽をみると目が潰れるとのことで、厳重に注意されたうえで足弱は今世王に貸してもらっていた。

　その他にも旅行中、灰色の衣と鎧をつけて一兵士のふりをして近辺を歩いたりもして、足弱なりに楽しんでいた。

「兄上さま、近隣の花や草を根ごと採取して参りました」

「ありがとう、〈吟声〉」

　旅の合間には侍従補佐たちを走らせて目についた草木や、目の届かない場所の草木を採集してもらっていた。〈吟声〉と〈円〉は手の空いている侍従たちに手伝ってもらっているらしく、いつ頼んでも手際よく、多すぎず少なすぎない数の多種多様な草花を足弱に届けてくれた。

「これとこれとこれは、みたことないから写生しておきたいな。こっちは押し花にしたいし、これは鉢に入れておいたら根付いてくれるだろうか」

　そう侍従たちに相談すれば、その願いもすぐに叶った。

　足弱が御幸馬車に運び入れてもらった植物を保管したり記録することにわくわくしているあいだ、今世王は侍従たちに扇であおがれながら寝椅子でゆったりとくつろいで眺めていることが多い。

床の半分を鉢に占領されるようになってようやく、

「兄上の植物のために荷馬車をひとつ用意せよ」

と、命じた。

「レシェ、すまない」

「よいのですよ。興味のあるものや好きなものを集めるのは楽しいですからね」

「レシェも何か集めているのか」

「わたしの好きなものは兄上ですね」

「おれ？　おれはひとりしかいないぞ」

「そうですね。ですからわたしの愛する人は兄上おひとり、兄上さえいればいいのです」

ふたりで共有している御幸馬車の二階を散らかしていても怒らない今世王の寛容さに足弱は礼をいった。そして礼をいって終わりにするだけでなく反省もした。

その後は、採集したものは直接荷馬車へ運び入れてもらうようにした。

荷馬車は二頭引きで、当初は紙類を入れておく箱と根から採集した植物を植えた鉢だけが詰め込まれていた。

だが、馬休憩ごとに御幸馬車から荷馬車に足弱が移動して整理と記録をするようになると、手狭になった荷馬車には一番小柄な侍従補佐〈吟声〉が手伝いとして乗り、御者と並ぶようにして〈星〉も側に付くようになった。

休憩が終わって御幸馬車に戻ってきた足弱に今世王がいった。

「兄上、御幸馬車でいままで通り作業なさってください」

「いや、それはだめだ。ここはおまえとの共有の場所だったんだ。おれのものばかり広げるのは違うよな。気づくのが遅くなって悪かった」

「鉢が並んでいて兄上が足を引っかけては危ないとおもって、荷馬車を用意させたのです。兄上を追い出したいわけではありませんでした」

「わかっている。ただ、ちょっと気になって覗きに行ってしまうんだ」

足弱は凝り性なところがあるので、日増しに休憩後も荷馬車で作業していることが多くなってしまった。ついに耐えかねた今世王は、足弱に付いていきた。侍従補佐に席を譲らせ、荷馬車のなかで異母兄弟ふたりだけで作業をする。

御者の隣の席は王付きと兄付き侍従が交代で座り、他の侍従たちは荷馬車の脇を歩いた。

ついにその日の夜の野営で、緑園殿長官から進言を受けた。

「陛下、兄上さま。荷馬車が手狭かと拝見いたします。今夜のうちに四頭引き馬車と入れ替えとう存じますが、いかがでしょうか」

夕餉を馬車の外で食べて御幸馬車の二階にあがってきていた足弱は、日中乗っていた荷馬車をおもい浮かべた。

「……おれひとりなら、いまのままでも」

そういってから足弱は長椅子に並んで座っている今世王をちらっとみた。

「わたしの手伝いはいりませんか？」

今世王は字も絵も素晴らしく上手だ。土を入れた重い土器の鉢も楽々持ち上げられるし、足弱の指示や希望に忠実に作業してくれる。この王国の頂点にいる最高に優秀な男を、旅行中だけとはいえ採取してきた植物の記録係にしているのである。贅沢すぎる話だった。

足弱は思案しつつ、部屋のなかをみまわした。緑園殿長官以外に、兄付き侍従ふたりと、王付き侍従ふたりが端に控えている。一見穏やかな表情を浮かべているようにみえるが、みなの黒い瞳は何かを訴えるような色を浮かべているようにもみえた。

（……こういうの、以前もあった気がするな……。だいたい、おれが我を張って、なんだか周囲がぎくしゃくしちゃうんだよな。つまるところ、馬車を大きく広いものにしましょうって話だよな）

植物採集は足弱の要望でしていることなので、馬車変更の決定は足弱の意見が優先されるようだ。今世王はよこで静観している。

「〈温もり〉さん、ちょっと」

「はい、兄上さま」

侍従長はそそと近づいてきて片膝をついた。

「荷馬車や馬車の予備ってあるんですか？」

「予備はございませんが、のせている物を振り分けたりして都合することはできます。不都合があれば、馬車の格は落ちますが、県城や郡城に到着すれば空の馬車を徴収《ちょうしゅう》できます」

「徴収？　取り上げるってことですか？」

「いえ、献上という形になります。各地に寄る場合、旅に足りぬ物を都度補充しております。

この旅でも食料の多くを補充しております。これは、巡幸で寄る各領地が負担することになっております。特に王族方にお薦めしたい名産品や王族方ご希望の品は献上物として分類されております。

兄上さまが荷馬車か馬車を必要としているなら、それらを献上することは贈り手にとって大変名誉なことなのです」

丁寧に〈温もり〉が説明してくれる。

献上ということばに気遅れし、足弱は背筋に汗をかいた。

（これは、あれだな。おれが欲張って採取しすぎたんだ。いままで巡幸でこんなことなかったもんな。おれ、今回かなりあれもこれも持ち帰りたくて、それでわざわざ用意してくれた荷馬車も足りないってことだものな）

いつも手配の行き届いた灰色狼が後手にまわっているようにみえる。それすなわち、足弱の植物採集が以前より旺盛な証拠だった。長椅子の取っ手に肘をのせて足弱は左手で目をおおった。

（こ、これは自制しなくては！　……でもおれ、我慢できるのかな。初めて行く東部のまだ行きの途中ですでに荷馬車が狭くなるほど採集しまくっている。種類や量を減らすにしても、どれも珍しくって。結局、荷馬車じゃ足りなくなりそうだ。だったら馬車を献上してもらったほうがいいのか？）

うなり声を漏らしそうだった。判断がつかなくて着物のしたで嫌な汗をかく。

「兄上」

膝のうえにのせていた右手をふわっと握られた。

「お困りのようですね？」

左手で目をおおったまま、足弱はうなずいた。

「馬車の献上は、お心のご負担となりますか」

足弱はうなずいた。

「では、買い取りましょう。レシェから兄上に贈らせてください。兄上が心ゆくまで採集した物を保管しても、場所が余るほどの数の馬車を贈らせてもらいます。二台でも三台でもいいですよ」

足弱はそろっと指の隙間から今世王をみた。

「……おれの金で買えたりしないかな……？」

「買えますね」

迷っていた心にかかっていた雲が、だんだんと晴れてきたのを足弱は感じた。外は日が沈んでいるというのに、心のなかは違う。

左手をおろした足弱は、そばに控えたままの〈温もり〉に顔を寄せて、そっときいた。

自分が使える金銭については左右の者たち、つまり侍従たちに尋ねればいいと前侍従長の〈命〉から教えられていたので買えるかどうかの相談相手は〈温もり〉となる。

「馬車、何台くらい買えます？」

「何台でも、必要な数だけ」

足弱に合わせて、〈温もり〉も小さな声で返答した。

足弱はごくりと唾を飲んだ。

「馬車って動かすのに、馬と御者が必要ですよね。それらも都合がつきそうですか？　それに、王都に帰ったら、その、旅の途中で買った馬車って、どうしたらいいです？」

「馬も足りない場合は購入できます。御者はできる者が随行者におりますのでご心配なく。王都に帰還後、不要となった馬車や馬は保管しておくことも、売却することもできます」

話をきいて、足弱はうんうんとうなずいた。初めての馬の購入が馬車を引くためとは自分らしいかもしれない。すでに騎乗馬として最高の馬を贈られているのだから、その点に不満はない。

「レシェイヌ、ありがとう。馬車は自分で買えるみたいだ。それに必要な馬も買えるみたいだし、御者は用意してくれるんだって。おれ、自分で買ってみるよ。じつは、採集は我慢できないなと考えていたんだ。だから運べる馬車はあったほうが嬉しい」

「兄上がそうしたいのならレシェイヌも満足です。〈狼〉の今夜の入れ替え案はどういたしますか？」

微笑む今世王にうながされて、ずっと正面で膝をついて待ってくれていた緑園殿長官に足弱は答える。

「長官、ゆくゆくは馬車を買うので今夜の入れ替えは結構です。ご提案ありがとうございました。馬車か、荷馬車か、買えそうなものがあれば買いたいので、よろしくお願いします」

どうせ紙類と押し花や鉢植えなどを積んでいくものなので荷馬車でもいいのかもしれない。そうはいっても急な話なので買えるものを買うしかないだろう。

軽く頭をさげるようにして頼むと、〈灰色狼〉は深く頭をさげた。

足弱は行きの途中で、四頭引き箱型馬車一台と、二頭引き荷馬車を二台、馬車と荷馬車を引くための馬を合計八頭購入した。

その四頭引き箱型馬車のなかには、紙類を整理しやすい棚と、鉢を花壇のように飾って収納できる階段型の台。足弱の右足のために脚の長い机と椅子二脚が設置され、墨と硯、文鎮《ぶんちん》に記録用の紙、備忘録のための木簡などが揃っていた。

分類と整理が終わったものは順次荷馬車に移されていった。

荷馬車を買い足すたびに、足弱は採集した植物を持ち帰りたい自分の貪欲を目の当たりにしたおもいで震えた。そのたびに〈温もり〉からあと千台馬付きで買っても大丈夫ですと励まされたが、物欲を助長されそうで耳を塞いだ。

春に出発した御幸巡行は、東方の各郡に寄り道しながら馬車と荷馬車を増やしつつ進んだ。

遠い〈雷鳴〉その二　船旅

　春に祝福されるようにして出発した御幸巡行は、国道で王国民からの歓呼の声を浴びながら、ゆっくりと王都から東に陸路を進み、やや北上してニツイン河にでて船に乗る。

　その船旅において、王族付き護衛兵の補助要員である〈雷鳴〉にも、六日に一回は夜番がまわってきた。

　今宵は船の上。

　大河ニツイン。次男の河。

　大国ラセイヌの河川としては二番目に巨大であり、大陸中央やや北部から東部へ横断する物や人を運ぶ水路であり、周辺地域の生活水であり、農業水となっている豊かな河だ。

　その横幅のある大河のうえを中型の船と小さな船の船団がくだっていく。

「……あ、ぁはぁ……ぁ……」

　旅のあいだずっと寝台を共にしている新婚であるふたりは、今夜もごく自然にむつみ合っていた。

　河水を切る音がつねにあっても、その音の隙間を縫うようにして濡れた声がきこえた。

　上甲板にある王族の船室の周囲をぐるっと囲って警護している。同僚たちでとくに会話もない。

（南部への御幸巡行の際に、船員が王族方に対して下品なことばを口にした事件があったな）

　まったく理解できない。

　この緑溢れる大地をもたらした奇跡の一族に対してなんという不敬だろうか。

（将軍に見咎められ、突如飛来した稀事告鳥《マレゴトツゲル》に襲われて船員は消えたらしい）

　その後、今世王が下船するしないの大問題に発展した。

　今回の旅では、そのような前例があるためか水夫ひとりたりとも近づいてこなかった。

　ぎしぎしと小さな梯子をのぼってくる音がした。開けたままの戸から灰色の革鎧をつけた男があらわれた。

「〈雷鳴〉、代わろう」

「はい」

夜番は日没から夜半までと、夜半から夜明けまでの二交代だ。

季節によって昼夜の長さが違うため、そこは打ち合せしだいとなる。春から夏へと日の長くなるこの季節は、やや夜番が長めに勤めて昼番を助けることになっていた。

引き継ぎを終えて〈雷鳴〉は持ち場から離れ、甲板の端に寄る。少し腕や腰を伸ばして、筋をほぐした。

今回の河旅では、大型船を使うことができなかった。

ニツイン河も大河ではあるが、大型の船では船底が衝突しそうな箇所が何か所かあり、河底を均《なら》す工事を敢行するか、大型船をやめて中型船にして安全に渡航することを選ぶかが検討されて、今世王の裁可により折衷案《せっちゅうあん》が採択された。

国民の雇用にもなるので、河底の土砂工事は実行する。

しかし、万が一のことがあってはいけないので、座《ざ》洲《す》の危険のない中規模な船舶へ変更とする、と。

それが〈雷鳴〉には少し不満だった。

（陛下と兄上さまが乗船されるのだから、大規模で華麗な船であるべきだったよな。わたしはそうおもうけれど、陛下のご決断だものな……。しかし船が狭いな）

つねに両岸を見張っているとはいえ、襲われたときの対応を考えてしまう。

（陛下も兄上さまも泳げる。溺《おぼ》れられる心配はない）

夏、緑園殿の大きな池で戯れていたふたりを遠くからみていた。泳ぎに不足があったらしい足弱は、別の日に近衛兵から泳ぎの教練をちゃんと受けていた。

（敵をわれわれが防いだとして、万が一、この船が水没なんてことになったらとおもうと落ち着かない。緑園殿の池も大きいが、河だしな……さらにいえばニツイン河だしな、助けの船はすぐに来るだろうか。泳ぎ着くには岸が遠い。絶対確実に救出しなくては）

ふいに、潜入任務を帯びていたときの情景が胸をかすめた。腐ったような匂いのする水辺に立ちながら、蒸し暑いなかじっと気配を殺していた記憶。あのときの〈雷鳴〉は主人から遥かに離れた遠い地で虫に刺され、じっと情報を探っていた。

いまは、板一枚向こうに主人たちがいる。河上の冷たい風に頬は感覚が麻痺してきていたが、どこか爽快でもあった。

それですぐに、ぎゅう詰めの甲板下に戻る気がしなかった。

船旅は限られた人数しか乗船できないため、船長と甲板員、王族付き侍従と護衛が優先される。

日中は正規の護衛兵たちが護衛をしている。そのあいだ、補助要員たちは甲板下で寝ているか休んでいる。だが、甲板下は狭く、補助要員たちはそれなりに人数がいるため、半数は他の船に移って寝ていた。

〈雷鳴〉は船旅の半分以上は他船で寝ていた。夜番があるときは日が沈むまえに御座船に移動して控える。交代要員兼精鋭たちでもあるので、ある一定人数は乗船できるように調整されている。

(わたしの夜番回数が少ないのは、信用の差だろうか。腕前からいえばそれほど差はないはずだがな)

そこでふと、信用されていないのは剣の腕前だけだろうか、というおもいがよぎった。

(……南部での過酷な任務を遂行させておいて、いまさら忠誠心が足りないとでもいうのだろうか?)

この配置を決めたであろう近衛軍将軍や、緑園殿長官の顔が脳裏に浮かぶ。

体の裏側がすっと、地面に落下していくような錯覚を覚えた。船上の冷たい風を浴びすぎたせいではないだろう。

いくらなんでも、この発想はひがみでしかないだろうと自分で否定する理性があった。このおもいつきを突き詰めていくのは苦痛というものだった。

(苦痛？　わたしは忍耐力がある、そうだろう？　それは間違いがない。剣の腕前を疑われるのはいい、しかし、忠誠心を疑われるのは赦しがたい。わたしほど王族への忠誠が厚い者などいない)

なによりも、この矜持《きょうじ》をよすがにここまで生きてきたのだから。

暑い夏にニツイン河上と東の海岸部で涼《りょう》をとろうと計画されていた旅路だったが、途中で各郡に立ち寄るために、王族ふたりを乗せた河船は、一気に海まで進むことはなかった。

今日接岸された地は、北部寄りにあるニツイン河の南側となるハマミヤ郡だ。ニツイン河と接しているが海とは接していない。

どの地でも御幸巡行は大歓迎され、最上のもてなしで迎えられた。その対象は王族たちだけでなく灰色の近衛たちもだ。

家臣たち用に用意された長方形の卓が二列並ぶ食堂は、六割が近衛、四割が文官で埋まっていた。

そこでは、届いたばかりの河口付近の鮮魚と採れたての野菜、料理されたばかりの肉が卓にのった。

所狭しと並ぶ海老や蟹をみて、〈雷鳴〉ばかりか周囲の精鋭たちまでもがぎくりとした。

それぞれの部署や隊、班ごとに分かれて食事をとっている。かがり火が焚かれた庭、空気や匂いが王都と違う夕暮れ。

「まさか、これが兄上さまの食卓にのっているということはないよな……？」

だれかが、ごくりと唾を飲み、いった。

残された王族ふたりのうちひとりが、致命的に海老がだめなことは極秘であるが、ここで食事をする家臣たちには知らされている。

「まさか、そんなわけあるか」

じろじろと互いの目を見交わしている。

「そうだ、そんなわけがない。食材は現地の物だが、調理するのは王室厨房だ。危険な食材は排除されている、めったなことを部外者にいうなよ」

中堅の〈赤心《せきしん》〉が叱責するようにいい放った。とたん、食堂は静かになる。

やがて食器が触れる音がしだして、食事が再開された。

（みなそんなことは承知していたはずだ。それでも万が一と疑ってしまった）

汁物をすすりながら、〈雷鳴〉はそう嘆息した。

いまのところ発症したのはイッシン海老だけであるが、ニツイン河が海と合流する地で獲れるニツイン海老だとて同様に危険に違いない。

その赤い身が灰色の忠臣たちの食卓に美々しく飾られているのだ。

まさかこれをわれわれの王族に献上したんじゃないだろうな!? という疑念が走ったとしても仕方がないだろう。実際、献上はされただろうが、王族方の口には入っていないだろう。なんならそれを灰色狼たちがいま現在代わりに食べているのかもしれない。

そうであるならば、むしろどんどん食べるべきだ。

「わたしはいくらでも海老を食べるぞ」

「わたしもだ」

「わたしもどんとこいだ」

「美味しいな。陛下と兄上さまも美味しいものをたくさん召し上がっておられますように」

「われわれのものより、うんともっと美味しいはずだ」

「そうだそうだ」

「それならよかった」

笑い声があがり、にぎやかな夕餉となった。

どんどん、どんどん、と遠くで祝い太鼓の音がずっとつづいている。

第十一話　初めての大海原

河船から下船したハマミヤ郡で、王族一行は御幸馬車の到着を待った。ニツイン河で馬車旅から船旅に切り替えた際に、御幸馬車は陸路で東進させており、このハマミヤ郡で合流する手筈となっている、とのことで足弱と今世王はハマミヤ郡の郡城に数日滞在した。

御幸馬車が到着しだい、ハマミヤ郡の隣の郡であり、ラセイヌ王国最東の郡、東ワンタン郡に入るとのこと。

「河船のまま東ワンタン郡に入ることは無理だったのですよね？」

ハマミヤ郡の郡城の窓から望めるのはニツイン河だ。雄大ではあるが、あれはまだ海ではないという。

（海まで、あとちょっとなのにな。なんだかお預け食らっている感じだな）

ふっと息を吐いた足弱の、たまたま浮かんだ問いには、〈温もり〉が答えた。

「河船のまま東ワンタン郡に入るには位置的に、ニツイン河の河口から出て海沿いを南に移動する必要がございました。河用の船と海用の船では造りが違うこと、河口部の海流が複雑で危険であるという判断からあの船のままで最東部の郡に移ることはやめることになったと仄聞《そくぶん》しております」

「ああそうか、そうですよね」

なにより安全が第一だ。海は逃げない。焦ってみに行かなくてもいい。

そのまま、〈温もり〉に東ワンタン郡の名称の由来もきいた。

東ワンタン郡は昔、ラセイヌ王国中央地域で勢力のあったワンタン氏族が内部分裂して、その一部が東に移住してワンタンの名をその地に残し、東ワンタン郡と呼ばれるようになったそうだ。

五日後。

そのワンタン氏族の血を継ぐ太守夫婦に出迎えられて足弱と今世王は郡城に入った。

その夜は華やかな歓迎の宴《うたげ》が催された。足弱もせっかく最東端まで来たからと、宴の開始の際には出席し、場を盛り上げる一助となった。

ただ、足弱は長居しない。

席を立つまえに今世王にこそっと耳打ちされた。

「兄上、明日はお約束の海ですからね」

「ああ！　そうだな。そうだよな。レシェも深酒するなよ」

「はい」

足弱が長居しない代わりに今世王が歓迎の宴にある程度まで参加するが、足弱としても楽しみにしている件をこれ以上先延ばしにしてほしくなかったのでおもわず忠告めいたことをいってしまっていた。

今世王はわかっていますと、口元を緩めてうなずいてくれた。

そう、東ワンタン郡の郡城で今晩泊まったあと、ついに明日、海を一望できる東ワンタン県の海岸沿いを目指す予定となっていたのだ。

足弱が宴に長居をしない理由は、顔をあまり知られたくないという点のほかに、海沿いの郡でのもてなしは海産物が中心となるからもあった。

（レシェイヌが酒を飲みすぎて寝坊するより、おれが海老で調子を崩す可能性のほうが高いのかもな）

侍従や近衛たちに挟まれて退出し、廊下の天井を眺めながらそんなことを考える。

足弱と、足弱と食卓を同じくするときの今世王の食事だけは、海産物の一切入っていない料理が並べられる。以前、足弱が茹でたイッシン海老の充満した匂いに触れただけで倒れたせいだ。今夜ほんの触りだけ参加した宴での料理でさえ、気遣いに満ちたものだった。

用心しすぎだと、足弱としては考えなくもないのだが、どうしたって、自身の身分はそういった気遣いや用心を過剰ではない、当然のことであると周囲にとらえさせる。

足弱と呼ばれて育った子供は、じつは王族庶子のラフォスエヌで、いまや今世王の王配、伴侶なのだ。


東部への旅は、足弱にとって食事の危険のある旅でもあった。

緑園殿で料理の出汁《だし》にしても足弱に変化がなかったと判明している魚介類については、慎重に使用されることもあったが、それについてはつねに厨房と御殿医の協議が必要とされた。

足弱自身は、海沿いに来るまでに夏の川魚をたくさん味わってきたので、海鮮料理への未練というものはない。周囲が足弱の目に入らないようにはからってくれているので欲しいという気持ちも湧いていなかった。ただ、自分と同じ料理に今世王を付き合わせているという事実だけが気になっていた。

東部の郡の多くは、新鮮な魚など立派な漁の成果を惜しげもなく王族ふたりに捧げてくれているということを知っていたため、民の気持ちをくみ上げて、今世王には自分に遠慮することなく海鮮料理を食べてもらいたいとおもうのだ。

東部に近づくにつれて、岩塩が海塩に変わったらしく、料理の味に変化がでてきたらしい。『らしい』というのは、足弱はまだそこまで繊細に味の変化をよみとれないからだ。今世王の事細かな説明をきいて、そうなんだとうなずくだけだ。

だがその場に同席していた料理長の〈雪解《ゆきど》け〉は、今世王のその説明をきいて、厨房の工夫や研鑽《けんさん》をくみとってもらっていることに大感激し、ずっと口を押さえて嗚咽《おえつ》していた。いつもは料理長を引きずっていく副料理長の〈虹《にじ》〉も料理長の背中で泣いていたので、近衛兵たちがふたりを食堂の外に連れていった。


ラセイヌ王国の農業が実り豊かであるのと同様に、漁業も釣り糸を垂らせば魚が釣れ、網を投げ入れれば網いっぱいの魚が獲れた。海の底には貝が溢れ、海は澄んで濁らず、豊かさでいえば地上と甲乙つけがたいほどだった。

漁師の多い東部海岸沿いの民たちは、初めて目にする灰色の騎馬や兵士たちの列と従僕の列、その背に厳重に守られて動く二階建ての馬車と、足並みが揃った馬たち、連なる美々しい装いの馬車や荷馬車、はためく旗の数々という行列を、ずっとずっと遠ざかるまで驚嘆の面持ちで眺めた。

　自分たちの生活の豊かさが、天から落ちてきたものではなく、ラセイヌ王国の国王、今世王の存在と、その王を生んだ王族から生じているという親からの話を、何度も胸の内で反芻することとなった。

（陛下は存在している）

（本当にいるんだ）

（今世王陛下万歳）

（ラセイヌ万歳！）

（王族、万歳）

　うぉおぉぉぉぉおおおおぉぉぉぉ……！　歓声は自然と発生し、東の民たちの心を震わせた。

＊

　海につづく崖へ向かう坂道をまえにして、足弱と今世王は御幸馬車から下車した。

「傾斜が急ですので、ここからは馬か歩きがよいかと存じます」

　近衛将軍からの勧めで、足弱は歩いていくことを選んだ。今世王は足弱の右手を取って進みを同じくしてくれる。

　海岸沿いの木々はまばらで、道の両側は林となっている。大きく傾いているのは海からの強風のせいだという。

（潮の香りが強いな。ざあんざあんって音がする。川とは違うな）

　足弱は、飛ばされそうな笠に手をやった。夏用に新調した群青色《ぐんじょういろ》の紗がたなびく。よこをみれば、今世王も笠を押さえている。足弱が贈った水色の紗のついた笠をかぶってくれている。

　ふたりして体を支え合いながら坂道をのぼる。真新しい板が階段のように敷いてあって、東ワンタン郡の気配りを感じた。

　ときに近衛兵に腰を押してもらいながら、足弱は傾斜をのぼりきった。そのうえから水平線を初めて眺めた。

「わ……」

視界をさえぎるもののない、澄みきった青空と白い大きな雲。遠くを飛ぶ鳥の群れに、潮風といっしょに押し寄せる波と風圧。体の前面を強く圧《お》される。

口を開いたまま、じっと大海原を眺めた。左端はずっと砂浜がつづいていた。右端は崖がみえた。白波が立ち、勢いよく波が打ち寄せている。

「お……」

単純な感想を口にしようとするが、それらのことばを潮風と波音に奪われる。

ざぁざざぁぁ……ん……。

大量の塩水が奏でる水音は、耳を聾《ろう》する。

（いや、大きすぎるだろう……！）

幅も奥行きも音も波も、みな大きい。

イッシン河も向こう岸がみえないほどの大河ではあったが、海のこの茫々《ぼうぼう》たるさまはどうだろう。

「レシェ……レシェイヌ、大きいな」

声が届くようにと、顔を寄せて声を張った。

「はい、兄上！　実物は想像以上ですね！」

珍しくはしゃいだ今世王のいらえがあって、足弱は少し怖いと縮こまっていた気持ちがなごんだ。紗の隙間からきらきら輝く青い瞳をみると、楽しさが移ってきたようにおもえた。

「海で泳いで遊ぶとかいっていたけど、ここでか？」

「ここは波が荒いですから、南のほうに移動してずっと穏やかな波打ち際で遊びましょう」

「そうか、でもせっかくだからここで、ちょっと手を濡らしてみないか？」

今世王のくすくす笑う声が、潮騒にかき消されそうになりながらきこえた。

遠くの海の色は濃い緑色をしており、手前になるほど白っぽい緑になっている。白波の線が海の色彩を目まぐるしく変えていく。

「沓を脱いで足も濡らしましょう。雪のうえみたいに、足跡がつきますよ。あの砂浜は細かい砂で気持ちよさそうですし……！」

おまえはなんて楽しいことを考えるんだと、足弱は

感心した。

　この海で戯れることを考えると、それまで大海原に圧倒され、厳粛な心持ちにさえなっていたものが霧散していったのを感じた。

　夏の日差しはじりじりと白い砂を焼いている。潮風はじっとり重いがだんだん慣れてきた。

「兄上、笠の紐は痛くないですか」

　紗の裾がはためき、顎で結んだ紐がときどき食い込む。

「ああ、痛いほどじゃない」

「日焼けもあとから痛くなりますし、笠はかぶっておきましょうか。〈一進〉、この潮風はいつもこの強さなのか？」

「ここは風が強い場所ではあるそうですが、今日はまだまだ、これでも弱いほうだそうです」

　だれかに確認していた〈一進〉が声を張って答える。

「このまま浜辺までおりていっていいんだよな？」

　紗で頰を叩かれながら足弱は今世王に尋ねた。

「そうですよ。兄上、手を」

「いや、だい……じょ」

　さらさらの白い砂地を歩くとき、杖をついた足弱は何度も足をとられてけつまずきそうになった。

「兄上」

　さっと腰と臀部に今世王の両腕がまわって抱き上げてくれる。ずっぽりはまっていた沓がすっぽ抜けそうになった。

「波際までレシェがお運びしますよ」

「ありがとう」

　婚約記念旅行の途中で川岸におりたときのように、自分の足で歩かせてくれとは、いまさらいわない。いつだって気遣ってくれる異母弟の心情を、足弱は受け入れることができるようになったからだ。足弱は今世王を感謝の眼差しでみつめた。しかし、その目がだんだん薄目になってくる。

「……レシェイヌ」

　そういって足弱は紗のあいだに手を差し込んで、今世王の片方の耳を引っ張った。大国ラセイヌの輝ける太陽である国王、その人の耳を遠慮なくぐいっと。

なぜなら、臀部をしたから持ち上げるようにしてまわっていた手がさわさわと尻を撫で触ってくすぐったいのだ。

「よいのですよ兄上、レシェの耳をそのまま引っ張っていてください。レシェは平気です」

耳を引っ張るのと臀部をお触りすることが平等な取り引きのような言い草だった。

別段まだ蹴飛ばすほどのことでもないが、撫でる指に力が入ってくるのは変な声が出そうになるので困る。引っ張っていた指を離し、耳元で囁いた。

「レシェイヌ、恥ずかしいだろ」

「兄上、われわれは新婚です。これは許される行為です」

「そう……だとしても、夜にしろよ」

周りにいるのは侍従や近衛たちだが、その外側に案内のための現地役人たちも随行してきている。

「夜であれば、たくさん撫でても？」

「おまえが撫でたいなら……」

今世王はしっかりと足弱を抱き直し、頭上をみあげるようにして微笑んだ。

「わたしの宝物。今夜もずっと可愛がりますからね」

身を預けていた足弱は輝くような笑顔と台詞《せりふ》に赤面した。

第十二話　砂の彫像

その日は昼餉を挟んで二刻（四時間）も、たっぷり時間をかけて散策をした。

その後も一行は、ラセイヌ王国東部の海外沿いの郡を巡幸しつつ南下していった。

足弱と今世王が本格的な避暑をする場所へ向かったのだ。

東ワンタン郡から南下して、あいだにいくつか郡を挟んださきにあるテニョン郡。その郡にある秘境のような浜辺は、林を抜けると波も静かな砂浜だった。波打ち際と林の木陰が近い距離にあり、ずっと日傘がかかっているような空間となっていた。

足弱も今世王もこのほどほどに狭く、波が穏やかで砂の細かい浜を気に入った。

近くには漁を生業にする小さな里がひとつあるだけで、ほとんど人が来ることのない場所だった。

「レシェイヌ、ここの海はすごく澄んでいるな。ほんと、海も様々だな」

海のなかが澄んだ青色で、押し寄せてくる穏やかな緑の波とぶつかって透明に砕ける。

「ここならのんびりできますね、兄上」

侍従たちがどこからか担ぎ出してきた筏《いかだ》に今世王と乗ってはしゃいでいても、足弱は筏と浜辺の木を結んだ綱がはずれないかは何度か確認していた。穏やかだとしても、海は海だ。

沖まで流されるのが怖かった。

海底に足がつかなかったときに背筋を走る悪寒。

（……川も、深いところが怖いのはいっしょだけどな……。滝壺に落ちて、浮き上がれない危険と、海の波に飲み込まれる危険さも同じようなものかな）

足弱は一番身近だった川と海をよく比較していた。

巡幸で訪れた数々の海岸は、海の色まで違うこともあれば、海岸が岩だらけであったり、浜辺がない急《きゅう》峻《しゅん》な場所があったりと、いろいろな顔をみせてくれた。

遠くまで浅い、遠浅という種類の砂浜も知った。

川や池で泳ぐより体がよく浮かんで楽しいが、とにかくしょっぱいうえに目が痛くなる。そのうえ、海で濡れた肌が陽光に焼けるとやけに痛い。

海で遊ぶ難点にぶつかりながらも、足弱は秘密の砂浜で毎日へとへとになるまで弟と共に海と戯れた。

あるとき、手の空いていた近衛兵たちが浜辺で大きな兎と野鳥の砂の彫像を造ってくれていた際に、足弱は小さく微笑んで「美味しそうだ」と感想を述べた。それがきっかけとなり、以来、近衛兵たちは班ごとに毎日彫像造りをするようになってしまった。

実物大の猪や鹿の親子、熊に栗鼠《りす》に、亀など、どんどん種類が追加され緻密《ちみつ》な彫刻を仕上げ、それに対して足弱の感想をそっと求めてくるようになってしまったのだ。

しかもその日々の足弱の感想や反応によってどうやら優劣をつけて競っているらしく、足弱を困惑させた。

制作する動物では、足弱が好きな馬は禁止になっており、それ以外で競い合うという規則までできていたのだ。

「レシェイヌ、あの砂の彫刻を造るのを……いや、造ってもいいけれど、おれに出来栄えの感想を求めてくるのをやめてもらえないかな。おれ、もうすでに、どれも甲乙つけがたくて何をいっていいのか困っているんだ」

夜、寝室でふたりきりになったとき足弱は真剣な面持ちで切りだした。

声は低く小さく、灰色狼たちにばれないようにして今世王に相談を持ちかけていた。枕に頭を預け仰向けになっていた今世王は、自分のよこで足を崩して座ったまま顔を近づけてきた足弱に驚いたように目を向けた。

「鼻の形がいいとか、毛並みがいいとか、兄上の素朴なご感想をきくのをレシェも楽しみにしておりました。でも、兄上がご負担なら仕方がないですね。代わりにわたしが答えておきます」

「ありがとう、レシェ。本当にありがとう」

灰色狼たちの熱意に応えられなくて申し訳ない気持ちになった。

「爪まであってちゃんとしているとか、後ろ脚が美味しそうとか、兄上のご感想、楽しかったですよ」

今世王は顔をくしゃっとさせると両腕を伸ばして足弱を胸に抱き込み、くくくと長く笑っていた。

遠い〈雷鳴〉その三　競争

　御幸巡行は河旅が終わると、王国のもっとも東端にあり、海に面した東ワンタン郡へ向かった。

　海岸沿いの移動であるので本来なら海船で移動するところが、安全策をとって馬車移動となっていた。

（われわれは大地の民ゆえに、地に足をつけているほうが安心できるのかもしれない。河なら岸が近いから船が水没しても王族方を迅速に救出できるが、海だと沖に流されると危険だからな）

　危険の可能性をいいだしたらきりがないが、王族側からも海船での遊覧の希望等なかったので、王都にいる時点での計画のなかに海船に乗る予定も、海船での移動もなかった。

〈雷鳴〉は表面上淡々と警護についた。

　王都周辺とは景色も空気も匂いも料理も違う。その違いを刺激として楽しむという気持ちに傾くでもなく、ただ、王族方の背景としてだけとらえていた。

　もう過去となった自分の情景のなかに蒸し暑い景色があった。

（わたしの南での任務は終わった）

　もう王国民のだれも疑わなくていい。

　王室への忠誠が薄いのではないか？　離反する気があるのではないか？　あいつは間諜ではないか？　南部地域に金を撒いて騒動を起こさせ、王都に隙を作ろうと画策しているのではないか？

　要注意人物には愛想のよい言動をしながら近づき、敵だと確信したら、どこかに攫《さら》って隠し、痛めつけ、口を割らせる。

　だが、いまはもう騙《だま》し、痛めつけることを考えなくていい。

（いまは、他の兵士たちと同じように、陛下と兄上さまのことだけ考えていられる）

　ここは暑いが、あの熱帯地域ではない。

　御幸巡行は東ワンタン郡から南に移動し、テニョン郡に到着した。

　そこで一行はひっそりと避暑をする予定だった。

近衛軍兵士たちは静かな海里で漁師の家を借りた。家が足りないので天幕も張った。この郡の太守一家が建てた避暑用の一階建ての屋敷は王族方が使っている。

ざざー……ん。

初めて王族方が海岸までおりた東ワンタン郡の海よりも波が静かだ。

木陰の多い澄んだ波が打ち寄せる白い砂浜で、王族方は海遊びを楽しんだ。

その脇には砂の彫像が造られている。

それは数日前の同僚たちの会話がきっかけだった。

夕暮れをみながら夕食を食べていた。貝汁に、わかめの入ったおにぎり、焼き魚は好きなだけ。木製の器《うつわ》によそってもらったそれらを、各自好きな場所で会話を楽しみながら食べていた。

「あの浜辺の砂で何か造ってみないか」

「何かって？」

「海だから……海鳥とか、魚？」

「陛下と兄上さまにご覧いただくのか？」

「まあ、端のほうで造って、面白がってくださったらいいなあって……」

結局、賛同した何人かで兎と野鳥の彫像を造ったらしい。

「兄上さまがことのほか喜んでくださった！」

「おまえ、いいことしやがって」

彫像造りに参加しなかっただれかがいう。

「兄上さまが『美味しそう』だって褒めてくださった！　あれはわたしの造った兎のことだとおもう」

「違う、わたしの造った鳥だよ。あの野鳥美味いんだから」

どうやら兎担当、野鳥担当で分かれていたらしく、しばし片手に焼きトウモレイヤを持ちながら口喧嘩していた。

そんなことがあって、突如、近衛兵たちによるだれがもっとも褒められるか彫像競争が勃発した。

兵士たちの暴走を嗅《か》ぎつけた〈青嵐〉将軍によって、〈問《と》い〉という若い癖毛の小隊長が彫像競争の統制を命じられたらしく、避暑地に同行してきた近衛軍のなかで彫像制作をする班分けがなされる事態となった。

〈雷鳴〉たち、王族警護の予備にあたる精鋭たちは参加しなかったが、その大騒ぎは目撃していた。なにせ食事は同じ場所でとっていたからだ。

「馬はずるいだろう、馬は！」

「そうだそうだ」

「そっちが馬ならわたしたちだって馬にするぞ、しかも二頭にしよう」

何人かが腰掛けていた倒木から立ち上がって大声をあげていた。片手には紅咲蟹《べにさきがに》の蟹汁の入った椀を持っている。

この紅咲蟹は通常だともっと北の狭い地域で水揚げされるはずの蟹だが、王族方がこちらで避暑をするようになってから近くの浜辺に打ち揚げられるようになり、みな「奇跡だ」といって喜んで食べている。

近くにあるかがり火から長い影が伸びた。

王族方が過ごしている屋敷からは離れているので声を張り上げたところで届かない。兵士たちがいるのは海里のなかではあるが、一軒一軒が離れているのでこちらも大丈夫だろう。もしかしたら声が響いていてびくついている里人はいるかもしれないが。

「そうだそうだ」

「こっちは仔馬にする。アルセイルちゃんにする！」

それまでもたいがいうるさかったが、この発言がきっかけでその場は沸騰した。

「卑劣！」

「なんだと!?」

「兄上さまが可愛がる仔馬を造るなど！　そこまでお褒めのことばが欲しいのか！」

「欲しいに決まっているだろう!?」

「抜け駆けだ！」

「それはいい案だ」

「だったらわたしはアルセフォンにするぞ！」

「それはこちらの班が造る」

「わたしたちがさきだッ」

複数人がいっせいに立ち上がり、飲み干した器を放り捨てると、ついに取っ組み合いが始まった。どこの班が馬を造るかで口汚く罵《ののし》り合い、腕力で勝者を決めようとしていた。

「やめろおまえたち、木札引きにしろ！」

周囲から冷静な案が飛ぶが、頭に血がのぼっているようだ。〈雷鳴〉は食べかけの器に埃《ほこり》が入らないようそっと移動し、立ったまま二杯目の蟹汁を飲んだ。同じように食べながら見物している兵士たちも多い。

星が輝きだした夕暮れどきに潮風が心地よいというのに、われにこそ馬を造らせい！　と地上では拳《こぶし》で語り合っている。

十人以上が馬の彫像制作権争いをしていると、騒ぎをききつけた中隊長たち三人がやってきて迅速極まる殴る蹴るの仲裁に入った。あっという間だった。最後には全員が引っ立てられていった。

「中隊長たち、やっぱり強えぇな」

〈雷鳴〉の近くで三個目のおにぎりをほおばりながら見学していた兵士がそうつぶやいていた。

翌日の昼飯時に昨夜の件の続報を〈雷鳴〉は知った。あの喧嘩した者たちは〈青嵐〉将軍のところにまで連行されて、彫像制作班からはずされたらしい。そして砂の彫像の素材から「馬」は除外するとのお達しがあったそうだ。

「みな元気がいいな……」

「おまえは若いんだから、そんな年寄りじみたことをいうなよ」

同じ時間帯で休憩に入っていた、小柄でちょぼっとした口髭のある〈眺望〉が煮付けを食べる合間にそう感想をこぼすと、選出されたなかでは年嵩の部類に入る〈赤心〉にそういわれていた。

第十三話　烏賊《いか》焼《や》き

　御幸巡行は、東部海岸沿いの中心地東ワンタン郡から一度南下してテニョン郡で十二日間の避暑を兼ねた海遊びを楽しみ、再び東ワンタン郡に戻ってから今度は北上していた。

　最終的には、足弱の愛馬アルセフォンの生まれた、名馬の産地である東フォセトウ郡を目指すのだ。

　今日、午後から足弱がそぞろ歩いているのはその途上にある郡のなかの小規模な海里のひとつ。

　デコボコした海岸線が特徴の、それでいて魚獲量が多い湊《みなと》。帆のない手漕ぎ舟が何艘も浜に並んでいる。漁は早朝におこなわれ、水揚げされた魚は遠くに運ばれるものから売れていく。

　昼からの魚市場は、近辺向けだ。

　海の幸が満載なその市場を離れた位置から眺めるだけで我慢した足弱は、小路地を歩いていた。この位置でも湊の風情や、市場のにぎわいは伝わってくる。それは音だけではない。

「……いい匂いがしますね。屋台の料理かな。何かな」

「香ばしいですね」

　と、〈星〉。

　足弱は王都の商家の主人アシという設定で着替えていた。侍従の〈温もり〉と〈星〉は商家の主人の側仕えとして、近衛兵の〈鉱石《こうせき》〉と〈遥《はる》か〉はそのまま護衛として随行していた。

「烏賊《いか》焼きではありませんか？　王都の市場で似たようなものを食べたことがあります」

　そういったのは護衛の〈遥か〉だ。

「烏賊というと、脚が何本もある海の生き物ですね。たしか、おれ、烏賊は煮物で食べたことがあった気がする」

　屋台の烏賊焼き食べられそうじゃない？　という目を〈温もり〉に向けた。

　その黒い瞳は、期待できらめいていた。

　若い端整な顔立ちの〈温もり〉は微笑んだ。足弱の期待は高まった。

「料理長に作っていただけるよう見本の品を買って帰りましょう。医師と相談して、アシさまに供《きょう》することができるかどうか検討したいと存じます」

微笑が揺るがないまま提案され、足弱は「はい」とうなずいた。

〈星〉が市場に入っていき、手提げに何枚もの大きな葉に包まれた烏賊焼きを買って戻ってきた。熱々の出来立てだそうだ。

足弱の口内に唾液が溜まったが、郡の宿泊場所に帰還するまでお預けとなった。

一行が烏賊焼きの匂いに誘われて蛇行した結果、予定していた道から離れた。そのせいか、民家からただよってきた貝を焼いた煙をあびてしまい、しばらくすると足弱はめまいをおぼえた。

侍従たちが煙に気づいてすぐに風の通る道に移動したのだが、濃厚な煙だったようで足弱は木陰にあった木製の長椅子に座り懐から布巾を取り出し、口に当てた。

「アシさま、いま、馬車を呼んでおります」

足弱は目でうなずいた。

吐き気がするほどではないにせよ、少し気分が悪い。もう少し楽な姿勢になりたくて上半身を寝かせた。

〈温もり〉がさっと腕を伸ばして介助してくれる。

(いい匂いだなっておもったのにな。味だってきっと美味しいだろうに)

どうしてか海の魚貝が足弱には合わないのだ。

(やっぱり、海に近いところは新鮮なぶん、ラヌカンで嗅ぐ魚貝の香りより強い感じだ)

長椅子によこになったまま、無意識に足弱は衣類のうえから腕をかいていた。

そこにおずおずとした声がかけられた。

「ど、どうか、なさいまシたか……?」

東部の訛《なま》りとも違う発音だった。

「ご、病気、ですか」

建物の陰からふいに、大柄な男があらわれた。

「少しご気分が優れないだけです。いま馬車を呼んだので大丈夫です。ご心配ありがとうございます」

足弱のそばに膝まづく〈温もり〉の代わりに、立ったままだった〈星〉が返答した。足弱がそうあってほしいと希望していたように、丁寧で穏やかな対応だった。

　護衛のふたりは立ち位置をわずかに変更し、黙ったままだ。

「それ、なら、よかったです」

　遠慮がちに声をかけてきた男は漁師たちのように日焼けした衣服を着て、やや緑がかってみえる肌をしていた。七尺（約二百十二センチ）はあろうかという長身で手足が長く、黒くて長い髪は細く編んだように胸元まで垂れていた。一見して、ラセイヌ王国民ではない者だった。

　黒い目は切れ上がり、鼻は三角形にみえるほど高く、唇の薄い口はとても大きかった。異相といえるだろう、とてもはっきりとした、迫力のある目鼻立ちの持ち主だった。幼子であれば泣き出すかもしれない。

　そんな見慣れない容貌のため、年齢もわかりにくかった。たぶん成人しているだろう。しかし、おずおずと声をかけてきた感じからすると、案外若いのかもしれなかった。

　大型船の出入りする湊のある郷では他国民が歩いていたりするが、この海里では珍しかった。

「失礼ですが、あなたはどちらにお住まいですか」

「わたシたちは、オイシロ郡に住んでいます。わたシは手漕ぎ人夫で雇われましシた」

　よく尋ねられるのだろうか、すらすらと所在を述べた。男が話すと大きな口から覗いた歯は、小さな刃物が並んだようにギザギザしており、内容より口元に目を奪われてしまう。

　問うた護衛の〈鉱石〉はそれ以上つづけなかった。なぜなら数人の足音が近づいてきたからだ。道のさきに地味な箱型馬車がみえる。茶色の微服《びふく》を着た男ふたりが駆けてきて、五歩さきで足を止めた。馬車と共に控えさせていた灰色狼たちだそうで、その者たちの合図をみて〈星〉が足弱に声をかけた。

「馬車の用意ができました」

「アシさま、失礼します」

〈星〉に肩を貸してもらって口を布巾で覆ったまま立

ち上がった。さきほどより気分の悪さはなくなったものの、四肢のあちこちが痒かった。通り過ぎる際、声をかけてくれた男に足弱は頭をさげた。

(……どこかでみたような)

そういうおもいが浮かんだものの、痒みに気を散らされた。

足弱が見慣れぬ風体《ふうてい》の他国民の正体を知ったのはその日のうちだった。

県城に戻るやいなや寝室に運び込まれてすぐに頭から指先まで清拭《せいしき》された。発作の原因となる魚貝の匂いなどが体についたかもしれないので拭いとったらしい。その後、医師たちに体の隅々まで診られ、湿疹箇所には痒みを抑える薬を塗ってもらい、ようやく白い寝巻きに着替えた。

服用する薬湯は、医師と相談してオマエ草と痒み止めを中心としたものにした。熱などなく、めまいもおさまっているため、足弱のとにかく痒いという訴えに対処した薬が煎じられた。

この日、足弱と別行動だった今世王は日が暮れてから戻ってきた。帰宅は夜半、もしくは泊まってくる予定であったのだから、それらの予定を捨ててきたことが推測できた。

「兄上……!」

夕餉は汁ものと芋類、瓜などで腹を満たして寝台でうとうとしていた足弱は、はっと目を覚ました。

「レシェ、おかえり」

今世王は県城から郡城へ出向き、周辺の太守たちから挨拶を受け、宴に出席していたのだ。基本、こういった引見や歓迎の宴に足弱は出ないので、足弱は湊の魚市場を外側から見物して、あとは周辺の植物を採集する予定でいた。

そうであったのに、『兄上さま、貝の煙を浴びて気分優れず県城にご帰還』こんな一報を受けた今世王の胸中は察してあまりあるものだった。

「驚かせてごめん。まだちょっと痒いけど、それだけだ」

「いえ、むしろ、海沿いを巡行してこの日までご無事であったことが幸いでした。海へ行こうなどとご提案してレシェイヌが悪かったです。お許しください兄上」

「レシェイヌ、そんなことというなよ。ふたりで大海原をみようって話したじゃないか」

泣きそうな今世王の顔をみて足弱は鼻の奥がつんとした。

「おれのほうこそ悪かった。お、おれが烏賊焼きに釣られて……」

「烏賊焼き？」

そこで足弱は洗いざらい白状した。

新鮮な魚貝に近づかないでいようとした計画が、屋台からただよう烏賊焼きの香ばしい匂いに崩れてしまった経緯をきいているうちに今世王の表情もやわらいできた。うんうんとうなずきながら、寝台のそばで立ち上がり、ようやく侍従たちに着替えを指示した。

伸びた金髪から冠と髪飾りをはずさせ、首の後ろで紐で結わえる。涼し気な青い色で統一した衣に着替え、酒精の弱い酒と匂いのない肴《さかな》を寝室に持ってくるよう命じた。

「隣の部屋で楽を奏でさせよ、気忙しく帰ってきたので気分を変えたい」

足弱は寝台のなかで枕を背にして上半身を起こし、今世王も斜めに対峙《たいじ》する位置に席を用意させた。

隣で弦楽器特有の音が奏でられ始めた。

「瑟《しつ》だな」

足弱がそういうと、酒杯を干した今世王が微笑み返してくる。

「休んでいた兄上に声をかけてきた他国民というのは、われわれの結婚式に訪れた難民でしょうね」

「そうか、難民の使節というのはかれらだったのか。何ていう国の方々なんだ？」

足弱の脳裏に二年前の結婚式の情景がどっと浮かんだ。

──『父よ母よ、兄弟姉妹たちよ。一族、祖先たちよ』静かな納骨堂に響いた今世王の喜びと決意の声。お互いを伴侶と記した『ラセイヌ王族典』。

あの圧巻だった結婚衣装。

ふたりで向かった祝賀の儀。

快晴の秋空から舞い落ちてくる祝福の花。祝祭を彩る黄金の煌めき。

オオオォーオオー！

「ラセイヌ！　ラセイヌ！」

「お幸せに！　お幸せに！」

オオオーオーオオーオオー……。

——浮かんできた情景は、どれも宝石のごとく眩しく、どこか望郷めいた懐かしさと恋しさがこみ上げてくるものだった。

結婚式当日、周辺国や難民らの使節は宰相以下大臣たちが対応しており、足弱はほとんど会ってもいないし、会話もしていない。

湊で心配して声をかけてくれた異相の男を、どこかでみたような気がしていたが、使節の内のひとりの風貌として後日話をきいて、すっかり自分が目撃したと勘違いしていたようだ。

そんなわけだったので、今世王の説明を足弱は興味深くきいた。

「もとは天宝《てんぽう》山脈を越えた北原《ほくげん》の、東南部にある拙慘《せつざん》岳《だけ》の土着民とのことです。かれら自身の国はなく、一族で暮らしていたようです。ですが北原は長く国々による覇権争いがつづいている状態ですから、暮らせなくなってラセイヌ王国に逃げてきて、七年ほどになりますでしょうか。以来、ここから北上したオイシロ郡の太守預かりになっていますね。オイシロ郡には漁の盛んな大きな湊があります。かれらは手足が長く体が丈夫なので、舟の漕ぎ手や、中型大型海船の水夫などとして重宝《ちょうほう》されているそうです」

横幅のある椅子の背もたれに枕を挟み、今世王はゆったりと語った。

「このあとわたしたちはオイシロ郡に向かいます。海というのは柵を作ることができませんから、何かと流れ着いてきます。そんな地を治める太守にはわたしに訴えたいことは多々あるでしょうね」

国王の責務をおもいやって、足弱はおもわず身を乗り出した。

「レシェイヌ、おれが酒をついでやろうか」

「兄上は安静になさっていてください」

「わかった」

心配をかけた件はうやむやになったわけではなかった。

遠い〈雷鳴〉その四　盗人

この雨　あの雲　晴れたら行こう　えんや　えんや
綱《あみ》も編んだ　帆も縫った
食べ物積んだ　水はたっぷり
漕ぎ手もいるぞ　えんや　えんや
辛い別れも済ませたぜ
この風　あの雪　晴れたら行こう　えんや　えんや
用意はできた　船出間近

船歌がきこえてくる湊の市場。

「もう売れるらぁ」

「らぁよ、安いよ。買えよ」

東部訛りは語尾を伸ばす「らぁ」が多く、荒っぽい。

〈雷鳴〉は市場を離れた位置から見学している足弱一行の警護を、隠れた位置からしていた。〈雷鳴〉たちは上衣を尻はしょりし、袴《はかま》に脚絆《きゃはん》、草履《ぞうり》、さらに笠に薄い外套という旅人の衣装に着替え、腰に護身用としてみえる剣をさげ背丈ほどある棒を持っていた。

湊には地元民だけでなく遠方からの買い物客もいるので、それほど違和感はない。

視線の先の足弱は裕福な商家の主人という扮装をしている。この湊の魚市場が足弱の見物場所に選ばれたのは、規模も小さめで人出も多すぎず、警護しやすいからだった。

離れて見学といっても、雰囲気が伝わるくらいには市場に近づく。

今朝の漁獲を、漁師の家族たちや、魚を卸《おろ》された店の主人が箱や壷に入れて往来に並べて売っている。銀色や青や赤に輝く鱗《うろこ》、まだ息のある鮮魚、でこぼこのある貝殻を盛った山。

「らぁよ、買わんか」

「今朝とってきた新鮮なやつよ」

その場で焼いて、匂いで集客する屋台もあって、鮮魚と焼き魚の匂いが満ち市場は混沌としていた。侍従たちはその匂いの風上を歩くよう足弱を誘導している。

時間が経過した魚の腐ったような独特の匂いに、すぐそばの磯の香り。喧噪《けんそう》のなかを半裸の男たちが荷物を担いで行き交っている。

足弱は人混みに巻き込まれないよう離れた位置で見物し、それで十分満足しているようだった。

時々、そばにいる侍従に耳打ちしたり、指差して何か尋ねたりしている。ただの魚市場も王族の目には物珍しく映るのだろう。

護衛の〈鉱石〉の向こうに、足弱が杖をつきながらふらふらと歩いていく姿がみえた。

（どうなさった？）

市場に近い道へは入っていかない予定だったはずだ。足弱本人もそのことに気づいたのかはっと足を止めた。それでも市場が気になるのか往来を覗くような仕草をみせ、家屋と家屋のあいだにある細い道へ入ろうとして、煙を浴びた。

〈雷鳴〉の立ち位置からその煙が何の煙かまではわからなかった。しかし、それを浴びた足弱が煙を避けるようによこにずれ、そのまま片手で口を塞ぎ、煙から逃げるようにして背を向けた様子はわかった。

（あの煙、毒か!?）

身の内側でかっと何かが突き上げてくるような衝動があった。ものすごい勢いで、どろどろとしていて熱く狂暴だった。目を見開いたまま〈雷鳴〉は突っ立ち、真っ青になった。潮風も湊の鮮魚の匂いも感じない。ただ、足弱が侍従と護衛たちに囲まれて市場から離れた道へ速足で移動していく姿を目で追っていく。

（――どこだ……？　わたしの王族に害なす者はどこだ……？）

〈雷鳴〉は静かに呼吸をした。これ以上なく気配を消し、殺気を押し殺した。怒りで震えそうな手を制御し、足音を立てずに陰から陰へと移動していく。

ラセイヌ王国の王族が、寂れた道の端にあった木製の古びた長椅子によこたわっている。

護衛からの合図があって、離れて警護している灰色狼が馬車を呼びに行った。きっとあの方向であれば〈清流〉が向かっただろう。正統な剣筋をもつ青年の姿が浮かんだ。裏表なく清廉《せいれん》な性格で、とても潜入活動などできそうにない人材だった。

そのとき、無造作に長身の大男が家屋の陰から姿をあらわした。しばらく足弱一行を眺め、おずおずと低い声をかけた。

「ど、どうか、なさいまシたか……？」

異国訛りの発音だった。

「ご、病気、ですか」

長椅子に横になっていた足弱のそばにいて立ったままだった〈星〉が応対している。

護衛のふたりは警戒している。

「それ、なら、よかったです」

男は七尺はありそうな長身で大柄、手足が長く、日焼けした緑の肌に黒くて長い髪は胸元まであった。大きな口には鋭い小さな歯が覗いている。

（オイシロ郡にいる難民か）

話し方や恰好をみて〈雷鳴〉はそう推察した。

「失礼ですが、あなたはどちらにお住まいですか」

情報を得ようというのだろう。護衛の〈鉱石〉が問うた。

「わたシたちは、オイシロ郡に住んでいます。わたシは手漕ぎ人夫で雇われまシた」

やはりオイシロ郡の者だ。漂流者や難民は東部最大の湊のあるオイシロ郡に集めるようになっている。

お忍び用の地味な箱型馬車が到着したようだ。数人の足音が近づいてきて、茶色の微服を着た近衛兵の男ふたりの姿がみえた。

布で口をおおった足弱は〈星〉に肩を貸してもらって立った。難民のよこを通り過ぎる際、足弱は男に頭をさげた。男は驚いたように上体を微かに揺らし、頭をさげた。その頭をあげたあとも、去っていく足弱一行の背を見送っていた。

（あの男は本当にただの難民か？　ラセイヌ王国にふたりしかいない王族の片方がお忍び歩きをしているときに、たまたま出会ってしまっただけ、声をかけただけの、心配した善良な男だというのか？）

〈雷鳴〉は、主人を見送る男の大柄な背を遠くからみながら、胸の内に敵と疑った者に対する、強烈な警戒心を感じていた。

魚市場から帰還後、足弱はしばらく県城の一室で療養することになった。

「兄上さまは焼いた烏賊が食べたかったそうだ」

「烏賊焼きというらしいぞ。今朝湊にあった生の烏賊と屋台にあった分を厨房の者たちが買い占めたそうだ。御殿医たちは兄上さまがどの貝を焼いた煙を浴びたのか特定するため、貝を湊にあるだけ全部買い占めさせたそうだ」

足弱の帰還と報告後すぐに、厨房の者たちが烏賊焼きに走り、御殿医たちが貝の種類調べに走った。その結果、屋台から烏賊焼きが消え、市場から貝が消えた。

いまのところはっきり危険だとわかっているのはイツシン海老。痒みの症状が出たのは貝だ。

「王都でお試しされたときは、海魚や烏賊や蛸《たこ》などの煮汁は大丈夫だったそうだがなあ」

この日は外出する足弱の警護に補助要員三分の二が出動していた。

日が暮れ、いま現在、補助要員たちに割り当てられている控えの間にいるのは、兄付きに振り分けられた者たちばかりだ。

夕餉を済ませた卓に酒と肴が並び、それを囲むように胡坐をかいていたり、壁にもたれたりして話している。手の届く範囲に武器はかならず置いてある。

季節は夏で、日に日に日が沈む時刻が遅くなっており、外はまだ明るいため卓の端に置いてある蠟燭に火を灯す者はいない。

〈雷鳴〉は窓際に座って、いつものごとく同僚たちの会話をただきいていた。だが、我慢しきれず問いかけた。

「——兄上さまが市場の横道でお倒れになったとき、異国の男が出てきましたよね。あれ、不自然じゃありませんでしたか」

会話がピタリと止まり、しばし気まずい沈黙がおりた。

「珍しいな、〈雷鳴〉が話すなんて。いたな、大柄な男だったたな」

と中堅の〈野焼き〉。

「陛下と兄上さまの結婚式で王都にも来ていた、北原からの避難民だったはず。かれらの一員でしょう」

と〈清流〉。

「なぜ、よりにもよって兄上さまがお倒れになった場所に、その避難民がいたのでしょうね」

「湊で働いているからだろう……？　そういわれると、すごい偶然だとはおもうが、ここら辺は他国の者が多いからな」

〈野焼き〉は少しいぶかしんだが、軽く流した。

「困っている者がいれば声をかけるものではありませんか？」

清廉な〈清流〉には、そもそも疑うこと自体無理なようだ。

「そうですか……。兄上さまのことが心配で、わたしにはだれもかれもが怪しくみえるのかもしれません」

そう微笑むと、ふたりはどこかほっとした様子をみせた。

（この精鋭たちでさえ、こんな認識なのだな。これでは王族たちはいつ危険な目に遭うかわかったものじゃない）

これまで、周囲にいる灰色狼一族の同僚たちの交わす会話に同意しかしてこなかったが、ここにきてうなずけないものが出てきた。

枝で地面に線を描くように。明確に、自分とそれ以外の感じ方、考え方、受け止め方の違いを意識した。

（違和感に気づくことがどれほど大事かわからないのか。すごい偶然？　それを放置して王族方に何かあったらどうするのか。平々凡々と兵士だけやっていた者たちは危機感が薄くて困る。

われらラセイヌ王国の王族が他国からどれだけ羨望《せんぼう》の目でみられ、君主として望まれているか、自分たちのものにしたいと狙われているか。隙あらば王国から攫おうと、企む盗人たちがどれほど多いか。セイセツ王国でもあったばかりじゃないか。……わたしがちゃんと心得ておかなくては）

〈雷鳴〉はまた黙り、冷めた青茶を飲みながら暮れていく空を眺めた。

第十四話　遠洋航海船の設計図

貝の煙を浴びたことによる痒みは翌日にはおさまっていた。しかし大事をとって、清拭をして痒み抑えの薬湯とオマエ草を飲んで一日寝台で、読書をしたり、うとうとしたりして足弱は過ごした。

半分寝ている意識で、とうとうと流れる底までみえる澄んだ川と、日に照らされて乾いた岩と、その川の両岸にまで迫った緑の情景をみて、涼やかな川音と鳥たちのチュピチュピ鳴く声を感じていた。

足弱はその川辺で腰を折り石を拾っていた。水源の山から流されて、すっかり角がとれて丸くなった石だ。青みを帯びた灰色の、ただの石だが、ここまで丸いと珠のように美しい。

目が覚めてから、海の近くにいるというのに川の夢をみていた自分をふしぎにおもった。

医師と相談した今世王の命令で滞在日数が延びた。足弱自身はそのことを抵抗することなく受け入れたが、この御幸巡行が役人やら太守の陳情やらのあれこれの調整などで成り立っていることを知っているため、計画が崩れないか心配になって侍従長に尋ねた。

「日程は予備日をたくさん織り込んでおりますので、兄上さまの療養日数が延びても問題ございません」

〈温もり〉がそう答えてくれたので、大丈夫なのだろう。

（それに、もうまったく痒くないし、そろそろ出発できそうだよな）

自分でもそう感じていた。

（烏賊焼きどうなったかな）

元気になってくると、そのことをふとおもいだすのだった。ここ数日は兄上さまから魚貝を遠ざけよ！という無言の態勢が敷かれていた。それでも足弱は諦め切れないでいた。

（海老や貝と、烏賊は違うから……烏賊は……）

香ばしくて美味しそうだった。

そうおもいつつ、採れたて新鮮野菜と、鶏肉と豆とトマーユの煮込みを中心とした夕餉を終えると、控えの間にいた料理長が進み出てきた。

「兄上さま。侍従長より打診のあった烏賊について進捗をご報告いたします」

肥えた中年の料理長は、やや垂れた丸い頬を揺らしながら話した。

「はい、烏賊」

満腹でぼうっとしていた足弱は、すぐに顔を向けた。

その反応のよさをみた料理長〈雪解け〉は唾を飲み込んでから詳細を語った。

「兄上さまにお試しいただくにしましても医師によると、魚介類はあと二旬は様子をみたいと。そのあとに、まずはごく小さく切ったものを召し上がっていただいて反応をみたいと。それで大丈夫であった場合、ひと部屋向こうから烏賊を一切れ焼いたものを嗅いでいただくことから始めるという案もでております。まずは御身の安全を、絶対の安全を確保してからのご提供となります。

王都にて烏賊の煮物をご提供して大丈夫であった事例がございますが、医師によりますと烏賊の生息地や種類が違うならば気をつけたほうがよい、とのことです。また、前回は煮物でしたが、今回はたれをつけて焼いたものをご所望とのこと。そうであれば、すでに貝の煙で兄上さまのお体は負担をお感じになっておられるので、通常であれば大丈夫なものも、現在は辛くなる可能性があるとのことです」

ここでまた〈雪解け〉はごくんと唾を飲んで、つづけた。

「ええと、はい。烏賊に関しましては海沿いを旅するあいだはつねにいつでも獲れたての烏賊をご用意いたします。やむなく間に合わない場合は、干物にして王都に運びます。歯ごたえは違ってしまいますが、極上の烏賊の干物を召し上がっていただくべく誠心誠意努めて参ります」

遠まわしだったが、屋台でただよってきた魅惑の香りをすぐに食べるのは無理そうだということはわかった。足弱の体のことを医師ともどもとても大事にしてくれているがために、烏賊焼きはお預けということは伝わってきた。

足弱が目にみえてがっかりすると、食堂にいた今世王も給仕も侍従たちも、全員が同じ表情をした。料理長はいまにも落涙しそうなほど黒い目を潤ませた。

「ありがとうございます。すごく考えてくれていて、みなさんに感謝しています。烏賊に関してもわかりました。干物にしてくれるというのは嬉しい案だなっておもいます」

三回ほど深く息を吸うと、足弱はそういった。自分が食べたいと訴えただけでこれほど同情してくれてIることに頭をさげた。いま腹が満たされていなければもっと烏賊焼きを食べたいという欲求が強かったかもしれなかった。食後のこの報告は、やはり考え抜かれたものだったのだろう。

翌日、足弱の体調が整ったのをみて、御幸一行は東部の北にある郡に向かった。


海を右手に北上していきながら、足弱は二階建ての馬車のなかで今世王にきいた。

「レシェは海の船には乗らないのか？　おれのことなら気にせず乗船してくれていいんだぞ」

窓際の長椅子に座っていた足弱がそういうと、寝台で手紙を読んでいた今世王が顔をあげた。手を振って二階にいた侍従たちを一階に去らせると、足弱のよこに移動してきた。

「河で乗船したのは、移動のためと、船を用意した太守たちや河沿いの民草を喜ばせるためでもありました。ですが、今回は海を渡る必要がありませんし、特別な大型船も造船されておりませんので意味がないのです。海沿いの民たちを喜ばせるだけならかれらが献上してきた魚介すべてをわたしが美味しく食べたという噂を流せばいいだけですからね」

「イツシン河のときは大きな船だったな、そういえば。たしかに海では大きな船をみかけないな」

「河船と海船だと造りが違ってきます。現在ラセイヌ王国の海船は東部の海岸沿いを住民たちが移動し漁をするための小規模のものが主流です。多くの旅客を乗せて王国を横断する河船のほうが移動手段としてはずっと大規模ですね」

　足弱は今世王の説明をききながら、内心首を傾げた。そして水平線に目をやってからいう。

「単純に、河の船で岸から歓声を受けていたから、海に来たら同じようなことをするもんだとおもっていたんだ」

「湊に停泊している船にわれわれが乗ってみせてもいいですよ」

　ますます違和感が湧いた。

「なあ、レシェ。海の船で大型のものってラセイヌにないのか？」

　足弱は自分で違和感に気づいた。

　広大な庭園、高層の城、大軍の近衛、大型の馬車、大型の河船、ここまできて大型の海船がないほうがおかしい気がしたのだ。

「近海用の大型船ならあるんですよ。——その昔、海船に興味を抱いた王族がいました。かれは大型の遠洋航海船の設計図を残しています」

　これまでラセイヌ王国の文化的な様々なことに王族たちの息吹を足弱は感じてきた。ラセイヌ文字に始まり、音楽や絵画、料理に花に鯉《こい》の柄。見知らぬ海の果てにおもいを馳せる王族のひとりくらいいたのではなかろうか。だから、今世王の発言に足弱は深くうなずいた。なんとなく、それでこそラセイヌ王朝の王族だとおもった。

「その、長距離長期間の海の旅を可能にするだろう遠洋航海用大型船の設計図は、世に出さないことに決められて王族専用の庫に納められています。二百か、三百年くらい前のものでしょうか」

「そんなまえから、あるのか。どうして出さなかったんだ？　造ったら問題があったのか」

　今世王が話し出すまえに溜めがあった。目は真剣だが、表情は穏やかだった。

「設計図が描かれた時点ですでに王族はだんだんと人数が減っていて、遠洋航海船がもたらすであろう変化を柔軟に受け入れていく国を統治する未来に確信がもてなかったのです。

われわれは大地を豊かにする民です。河川や、岸から近い海までなら恩恵を与えることができるでしょう。そうして国土を豊かにして大地の民に恩恵を与えて君《くん》臨《りん》してきた一族なのです。

遠洋航海船が未知なる海の果てで何をつかんで帰国するかは予想がつきません。海難事故でラセイヌ東部の岸に漂着した者からのききとりによれば海のあちこちに島があります。そこに住民がいます。言語や生活様式、考え方などまったく異なる文化を持つ者たちとラセイヌ王国の交流は、刺激や可能性だけでなく危険もはらんでいます。

われわれの先祖たちは大地を潤し民たちを統治しています。海の外からの危険はいらないと判断したのです。

そして、そのきっかけとなりうる大型の遠洋航海船の設計図は死蔵することに決めたのです。

わたしが生きているあいだもその後も、王族の考えた設計図は世に出ません。もし、大型の遠洋航海船が未来で求められたのなら、その時代の民たちが考え造るでしょう。われわれが船の性能をあげることはしません」

足弱は息を止めてきき入っていた。

馬車の車輪の音と、窓の外からざざー……んと波音だけがしていた。

イッシン河での船旅でも、王族が王族にしかいわないようなことをきいたが、この日のこの話もまた同様だ。ラセイヌの王族たちの王国民に対する真摯《しんし》な考えからの判断なのだろう。

自分たちが民たちへ与えることができる豊かさをたしかなままにするべく、未知の危険を排除したのだ。海の果ての可能性は、民たち自身がいずれ自分で考え、手にするだろうと予測したのだ。

「その、大型の遠洋航海船と、近海用の大型船はどんな違いがあるんだ？」

「わかりやすい例でいうと、すでにある近海用の大型海船は船員六十名といったところです。王族の残した大型遠洋航海船は船員最低三百名となる規模です」

足弱はちょっとことばにならなかった。

「遠洋航海船の設計図、兄上にならおみせできますよ」

「ああ……それは、レシェイヌ、ぜひ、みせてくれ」

溜め息みたいに、足弱は返事をした。胸がいっぱいになって両目を閉じた。

第十五話　拙惨岳《せつざんだけ》の民

当初の予定に沿って、名馬の産地である東フォセトウ郡を目指して御幸巡行《みゆきじゅんこう》は東部を北上した。その途中の宿泊地にオイシロ郡があった。

足弱《あしよわ》が太守の姿をみかけたのは、午前中にオイシロ郡の城に到着してから昼餉《ひるげ》まで『遠眼鏡』で外を覗《のぞ》いていたときだ。

「〈星《ほし》〉さん、あの衣装の人ってここの太守じゃないでしょうか」

「どのような服装でございますか」

「あの、モノジャの木のそばにいる壮年の男性です」

近くにいた〈星〉に『遠眼鏡』で覗いてもらったほうが早い。

「お借りいたします」

〈星〉はしばらく無言になり、口元に笑みを浮かべた。

「さようですね。オイシロ郡の太守オウリ殿です」

御幸巡行に出ると各郡の太守が御幸馬車を出迎えてくれるのでかならず会うのだが、足弱はその容姿を正面からみたことがほぼない。

御幸巡行一行が郡境に到着すると、たいていは太守夫婦が馬車からおりて待っていて、一行を先導していく。この太守のお迎えと、お見送りは郡ごとにおこなわれている行事のようなものでもあった。

その太守夫婦は郡城の正面扉のまえで両膝をつき頭をさげて王族ふたりを出迎え、ふたりがなかに入るまで頭をあげない。正式な挨拶《あいさつ》は着替えてから改まった席でするからだ。

そうなると、正式な挨拶の場や宴会などに出席しない足弱は、城の出入りをする際にさげている頭をちらっとみるくらいがせいぜいなのだった。

足弱は自分が天涯孤独な野人ではないとわかってからも、政治に関わる人物たちと会う気はなかった。今《こん》世王《せいおう》の伴侶であり、異母兄であり王族のひとりではあるが、今世王のように王朝で政治的地位を得ているわけではない。

ラセイヌ王国において王族という身分はあるが、あくまで今世王の身内でしかないのだ。

もちろん足弱本人が望めば、今世王の座る玉座のよこに椅子が用意されて、殿下としていつでも聴政に参加することはできた。政治にどこまで口を出していいかは不明だが、望むかぎりだれとでも会うことはできた。そしてそれと同じくらい、望まなければだれとも会う必要はなかった。

オイシロ郡の太守は日に焼けた肌をした、黒い髪に白いものが目立つ壮年の男だった。黒い役人の衣装は全国どこでもいっしょで、夏だとさすがに暑そうにみえる。今世王とその一行を出迎えて、目下さぞかし慌ただしいに違いない。

「レシェイヌが、オイシロ郡は大きな湊《みなと》がある地なのでその郡の太守は大変だといっていた」

「国のなかでも重要だとされる郡の太守は、最終的に陛下が面談して決定されるそうです。ですので、オウリ殿は陛下とご面識があるかと存じます」

その今世王は城二階の貴賓室に足弱がおさまるのを見届けると、着替えて出ていった。

「大きな湊のある郡の太守はレシェイヌが決めるのか……」

「統治が良好ですと就任期間延長が認められることもあるそうです。オウリ殿は延長されるのではないかと噂されております」

「へえ」

そこで窓辺に立ったまま〈星〉と朝廷の政治について少し話をした。知っていたことを頭のなかで整理したかったからだ。

――ラセイヌ王国においては宰相以下大臣たちが朝廷を動かしている。その組織の決定について今世王はもっとも大きな否決権をもっている。

重要拠点の太守などの人事が朝廷で決定されたとしても、今世王がそれを否決すると、決定は取り消される。

通常は宰相たちからの報告を今世王は傾聴するだけだ。

ただ、そのなかで決定を覆《くつがえ》すことがある。

「やり直すように」

「他の者にするように」

「期間を再考するように」などという。

そうなると、以前の案が通ることはない。

だれも逆らえない否決権。おそらくこれだけは死ぬまで持つことになるだろう。


(王朝がなくなるのって、どうなるんだろうな。みんな、さぞかし不安だろうな)

窓から入ってきた潮風は重たく生温かった。

(王族がいなくなったら、国土を豊かにする異能も消える。みんなそれが不安なんだよな。おれが初めて王都にのぼったとき、国土は荒廃の兆《きざ》しがあちこちにあった。荒れた田畑や、禿《は》げた山なんかみたくないよな。

王族の異能がなくても豊かであれば、影響を小さくできる。みんなの飢えへの不安も小さくできるはずだ。……灌漑《かんがい》っていうんだっけ、あの農法はいまどうなっているんだろう。植林だって、いざってときにできれば安心だ)

足弱は異能に頼らない農耕について、また、植林についてて、ぽつぽつと考え始めた。


郡城の一室に落ち着いた午後、おやつにとシャアベがでた。南部地方の果物の果汁と牛の乳を混ぜて冷やして固めたものだ。

木匙《きさじ》でさくっと崩れる柔らかさと、冷たく甘い喉越しのよさがある。

王都ラヌカンや夏の避暑地でよくだしてくれた甘味だ。御幸巡行で旅をしている最中なのに作ってくれた厨房に足弱は感謝を伝えた。

「兄上が貝の煙にあたったときに出会った拙惨岳《せつざんだけ》の民が暮らしている地はこのオイシロ郡ですよ」

足弱の向かい側に座って食べる姿を眺めていた今世王がいった。背後に簾《すだれ》のおりた窓がある。

「そういえば、そういう話だったたな。湊で仕事をしているのだったっけ?　岳っていうからには、かれらはもとは山間の出身だろう?　どうして海の仕事に詳しいんだろう」

「かれらの話によると、北原の南東あたりにある山岳だそうですから、山脈伝いに海側に出る道でもあったのかもしれませんね」

「へえ。おれは北原の民を初めてみたよ」

「ラヌカンは王都ですので様々な人種が入ってきますが、使節や商人として一時滞在するだけですから。むしろ、海の玄関口となっているオイシロ郡のほうが人種が多彩かもしれませんね。このまえのことがあるので魚市場の近くには寄れませんが、湊をみおろせる高台に視察に行きますか?」

「そうだな。ここまで来たらみておきたいな」

そういうことになった。


四人乗りの箱型馬車を太守が用意したらしい。前後を近衛軍の騎馬に挟まれて高台まで移動した。大通りから群がる地元住民を押しのけ整理したのは東部の海岸線を守る国軍の兵士とのことだった。


馬車をおりてからずっと足弱はひとつの建物に視線を奪われていた。

大きな門だ。紅色で太陽に暑苦しく照らされている。装飾の彫刻もごちゃっとついている。威容と品のある王都ラヌカンの趣《おもむき》と違うので、よけい気になった。

足弱は『遠眼鏡』を持参していたが、それを使わなくともその門はよくみえた。

「あれは何だろう」

「わたしもこの目でみるのは初めてですが、あれは警《けい》鐘門《しょうもん》ですね。わざと目立つように建てているそうです」

足弱の問いに隣に立っていた今世王が答え、一旦黙るとまた話した。

「海岸沿いはいつ海賊などの襲来があるかわかりませんから、ここの湊ではいかにも豪華そうな囮《おとり》となる門を築いたそうです。そしてそこに海岸警備専門の国軍を配備しています」

「か、海賊!?」

「騎馬民族が国境沿いの里を襲うのと同じですね。食べるのに困ると人は狂暴になります」

「海から襲ってくるのか。それは怖いな」

「略奪して暴れて船で去っていくのです。襲撃されたらすぐにあの門にある警告の鐘を打って漁民たちをまず逃がすようにしているそうです」

「海側に柵とか設《もう》けないのか？　こう、ぐるっと」

高台から湊をみおろしながら、足弱はいった。そこでようやく『遠眼鏡』を片方の目にあててみる。

長くのびた桟橋。近海用の大型船が六つ、中型船十以上が並んで停泊している。荷下ろしが頻繁なのか踏み固められた大地。湊で働く男たちは、潮にさらされた色の上衣を尻はしょりし、膝までの袴《はかま》を穿《は》いて素足の者が多い。漁師小屋や浜辺に引き上げられた小舟に、太い綱。浜辺から防風林を抜けるとすぐに住居が並んでみえる。

「海岸線は長いですから、それに沿ってすべてに柵や壁を設けることはまず無理ですね」

オイシロ郡の湊は高台にのぼってやっと端がみえるほど広い。この長さすべてに堅牢な壁か柵を作るとなると大変な労力だろう。

「そういわれれば、そうか」

「昔、この湊を囲う柵を設置したそうですが、潮風で劣化が早いことと、湊を利用する者たちから柵は邪魔だと不評だったそうです」

「うーん……そういう考えなのか」

防風林の向こうに警鐘門があって、その背後にしっかりとした柵に囲まれた建築物がみえた。

『遠眼鏡』で覗きながらつぶやくとよこから返答があった。

「この湊は現在、警鐘門の近くに柵を巡らせた海岸警備の国軍の駐留所があるので、周辺住民たちはみなそこへ避難することになっています。

国軍が駐留できない湊や海里には、それこそ、なるべく柵や壁などを作って、時間稼ぎができる防御策をとっています」

遠くから帆の大きな中型船が近づいてきていた。

「それで、海賊への効果はあったのか？」

「海賊側も襲ってくるまえに警備の状況を調べてくる

そうで、この湊の護《まも》りが堅固だと他を襲います」

それをきいて足弱は嘆息した。

国内の賊ならば賊たちの拠点を突き止めて全員捕縛《ほばく》なり対処ができるだろうが、海から来て海に去っていく海賊はその点やっかいだ。

「海岸警備の兵士を増やす、防御策を企画し実施する、民たちの避難訓練をするなど、対策はしていますよ」

海岸沿いの警護についてあれこれ話し、潮風に当たりすぎるのもよくないという〈一進《いっしん》〉の忠告により引き返すことになった。海に背を向けた足弱は、防風林の奥のほうにある集落に目をとめた。そこに腕の長い男たちがいたからだ。高台からみおろしているのに大きいとわかる。他の集落の住居と同じ家が、その男たちがいることによって小さく低くみえるのだ。

上衣を尻はしょりし、膝までの袴を穿いて素足という、ここら辺でよくみる恰好をしていた。

(あれ、どこかでみたような)

足弱は今度こそ、勘違いではなくそうおもった。

遠い〈雷鳴《らいめい》〉その五　警戒

「〈雷鳴〉、少しいいだろうか。こちらへ」

　六人で寝起きしている部屋から呼ばれて、庭につづく廊下の端まで行った。そこには三十歳前後の近衛軍従軍医師が待っていた。

　この位置からは郡城内の景色しかみえない。青空に絵に描いたような白い雲が浮かんでいる。

〈雷鳴〉は王都で定期的に一族出身の医師に問診を受けていたからか、旅のあいだは従軍医師に代診されていた。

　食欲はあるか、眠れているか、頭痛やめまいはないかなど。

「調子はよさそうだね」

「はい、とてもよいです」

　従軍医師には丁寧に受け答えしている。態度が悪いと上司に報告がいって今回の任務からはずされてしまうかもしれないからだ。現在、王族に近寄る不穏な存在がいるのだ。そんなことになっては困る。

「潮風には慣れたかね」

「べたべたするのはやっぱり気になります」

「そうだね。昔のことなどおもいだすかね」

「……少し。もうだいぶ忘れていますけど、ふっと。そういうこと、だれでもあるんじゃないでしょうか」

　熱帯地域での潜入活動をたびたびおもいだしているのはたしかだ。

「そうだね」

　不安や思考の混乱、焦燥感《しょうそうかん》など、おもに精神状態について問われ、問題ないと答えつづけた。

「兵士のなかではこの潮風や暑さで体調を崩す者もでてきているんだ。そういう者たちには就寝前に薬湯をまとめて作って配っている。〈雷鳴〉も飲みに来るといい」

「はい、ありがとうございます」

「精鋭のみなさんには陛下と兄上さまのためにも体調を整えていてほしいからね」

「はい、もちろんつねに万全な状態でいようとおもっています」

滞《とどこお》りなくやり取りして、従軍医師には立ち去ってもらった。〈雷鳴〉は近衛軍の訓練場に立ち寄り、木剣を借りて素振りをした。陽気がいいのですぐに汗が噴き出てくる。

苛立《いらだ》つ。

自分が潜入活動からの帰還兵であるがゆえに、一族の上層部から注意深く様子を探られていることには気づいていた。それはいつ何時《なんどき》心に変調を来《きた》すかわからないと案じられているということだ。王族の近くに配置変更された以上、これまで以上に厳しく見張られているのだろうことは頭で理解しているのだが、だんだん気持ちが腐ってくる。

(いま、見張るべきは身内ではなくて外様《とざま》の者じゃないのか？

上層部は王族をわれわれ一族で完全に囲って、まるで王族はわれわれのものだとばかりに安心して警戒心を無くしているのじゃないだろうか。

われわれ以外の者が近づくことなどできないと高を括《くく》っている状態が何百年もつづいて……。ふん、そのくせ、貴重な庶子を奪われ、『王室病《おうしつびょう》』で尊い王族たちをなすすべもなく死なせ、たいした忠臣たちだよ)

素振りを終えると井戸に向かった。頭の天辺《てっぺん》から汗が滴《したた》り灰色の着物が肌に張り付いて黒く変色している。諸肌《もろはだ》を脱いだ〈雷鳴〉は桶《おけ》に溜めた水を頭からかぶった。

(わたしがあれほどまでして守った王族を一族が無策で殺そうとしている。異国の民にも狙われている)

そんな考えがふっと湧いた。

それはあくまでそんな見方もできるということであり、現状は、そんな可能性もあるという段階でしかない。〈雷鳴〉の本来の明晰な頭脳は、ちゃんとそう理解していた。

貝の煙を浴びて片手に杖を持ったまま、ふらついていた足弱の姿がよみがえる。

(おかわいそうに)

三十三年間も探し出せなかった無念と、足弱への憐《れん》憫《びん》、足弱の安全をおびやかす者への義憤が、数日前の姿をみたときの感情といっしょにこみ上げてくる。鼻の奥がつんとして、こらえきれず涙がこぼれていく。

黒い髪の毛のさきから雫《しずく》を垂らしながら〈雷鳴〉は涙を流した。夏の東部の日差しも容赦なく痛い。

＊

今日は、東部最大の湊の視察に王族たちは向かった。オイシロ郡の太守が案内役だ。

〈雷鳴〉は王族付き護衛の補助として馬車のそばに控えていた。王族付きは下車した王族にそのまま付き添っていくが、補助の護衛は馬車や周辺で待機だ。さらにその外周りに近衛軍がいて、さらにその外に国軍兵がいる。うっかり庶民が近づいてくることなどできない。そんなことになればその庶民の首が飛ぶだけだ。阻止できなかった兵士たちも牢に放り込まれるだろう。

灰色の装いの武人たちをみれば、ラセイヌ王国民であるならば近衛軍だとわかるので道の端に寄って頭をさげて一行が去るのを待つのが常識だ。

潮風を頬に感じながら、〈雷鳴〉が視線を動かすと、王族たちが馬車に戻ってこようとしていた。

日差しから王族の肌を守るために侍従たちが日除けをかかげているが、風が強いためやや大変そうにみえる。

潮風に袖《そで》がとられるので王族の今回の外出着の袖は短い。中型の笠に重り入りの日除け布を腰丈まで垂らしていた。

今世王は薄い黄色に黄金色の刺繡《ししゅう》の外出着をまとっている。笠は群青色《ぐんじょういろ》で垂らした布は水色だった。帯や沓《くつ》は白色で、涼し気な配色だ。垂れ布は脇に寄せて顔をあらわにしている。

もうひとりの王族は黒い笠に水色の垂れ布。潮風に揺れる袖は白波の海。飾り帯は濃い青か黒だろう。沓も黒色にみえた。足弱は垂れ布のあいだから『遠眼鏡』を使ってはいたが、顔を全面みせたりはしなかった。時々そっと指で垂れ布を片側に寄せて隙間から外をみている。

〈雷鳴〉は緑園殿《りょくえんでん》で遠い距離からとはいえ日々姿を

拝見していたので、庶子の素顔を知っている。黒い短い髪に黒い瞳の四十一歳。母親に似たのだろう、王族系統とは違う趣ある顔立ちだった。今世王が心動かされなければ、国民にまぎれたまま、だれもかれが尊い存在であると気づかなかったに違いない。

足弱は左手に杖を持ち、今世王と会話しながら緩やかな傾斜をおりてきていた。兄付き侍従たちが、主人が転倒した場合に備えている。よこにいる今世王がだれよりもさきに手助けするとわかっていても、備えておくのが側仕えだ。

遠い空を白い羽根の海鳥が隊列を組み、風に乗って悠々と飛び去っていく。

王族ふたりが坂道をくだりきり、馬車近くまで来たとき、後方を警護しているため、いまだ坂の上にいた近衛兵が何かに気づいた。

「防風林から複数の接近！」

「どこだ、あれか！」

警護に当たっている者たち全員に緊張が走った。

高台からみおろせる浜辺の防風林のなかに、流民《るみん》たちの集落があった。

ラセイヌ王国への漂流者や難民、移民たちは、その数やラセイヌに来てからの年数によって、居住を許される場所が違うという。長年ラセイヌ王国に住んで問題ないとわかると王国中央に住むことを許される。それまでは国境沿いで集まって暮らしていることが多い。

そんな集落からだろう、ちょっとでも王族に近づきたいのか、姿をみたいのか、防風林のなかから、高台の坂の下がうかがえる地点に移動してきたようだ。

こんな急な行動は、子供連れの母熊に近づくくらい無謀な行為だった。

「おい、動くな！」

「近づくな！」

叱責と威嚇《いかく》の声が飛び交うなか、

オウオ、オウオ、オウオ……！

吠えるような合唱だった。地面に膝をついていても大柄だとわかる男女が、少なくとも六人以上、上半身を左右に揺らし、遠吠えする狼のように喉をさらしている。

オウオ、オウオ、オウオ……！

　近衛兵たちは素早く剣を鞘《さや》から抜き、王族と馬車の周辺に集まり、集落を警戒するように対峙《たいじ》した。もちろん背面や側面へも兵士を配備する。〈雷鳴〉はだれより素早く、手薄だと感じた背面にまわった。

「すぐにやめさせて参ります」

「歓迎のようにおもえるが。将軍、だれかやってかれらに意図を尋《たず》ねておいてくれ。余《よ》は兄上と城に戻る」

「は！」

〈青嵐《せいらん》〉はその命令を部下に下し、自身は王族の乗った馬車に付き添っていくようだ。騎馬兵たちは合図で一斉に馬に乗った。歩兵は槍を立て整列した。

「出発！」

　灰色の屈強な兵士たちが整然と列を作って行進していく。側仕えたちは別の馬車に乗りあとにつづく。

「〈赤心《せきしん》〉。わたしは列の後方からの警護にまわる」

「わかった」

　馬車周辺の近衛兵の厚みが増したので、〈雷鳴〉は同僚に声をかけて馬を操りその場を離れた。


〈雷鳴〉は木陰から会話をきいていた。

　場所はさきほど合唱していた男女が住まう防風林のなかの、難民たちの集落だ。ここは海に近いため潮騒がうるさい。〈雷鳴〉は耳を澄ませた。

「……なるほど。あれはあなたたちの歓迎の行為だったのだな」

　将軍から差し向けられた詰問役《きつもん》の近衛兵がいう声がきこえる。詰問相手は集落の代表だろう。

「はい。ぶシつけだったのなら、申し訳ございませんでした。長である、わたしのせいでス」

「あくまでわたしは、あの行為の意味を報告するまでだ。罰がくだるならのちのこととなるだろう」

　長はどんな顔をするだろうと、〈雷鳴〉は木陰から首を傾け、様子をうかがった。

　両膝をついて話をきいていた長は地面に両手をつき、大きな声を発した。

「ば、罰ですか。わ、われわれは本当に、悪意などなく、陛下と殿下が、この地を踏んでくださったのが嬉シくて。ど、どうか、おゆるしを」

「おゆるシを！」

「ええっ、そんな」

「ばつ？　ばつってなに？」

長の背後で同じように膝をついていた一族の者たちがざわついた。

〈雷鳴〉はそのまま難民たちを注視した。

だが、かれらの面相は見慣れないため表情がわかりにくい。たぶん怒りや不安、戸惑いといったところだろう。

肌色はどうしてか緑がかってみえる、目も鼻も口も大きく、歯がギザギザしているようだ。ラセイヌ王国民より大柄で長身、なにより手足が長い。男女の違いは胸の膨《ふく》らみでどうにか判断できた。かれらは戦闘能力が高そうだ。だが腰に兵士たちがさげているような剣を帯びている者はいない。短剣や棒が散見するくらいだ。

（この民族に仲間として溶け込むのは無理だな。取引
先の商人となって近づき、情報を得る方法がよさそうだ）

無意識にそんなことを考えていた。〈雷鳴〉は一瞬だけ、自分のなかで設定した友好的な地元の商人という仮面をかぶり、微笑した。愛想のいい好青年の顔だ。だが、いまの自分は潜入任務中ではないと気づき、つぎの瞬間にはもとの地味などこにでもいる男の顔に戻る。

近衛軍から派遣された兵士は必要な情報を得ると帰っていった。

兵士が立ち去ったのち、かれらは何軒かある掘立小屋のなかに戻らず、集まって話しだした。母国語らしく内容まではわからない。だんだんその会話のやり取りが大声になる。すると、近衛兵に対応していた族長が叱責して黙らせる。長い黒髪に白いものがまじっている風采のいい男だ。日に焼けた肌に皺《しわ》が寄っているがまだまだ雄々しい。ざらりと並ぶ鋭い歯は獰猛《どうもう》な野獣じみて迫力がある。

（不安だな。怖いよな。だったらおまえたちは何をする？　何を考える？）

かれらのことばがわからない以上、その行動や振舞いをみて判断するしかない。

〈雷鳴〉は一度この場を去ることにした。灰色の近衛兵の装束《しょうぞく》では目立って仕方がない。着替えて今晩から見張りに来ようと考えた。それは睡眠を削ることになるのだが、〈雷鳴〉に迷いはない。

郡城に戻り、しばらくして〈雷鳴〉は上司に帰還の報告をすることをおもいだした。

（ああそうか、ここは報告相手がすぐ近くにいるのだった）

長年単独潜入活動をしていたため、すべての決断は自分自身でくだしていた。そのせいか、報告する、という行為が一拍遅れる気がする。あまり気が進まない気持ちを振り切って、精鋭の補助要員たちのまとめ役となっている〈赤心〉に昼間、オゥオ、オゥオと揺れていた民族について話す。

「罰を受けるかもしれないと不安になって揉めていた？」

「はい。ここの郡城は、あの集落と距離が近いです。戦闘能力が高そうな一族です。見張りを出しておくのはいかがでしょうか」

訓練場帰りの〈赤心〉を呼び止めて、渡り廊下の端に寄って話す。

「遅れて帰ってきたから何をしていたのかとおもいきや……。さすがに危機管理能力が高いな、〈雷鳴〉。いやさ、そのことだけどな、派遣した兵士からの報告を受けた将軍から陛下に話が伝わって、お咎《とが》めなしとなったそうだぞ。だから見張りを出すのは不要だろう。そこまで危険視する必要はもうないだろう。陛下と兄上さまは名馬をご覧になりに、二、三日したらフォセトウ郡へ出立するそうだし。あの集落の者たちのことは放っておけ」

「〈赤心〉、あなたがそういうなら」

「ああ、相談してくれてありがとうな。目端が利いて頼りになるよ〈雷鳴〉」

男くさく微笑まれ、〈雷鳴〉も微笑を返し、一礼して離れた。食堂を目指す振りをして、建物の陰に入る。ふつふつと怒りが湧いてくる。自分の行動や申告を無下にされたからではない。

(しょせん、王都勤めしかしてこなかった兵士など、こんなものか。のんきなものだな)

第十六話　東部地方での引見

オイシロ郡の海岸を視察した翌日。

足弱は昼近くに起床すると、身支度を済ませ夏野菜と冷たい麵《めん》で軽い朝食を食べてから、脚の長い文机に向かった。

そこには、筆と硯《すずり》、植物紙と竹簡《ちくかん》、木簡《もっかん》、浜辺で拾った石や貝殻などを入れた小箱、押し花にしている分厚い冊子などを、積み上げていた。

数日すればまた出立するのだ、身のまわりの品を籠《かご》や木箱に収納してもらうにしても、すぐに取り出してほしいものは足弱自身で選別していた。

それらが終わると、窓際の椅子に腰掛けて少し休憩をした。もうそろそろ昼餉になるだろう。背の高い木々の向こうに青空が広がり、眩《まぶ》しいほど白い雲が浮かんでいる。海向きの窓なので遠くに水平線がみえる。小さな帆。重たいと感じた潮風にもだんだん慣れてきていた。


（今朝はちょっと琵琶《びわ》を弾きたい気分なんだけど、ここじゃ、オイシロ郡の人たちにもきかれてしまうし、ちょっとな……）

今世王といっしょに笛で合奏するなら気にならないのだが、自分ひとりでつま弾《び》くのは、拙《つたな》さが露呈して恥ずかしいとおもってしまう。

「兄上さま、陛下がお戻りになられました。隣のお部屋にご移動を」

「はい」

声をかけられ、足弱は杖を手にして立ち上がった。


「兄上、明日の引見に拙惨岳の民が来るようですよ」

昼餉後、〈一進〉から渡された竹簡をみていた今世王が顔をあげて、足弱にいった。

「拙惨岳の民って、昨日、声を出していた？」

「そうです。歓迎の表現だった、あの民です。オイシロ郡の拝謁《はいえつ》希望者のなかに『避難民代表』とあるのですが、これはかれらのことだそうです」

　足弱はすぐに緑がかった肌の大柄な民たちをおもい浮かべることができた。

　仄聞《そくぶん》しただけで会っていないが、代表者が結婚式に来てくれていたこと。

　魚市場で気分を悪くしているときに、民のひとりが声をかけてくれたこと。

　視察の帰りに、集落全員で歓迎の合唱をしてくれたこと。その際、急にかれらが足弱と今世王が乗る馬車に近づいてきたので、警護の者たちが殺気立ったのには驚いたものだ。

　足弱と拙惨岳の民との関わりは以上のようなものでしかない。だが異国人で、しかもあそこまで特徴的だとちょっと興味は惹かれる。

「へえ」

　足弱の声に何か感じたのか、今世王が目を向けた。

「明日の引見は、結婚式に祝いの使節を送ってくれた件と、先日の歓迎の儀に礼を述べ、近況を尋ね、相手側の要望をきくといった段取りになりますが、兄上もご覧になりますか？」

「え！」

　切って皿に出された水瓜に楊枝《ようじ》を刺そうとしていた足弱は、はっと顔をあげた。

　そんな政治の場に自分は不相応だ、邪魔になるだけだと動揺したが、緑流城《りょくりゅうじょう》で今世王の政務姿を見学させてもらったときのように、御簾《みす》越しであれば、なんの問題もなかったことをおもいだして、すぐに冷静になった。

「み、御簾越しで？」

「ええ、もちろん。そうだ、魚市場で心配してもらったとおっしゃっておられましたが、それについては一声かけますか？」

「ああ……。あれは、お忍びだったから」

　そこまでいうと、今世王がふふっと笑った。

「何だ？」

「もしそこで、一声かけると兄上がおっしゃったら、お止めしようとおもっていたのです」

　足弱が目を丸くしていると、今世王がつづける。

「せっかく御簾でお顔を隠しているのに、市場での件に触れれば、正体をばらすだけでなく、王族が体調不良で休んでいたことが伝わります。御幸巡行中の王族が魚市場で体調を崩していたなどと、どんな臆測《おくそく》が飛び交うやら。ですので、そのまま一声かけるのはしないでおいてください。代わりに避難生活も大変だろうと、酒でも贈っておきますからね」

「あ、ああ。レシェイヌ、ありがとう」

そうだ。そうだった。ラセイヌ王国の民は王族に注目していて、そこで何かあれば影響が大きいのだ。

足弱は以前そのことを考え、イッシン海老で倒れたことを秘匿《ひとく》するよう今世王にお願いしたことがあった。

魚市場で王族が気分を悪くして休んでいたなどと噂が流れたら、その魚市場では、腐ったものが売っているのかとか、最悪、王族の気分を害したというだけで、責められるのかもしれない。そうなれば海里の民に不安が広がるだろう。今世王はそれらを懸念したのだ。

おもわぬ冷や汗をかく食後となった。

翌日の足弱の引見見学は、灰色狼たちが段取りよく準備してくれていた。

壇のうえの今世王が座る宝座の左斜め奥に、御簾を立て、足弱の席を用意してくれた。

謁見の間は、両開きの正面扉から壇まで、三十歩はある石の床の堂となっている。

壇のした、膝をつく場所にだけ四角い赤色の絨毯《じゅうたん》が敷かれている。入口から壇までまっすぐのびた赤い道の両脇には近衛軍兵士たちがずらっと並び、今世王の斜め背後には、この場のだれより大柄な〈黎明《れいめい》〉がその頼もしい姿で立っていた。

足弱のそばにも、侍従たちだけでなく専任の護衛たちが立っていてくれた。

拙惨岳の民が来る途中からでもいいといわれたが、足弱は午前中すべての引見に付き合った。口を出さず、ただ眺めているだけでいいという気楽な立場ゆえできることだった。

地元に長年貢献してきた功労者や、親孝行で評判の息子や娘、学者に武芸の達人などが、オイシロ郡近郊の太守に付き添われ、呼ばれた順に次々にあらわれた。あいだに休憩が挟まれ、ついに目的の人物が登場した。

オイシロ郡太守オウリのあとにつづいて入ってくる姿は、堂々としていた。扉の枠に頭が届きそうなほどの背丈。〈黎明〉より高身長だ。

今日の拝謁希望者たちと同じように、新調したかのようなきれいな着物を身に着けていた。長い黒髪は編まれて結わえられ、飾り紐と羽根で飾られていた。

目も鼻も口も大きい。とくに歯並びは特徴的だ。両肩から腕にかけてがっしりしており、足腰も強そうだ。やや両腕が長いので、猫背にみえるがそうでもない。

赤い絨毯に膝をつく拙惨岳の民は一族の長だと紹介された。これほど距離が近いと、髪に白いものが混じっていることや、皺もみえた。

足弱は自然と身を乗り出して御簾越しに目を凝《こ》らしていた。王付き侍従長が面《おもて》をあげるようにいう。

「はジめまして御目に掛かります。ここより北にある拙惨岳に住まう名もなき一族、その族長でございます」

ときに詰まりながらも、族長は挨拶を終えた。

「過日は余と余の伴侶との結婚式の祝いに使節を送ってくれたそうだな。王都への往復、大変であったであろう」

今世王は鷹揚《おうよう》に構え、直接ことばを交わす。

太守オウリも、族長も頭をさげてきく。

暮らしぶりなど尋ねていた今世王に向かって、族長は長い腕を床に伸ばして平伏した。両の手の平は上を向き、すべてを捧げ、こい願うような体勢だ。

「ここの大地は、祝福された、大地です。虹の雲をみまシた。天から黄金の花が舞い落ちてきまシた。

神よ、われら一族をあなたの民にシてください。永久の恭順《きょうじゅん》と忠誠を、太陽の末裔《まつえい》に」

謁見の間はしん、と静まった。だれもが息を止めて見守った。日差しのなかで舞う塵《ちり》だけが動いている。

「異国の険しき山間に住まう一族よ」

今世王のよく響く声が発せられた。

「まずはこの国の律に従い、礼に則《のっと》り、暮らすべし。

さらに、このさき余に赤心《せきしん》を捧げつづけ貢献せよ。されば、そなたら一族は余の国の民となり、大地からの恵みを得るであろう」

「はぁぐ、ぁ、ははぁ！」

少し頭をあげた族長は、感極まった声を漏らしたあと、大きな声で応《こた》えた。

「オウリよ、拙惨岳の民をそなたの身近に幾人か採り入れ、異心《いしん》なきことを見定めるのだ」

「承《うけたまわ》りました」

足弱はかつて古代において行われた、王に臣従を願う儀式をおもってぼんやりとした。

太守と族長が堂から退出したあと、つぎの者たちを入れずに今世王が御簾を振り返った。

「兄上、拙惨岳の民をご覧になれましたか？」

「ああ……。かれらは、あれでもうラセイヌの民なのか？」

「戸籍上はまだ数年かかりますが、心情的にはほとんど民に近いですね」

「ああ……」

いつか今世王が話してくれたことだった。王族が国土に異能を隅々にまで走らせるには、大地に住まう民たちの、王族を敬《うやま》い仰ぐ忠誠心が必要なのだ。

王を信奉することは、この国においては大地を豊かにすることに直結しているのだ。

ただ、この国が豊かだということに惹《ひ》かれてやってくる民を見境なく受け入れていいわけではない。そこにはちゃんと線引きがあり、条件がある。

「お疲れさま、レシェイヌ。見学させてくれて、ありがとう」

「いつでもご見学くださいね、兄上。兄上がそばでみていてくださるとおもうと、わたしも張り合いがあります」

遠い〈雷鳴〉その六　距離

王族方の視察があった日の晩、六人部屋の寝床で、〈雷鳴〉はそっと目を開いた。補助要員のなかで細かいことまで気にしない人物の隣を選び、背を向けて布団を深くかぶって寝た振りをしていた。同部屋の五人の寝息を確認し、布団のなかに自分がいるように細工して、ひとり郡城から抜け出した。五人が目覚めるまえに戻る予定だ。

黒い衣装に身を包み、陰から陰へ。馬は使わず、脚力だけの移動で四半刻(三十分)もかからなかった。

夜の潮風は力強く、耳を聾《ろう》する。雲はなく晴れている。月明かりで道はしっかりみえる。着込んできたがやや寒いので、手を何度も握ったり開いたりした。

昼間覗きに行った集落を防風林の陰から見張った。周囲を探っても、自分以外この集落を見張っている者はいなかった。

(……なんとあっさりあの者たちを警戒対象からはずすのだろう。人がどれだけ自分は無実だ、虐《しいた》げられた者だ、善人だ、弱者だと擬態《ぎたい》することができるか知らぬのだろうか。王都の城壁のなかでぬくぬく過ごしていると、そんな程度の気働きしかできなくなるのだな)

日が暮れて早々に寝付いたのだろう、暗い集落を視界に入れながら、胸の内で同僚たちを罵《ののし》り、怒りで息苦しくなってくる。

樹の幹にもたれ、闇のなかでふっと力を抜くと同時に、怒りが凍って頭が冴えてくる。その冴えた頭に浮かぶのは冷めた考えだ。

(頼りになる同僚よ、故郷を同じくする同胞よ。おまえたちに判断をゆだねることが時々不安になる。わからないのか? 陛下と兄上さまを失えば、われわれには何もない。果たすべき使命もない、ただの墓守。主人たちを守れなかったただの無能の一族。忠臣を騙《かた》る者たち)

なんとか凍った怒りを冷静の海に沈めて、〈雷鳴〉は平静を装い夜の残りを過ごした。

翌日。

足弱が昼まえに起床して、ごそごそと身のまわりを自分の手で整理している部屋を遠巻きに警護し、夕方警護を交代した〈雷鳴〉はその後の話をこぼれきいた。

同じ時刻に夕餉《ゆうげ》をとっている近衛兵たちが会話している。〈雷鳴〉は気配を消して聞き耳を立てることが得意だ。これまで様々な情報をこうして得てきた。すべて王族のために。

「へえ、あの集落の？　大きくて手足の長い？」

「そう。そこの代表者がひとり、明日来るらしい。まあ、二年前、陛下と兄上さまの式のために王都まであがった者たちの長らしいが、何か陳情《ちんじょう》あるとかで太守を通じて陛下に会ってほしいってさ」

「やっぱり、結婚式で来ていた一族だったんだ。わたしは昨日、初めてみたよ。特徴的だよな」

「わたしも昨日、初めてみた。あれは目立つな。元々山岳部族の出身で、険しい岩場の移動が得意なんだと。そこから水夫としても船の揺れに強いってんで出稼ぎをしていたらしい」

「屈強そうだし、漕ぎ手や水夫としての需要は高そうだな。ところでその陳情って？」

「もっと仕事が欲しいとか？　身分を引き上げてほしいとか？　お取り立てくださいは陛下に対してよくある陳情だな。でも、まだラセイヌ王国民じゃないからな」

「わが国の戸籍はそう簡単には手に入らないだろうな」

「王朝興隆期ならば国土が広がっていった時代だから他種族もかまわず併呑《へいどん》していいっていっしょくたにラセイヌ王国民となっただろうが、もう何百年もまえだしなあ」

大陸を上下に分断するようにそびえる天宝山脈《てんぽうさんみゃく》の下部分、南原《なんげん》と呼ばれる一帯の西端から勃興《ぼっこう》したラセイヌは、東へ東へと広がり、山脈裾野の農耕民族たちも王族のもたらす奇跡の豊かさを求め、自分たちごと土地を献上し、国土は北と東へ拡大していった。最後に臣下にくだったのは南部豪族たちである。

その後、ラセイヌ王国に流れてくる流民の処遇や、海岸沿いの海里を襲う海賊をどう退治するか、どう守護するかについて近衛兵たちは話していた。

これだけの知識量で会話できるのも近衛軍兵士たちの教養の高さをうかがわせる。砂彫像の題材で大喧嘩するだけの男たちではない。

(――お取り立て……)

危うく箸《はし》を握り潰してしまうところだった。〈雷鳴〉は自分でも形相《ぎょうそう》が変わっていることに気づいてうつむいた。椀をみおろす。ほぐした魚の身と、艶々した緑の豆の入った混ぜごはんだ。彩《いろど》りも美しく米も美味い。

(陛下にお取り立てを望むなど、それを直訴するなど、どれほど厚かましいのだろう……。あの特異な容姿だものな。身体能力と境遇で王族の興味を惹こうとおもえば惹けるか。王族の身近に仕える家臣は灰色狼一族だけだというのに、王族に近づこうとする者は後を絶たないな)

背後では出来立ての肉饅頭《にくまんじゅう》を配る給仕の声と、それを求める声が飛び交っていた。

なんとか口のなかの食べ物を飲み込む。やや曲がった箸を置いて食堂から出ていく。灰色の衣を誇らしげに着た兵士たちが交代で食堂に次々に入っていく。そのあいだを〈雷鳴〉は人波を縫うようにすいすいと抜けていく。

さらに翌日。

郡城一階の西向きの廊下に並んでいる者たちのあいだに、新調したのだろう着物を身に着けた拙惨岳の大きな民がひとりいるのをみた。

今日は朝から王族ふたりは訪問者に対応するため謁見の間に詰めている。〈雷鳴〉の護衛位置は、その謁見の間の廊下側だった。

御幸巡行で各地に立ち寄る今世王は、宿泊する郡の太守や、その周辺の郡から馳せ参じてきた太守たちから正式な挨拶を受ける。さらにその太守が、太守の責任をもって紹介に立てば、その地元の者とも引見した。多くは、手柄を立てた者や評判の孝行者、学芸の達人など、太守の面目が立つ人選となっていた。なかには陳情を述べたり、献策を奏上したりする者もいた。

今世王にとって御幸巡行は、足弱との旅行が主眼ではあるが、他にも自身の姿をみせて民たちを慰撫《いぶ》すること、各郡の太守の働きを実際に目で確認することなどの政治的側面も持っていた。

郡城の入口で衛兵に武器を預けた者しか入城できないため、廊下に並んで進んでいる拝謁を賜《たまわ》る者たちはみな非武装だ。控えの間に誘導されていく、他から頭ふたつ分くらい高い背丈から目が離せない。

〈雷鳴〉は昨日、近衛兵たちのあいだで囁かれていた不快におもった噂話をおもいだした。

(手段を選ばず王族に近づこうとする怪しき者たちめ)

〈雷鳴〉は警護に付く時間帯を日中にしてもらっていた。夜間は拙惨岳の民の集落を見張っていたかったからだ。昨夜も、灯の消えた黒い小屋の群れを見張っていた。そこにいたのは、その夜も〈雷鳴〉だけだった。近衛軍上層部はかれらのことを警戒不要と考えていることが実証されていた。

(――――近づいてきている)

主人たちが王都で、緑園殿で、厳重に警護されているわけではない、普段より無防備な状態でいる。いま、この東の端で、海の近くで。

航海に達者な者たちが、海岸沿いで王族に会おうとしている。このことの危険性にどうしてだれも気づかないのだろう。

海の果てに王族が攫《さら》われたらどうするのか。

近衛軍に水軍はないんだぞ!

王国軍の水軍を間借りするというのか。助け出すのにどれほど時間がかかるだろう。

〈雷鳴〉は浮かんでくる最悪の状況への焦燥に苛《さいな》まれながら、必死に、夜、拙惨岳の民の集落を見張った。

この危機感を抱いているのは自分しかいない。

(わたしひとりしかいない。他を説得している時間がない。行動をいま起こさなければ、異国からの侵略の手が王族に伸びてくる。友好的な顔をして、情けを乞う形をして、どんな手でくるかわかったものじゃない。どんな手であろうと、来るんだ!　王族が危ない!)

息が詰まる。汗か焦りのせいか視界がチカチカした。

第十七話　真夜中の警鐘

その夜は今世王とむつみ合うことなくただ同じ寝台で就寝していた足弱は、城内のざわめきで意識が浮上してきた。肩を触れ合わせて寝ていた今世王が身を起こして、四方を囲う、夏用の薄い紗から上半身を出したようだ。

「いかがした？」

今世王の問い。その後、ことばの切れ端を足弱の耳が拾う。

近辺。集落。火事。煙がこちらに流れてきている。郡城の近くで火事があったらしい。

(そういわれると……木の焼ける臭いが)

寝台のなかの空気が揺れ、今世王が声をかけてきた。

「兄上、起きていらっしゃいますか」

足弱はそこでぱっと目を開いた。通常通り仰向けで寝ていたので、こちらを覗き込んでいる青い瞳と目が合った。寝台の周囲が明るい。今世王は、声に切迫感もなく口元に笑みさえ浮かべていたが、目が真剣だった。

「ああ、起きてる」

「近くで火事があったそうです。その煙がこちらに向かってきているので場所を移動しましょう」

「……そうだな。すごい臭いだ。どこに行くんだ？」

おもわず袖で鼻を押さえる。猛烈な焦《こ》げた臭いがしてきた。

「この城のなかですよ。煙を避けるためにまずは下の階に」

「陛下！　殿下！　ご避難を」

遠くから声がした。その響く感じから、廊下の奥手からだろう。声の主としてオイシロ郡の太守オウリの姿が脳裏に浮かんだ。昨日の引見の際、きいた声だとおもう。あのときの沈着な様子とまるで違うため別人の声のようだ。

今世王に腕を強くつかまれたかとおもうと、上半身を引き起こされた。

足弱は自分がぐずぐずしていたかと内心焦った。

「兄上に上着と沓を」

「はっ」

侍従たちがあっという間に寝台を取り囲んだ。すでに明かりは灯《とも》されていて、みなの顔がよくみえる。

自分に付いてくれている侍従たち、〈温《ぬく》もり〉〈星〉、〈吟声《ぎんせい》〉〈円《えん》〉。夜なので交代で休んでいたはずなのに、全員いる。護衛の三人〈鉱石《こうせき》〉〈道《みち》〉〈遥《はる》か〉の姿もみえる。

同じ部屋に、王付きの〈一進〉〈見晴《みはらし》〉〈継《つ》ぎ馬《うま》〉〈小鳥《ことり》〉、侍従補佐〈高木《こうぼく》〉〈偲《しの》ぶ〉たちもいた。王付き侍従たちが今世王を囲んで寝巻きに上着を着せている。

寝室の隅の闇が深い。真夜中のようだ。

足弱自身も侍従たちに白い寝巻き姿のままずるずると寝台の端に引きずってこられ、そのまま腰掛けた。するっと、だれかの手で沓を履かせてもらう。薄い上着が一枚、二枚。

「二枚?」

「もし、火の粉が舞っておりましたときに、燃え移っては危険ですので。ぜひとも、用心のために」

〈星〉の気遣いに驚き、素直にはおる。

左手に杖をつかんだとき、よこから呼ばれた、と同時に右手首をつかまれる。

「兄上、参りましょう」

今世王は寝室の出入口をみたまま、足弱の手首をつかんで引っ張っていく。

「わかった」

そう返事したときにはすでに歩きだしていて、今世王に連れていかれる。いつもしてくれる、右手をふんわり握られ、歩行を誘導されるときとまるで違った。そのことに、足弱は腕の肌を粟立《あわだ》たせた。

しかし、寝室を出る際はやや強引だったものの、次々と入ってくる情報から、炎が迫ってきているわけでもないとのことで、駆け出して避難ということはしなくて済んだ。

城のなか、三階の海を眺める部屋から二階の別室に引っ越すのだという。

「二階の部屋は窓が内陸側を向いておりますので、いまの部屋より臭いを防げます」

と、〈温もり〉に説明を受けた。

「そうですか」

「寝室には香を焚《た》き込めておりますので、安らかにおやすみくださいませ」

騒然とした気配のなか二度寝に入れるかどうかわからないが、周囲の骨折りには頭がさがる。足弱が〈温もり〉と話している最中も、歩調を足弱に合わせながら今世王は息をつく間もなく報告を受けていた。

せわしない様子なのに、いまだ右手首をしっかり握られた状態であることが気がかりだ。邪魔をしたくないので離してほしいくらいなのだが、いえる雰囲気ではない。

木製の階段を慎重におりて、二階の部屋に案内されていると甲高い音をきいた。

カー……ン……カーン！　カー……ン！

人の声や足音でざわざわしていたなかでもよくきこえる音だった。遠い波音に混ざることなく何かを報《しら》せる音だ。

「ばかな、こんなときに海賊が……!?」

二階の廊下の端で控えていたオイシロ郡の太守が愕然とした声をあげた。

「太守さま！　襲撃の警鐘の鳴らし方と違います。誤報の可能性がありま……っ」

一階から駆け上がってきたらしい役人が声を張り上げ、ぎょっとして息を詰まらせたようだった。二階の廊下は手燭や蠟燭《ろうそく》でこうこうと照らされ、そのなかに灰色の革鎧《かわよろい》の兵士と灰色の侍従たちがひしめいているため、驚いたのだろう。

右手首から今世王が手を離したとおもったら、肩をぐっと抱き寄せられた。今世王が足弱の耳に口を寄せて、じっとこちらをみている。三階の寝室を出る直前から穏やかな表情が消えている。

「兄上、部屋に入っていてもらえますか」

「おまえはどうするんだ、レシェ」

「海岸からの襲撃だとしても逃げる時間はまだありま

す。また、陽動の可能性もありますから、安易に城から飛び出すと警備の隙を突かれるでしょう。わたしは隣の部屋で報告をききます」

「レシェイヌ。逃げるときはいっしょだぞ」

離れていこうとした今世王の腕をつかんで、足弱は青い目をまっすぐみつめていった。普段より飾り気のない起き抜けの衣装のままの今世王は、髪を結わず流れるような金髪を肩から胸に垂らしながら、ようやく微笑んだ。

「逃げるときはわたしの宝物をこの両腕で運びますよ。絶対です」

そういうと今世王は足弱の背を押して兄付き侍従たちにまかせた。自身は王付き侍従たちと緑園殿長官、近衛軍将軍、太守を連れて隣の部屋に入っていった。

「……兄上さま、着替えをご用意いたします」

「そうですね。二度寝はしばらく無理そうです」

そっとかけられた声に答えて、足弱は今世王を目で追うのをやめた。


何かあればすぐに城を出られるように足弱は外着に着替え、沓と杖をそばに置いて寝台に横になり、目を閉じていた。

今世王は隣の部屋にいるといっていたが、一室が広く、あいだに控えの間などがあるので人の出入りの気配や喧噪はそれほどわずらわしくない。まったくなんの気配もなければ、逆に心配になるだろう。

（おれにも何かできることはないのかな。……火事に遭った人々にオマエ草を配るとか？　特効薬というわけでもないし、不味《まず》い薬湯を飲ませるより、オマエ草軟膏のほうがいいか？　でも、火傷の鎮痛薬ならわざわざオマエ草軟膏じゃなくてもいいよな。他にも薬草はたくさんあるし。

寝ているおれが、朝、疲れた顔で起きたらいま働いている人たちに悪いよな。いつもは寝つき、すごくいいんだけどな）

目を閉じたままふっと息を吐く。侍従たちは控えの間にさがり、護衛兵も廊下側の扉のまえに立っている。見知らぬ者がごたごたの隙をついて近づいてこないよう、出入口の警護は厚い。

まだ眠りはこない。寝なくていい理由を探しているみたいに、頭のなかが冴えている。

（火事か……。臭いと煙だけで避難するほど危険だなんて、初めて知ったな）

こんなに落ち着かないのは、初めてだからだろうか。やっぱり眠れないなと足弱はおもった。

「――兄上さま」

小さく、綿みたいに軽く、そっと浮かんですぐに消えそうな声だった。

暗闇のなか、じっと目を凝らすと窓から入る月明かりを背に、いつのまにかだれかが寝台の脇に片膝をついていた。

「はい」

足弱が休んでいる寝室の丸窓上には簾が巻き上げられ、左右からの白い幕で窓が閉じられていた。この丸窓は大人の片腕ほどの直径がある。窓の外側には欄干《らんかん》のある露台があり、三階の露台が屋根になっていた。その白い幕から丸い月明かりが漏れている。

「沓を」

足弱は無言で上半身を起こし、そばで控える近衛兵をまじまじとみおろした。どこかでみた顔だ。

「兄上さま」

うながされ、寝台脇に尻をずらしていき腰掛けた。するとその近衛兵が侍従のような手慣れた手つきで足弱に沓を履かせた。

「何かありましたか？」

「危険が迫っております。気づかれぬようおりましょう。陛下とは一階で合流できます。このまま窓の露台へ」

「あの窓から？」

静かでゆっくりではっきりきこえる声だった。黒い瞳は顔が影になっていてよくみえない。この旅のあいだ警護についてくれていた近衛兵の気がする。ごく普通の青年の顔であったはずだ。黒痣のない緑園殿長官に似ているようにおもえる。表情が動かないのでそうおもうのかもしれない。

いっしょに逃げると断言していた今世王の顔が脳裏に浮かんだ。

(おれがさきに行って、レシェを待つのかな)

侍従たちが付いてこないのはふしぎだった。すぐそこの控えの間にいるのに。少し振り向いてそっちをみてから顔を戻して近衛兵をうかがった。兵士は首を左右に振った。表情は動かないのに、どこか嘆願されている気がする。ただ、こちらへと手を差し出してきた。

足弱は知っている。

フウシャの城で拉致されていた足弱を助けたのは潜入し密命を帯びていたふたりの灰色狼だ。

この灰色狼にはかれらと同じ匂いがした。

王族の身辺を守り、いつだって身を挺《てい》して戦うのは灰色狼だ。

王族のために血を流し、王族のために怒る。

躊躇《ちゅうちょ》なく囮になり、身代わりとして命を落とすことに迷いがない。

いつだってわが身のことより王族を最優先にする。

それが灰色狼。

だから灰色の鎧の近衛兵の申し出を足弱は疑わなかった。かれらのこれまでの献身が足弱にそうさせたのだ。

足弱はその手に右手を置いた。

さっと見渡す限り、この仮の寝室から外にでる扉は廊下側のひとつ。あとは幕で区切られている控えの間に入ってそこの扉のふたつだけだ。

そのはずだったのだが、近衛兵が連れていった壁際は、端をとんとんと軽く叩き、壁に手を置いて上にずらすとすこんと小さな音を立てた。やがて壁は外の露台への戸口となった。

足弱は目を丸くしながら手を引かれるままに付いていった。杖は持っていたが音を立てないようにと注意されて、床を強く叩かないようにしている。

露台にでるとまだ焦げた臭いが夜の潮風に混じっている。

(鎮火したのか?)

足を速めながらみあげれば、晴れた夜空に薄くなった灰色の煙が後方から流れていく。

「兄上さま」

また、空気を揺らさないようなじつに小さな声だった。

城壁にはかがり火が焚かれ、壁外にも小さな明かりがぽつぽつとみえる。二階から一階のざわざわとした気配と、黒い影が走りまわっている一隊の様子が見渡せた。

「まだか」

「急げ」

「報告を……！」

露台の端にたどり着くと、戸口がひとつあった。露台と露台に階段はないようだ。一階におりるためには一旦なかの階段を使わないといけないらしい。

足弱がその戸口に向かって行こうとすると、手を引かれた。

近衛兵のほうをみると、口を開き、閉じた。まるで声を発するのを躊躇しているようだった。はっきり、黒い瞳がきょろっと足弱をみた。


足弱はおもわず近衛兵のほうに耳を傾けた。

「ここから、あそこの木に伝い、城壁まで走ります。兄上さまを負ぶってもよろしいでしょうか」

足弱の仕草に勇気づけられたのか、近衛兵は一気に喋《しゃべ》り、欄干から手前の葉の茂っている枝を指差した。

「え……え!?」

屋内の階段を使わない理由は何かとか、疑問はいくつか浮かび、それを問いただしたかった。しかしここで押し問答をしていてもいいのかという迷いも湧いた。よどみなく付いていっていた足が止まる。

「大丈夫です。落としません」

そのことは心配していないのだが、近衛兵の黒い、迷いのない視線に足弱は眉尻をさげた。

「兄上さま」

つかまれていた右手をさらに強く引かれ、足弱はやっぱり灰色狼からの手を振り払うことはできなかった。

そのとき、白と金の人影が視界の端でみえた。

パシッバキバキ！

足弱の右手をつかんでいた近衛兵の手首に扇子《せんす》が叩

きつけられ、音を立てて壊れた。木製だった扇子の骨が完全に折れ、破片が露台にバラバラに落ちた。

「レ……!?」

今世王は足弱と近衛兵のあいだに強引に割り入ってきた。近衛兵の手は抵抗せずに離れていった。今世王の背中に押されるようにして、足弱は数歩さがる。寝巻きから外着に着替えたのだろう、その背中には月明かりでも黄金色の瀟洒《しょうしゃ》な刺繡柄が浮かび上がってみえていた。

「レシェ、迎えに来てくれたのか」

一階で合流のはずだが、今世王のほうがさきに着いて待ちきれず迎えに来てくれたとしても足弱はふしぎにおもわなかった。しかし今世王は何もいわない。ただ、刃物がこすれるような音がした。右手に持っていた扇子の残骸を捨てると、今世王は左手に持っていたらしい鞘から剣を抜いた。両刃の片手剣。

危機を悟って首筋の裏の毛が逆立った。

(また、おれ、こんなときに剣を持っていないのか)

今世王から殺気が放たれている。今世王が剣を手にしていて、自分が手にしていないことが口惜しかった。

「余の兄上をどこへ連れていく気だ、〈雷鳴〉」

「安全な場所にです、陛下。陛下と兄上さまのおふたりをお連れしたかったのです」

「ならぬ」

今世王の肩越しからみた〈雷鳴〉と呼ばれた近衛兵は、初めて大きく顔をゆがませた。

足弱は今世王の背後左側越しに、そんな〈雷鳴〉を目撃した。

「では、わたしにはもう、おふたりをお救いできません」

「いったいどんな敵が余と兄上に迫っているのだ」

苦しそうな顔のまま〈雷鳴〉は今世王をみあげている。

「もちろん異国からの手です。このラセイヌ王国の王族を攫おうと、やつらは虎視眈々《こしたんたん》と狙っております。この王国にどれほどやつらの間諜《かんちょう》がおりますでしょう。東部、海岸沿いへの御幸など、無謀でございました。逃走手段が陸路だけでなく海路まであるのですよ!? 危険すぎます。敵は、ほんの目の先まで迫っていました!」

〈雷鳴〉は叫んだ。足弱はそうおもった。

わかってもらえぬ苦痛からくる叫びのような、がむしゃらな勢いがあった。痛みに猛り狂う獣のようでもあった。

「王族を攫おう、あるいは害をなそうとする者はいる。敵はいつだっている。だから王族はおまえたち、灰色狼をそばに置いたのだ」

「敵はすべて根絶やしにします! どうぞお命じください。いますぐに排除し、危険なやつらは殺します! 一掃してみせます! 異国からの間者を、難民に擬態しているやつらを悠長に構えて野放しにしているなんて、王族方を危険に晒しているようなものです! わたしは、わたしはそれが我慢なりません……!」

足弱の足が震えた。これまでも捧げられてきた忠誠だというのに怖気がきた。立っていられなくなって、目の前にあった広い背中に両手でしがみついた。

〈雷鳴〉が叫ぶ内容が正しいのかどうかよくわからない。だが、かれがそれを信じて、王族のために行動していることが伝わってくる。

今世王は大きく胸を上下させて呼吸をした。そのあいだずっと沈黙がつづいた。背後にいる足弱にも今世王の殺気が鎮《しず》まってきているのを感じとれた。

白い煙が夜空に流れていく夏の夜。

「これまで大儀だった」

足弱は、人はこれほど絶望を浮かべることができるのかと目を疑った。それほど〈雷鳴〉の形相は一変し、一気に歳をとり、生気が消えた。今世王は柄を握った手ごと後ろに腕をまわしてきて足弱を抱き寄せ、ふたりして二歩さがった。

〈雷鳴〉は両手で頭を挟み、ぶつぶつと何かをつぶやき、目をうろうろさせると、はっきりと顔をあげて今世王と足弱をみあげた。

(ああ、だめだ。行ってしまう……!)

王族の敵をすべて排除するといった灰色狼が、絶望したままここを去ってしまう。それはいくらなんでもあんまりだと、足弱は気づいたら杖を持ち替え、左手

を伸ばしていた。左手のほうが、〈雷鳴〉により近かったからだ。

〈雷鳴〉は明確に視線を今世王から足弱へ、足弱の伸ばした腕に動かし、唇を震わせた。指が微《かす》かに動いたようにみえたが、つぎの瞬間、その場から欄干の外に身を踊らせて去った。同時に灰色鎧の近衛兵たちがどっと二階の露台に集まってきた。

「どっちに行った⁉」

「北門だ」

「追え！」

「手練《てだ》れだぞ、気をつけろ」

足弱と今世王の警護として残る兵士と、追っていく兵士とで分かれる。

「兄上、部屋に戻りましょう」

ずっと足弱に背を向けていた今世王が振り返りそう声をかけられて、足弱は伸ばしていた左手をのろのろとさげ、無意識に杖をまた持ち替えた。杖をつかんだその手を、白い大きな手がそっと触ってくる。

抜き身だった宝剣は鞘におさめられ、護衛兵が預かっていた。

（すごく苦しそうだった。すごく悲しそうだった）

そのことが胸を締め付ける。

握った杖ごと抱き寄せられ、そのままふわっと体が浮いた。臀部《でんぶ》のしたと背中に腕がまわって持ち上げられていた。

「レシェイヌ？」

「わたしの宝物を回収しているところです」

みおろせば青い目をほころばせて、今世王はそんなことをいった。そのことばをきいて、張り詰めた空気が弛緩《しかん》して、足弱は肩から力が抜け、今世王にくったり体を預けていた。

脱力している足弱を抱き上げたまま、今世王は報告を受けていた隣室に戻っていく。

そこには緑園殿長官が控えていた。右頬に黒い痣が残る無表情な男だ。その姿が一瞬、足弱の目には〈雷鳴〉と重なってみえた。抱かれたままだった体がびくっと跳ねた。

「陛下、兄上さま、お怪我はございませんか」

「余はない。兄上は？」

「あ、ああ……。おれも、ないよ」

何度か瞬きをして、緑園殿長官を認識する。かれは体を張り、命を賭けて足弱を護った灰色狼。足弱にみつめられて、緑園殿長官は何か？　と目で尋ねてきた。足弱はなんでもないと、首を左右に振った。

部屋の中央には十人掛けくらいの四角形の卓がふたつあり、筆記用具、木簡や竹簡などが積んであった。壁際にはずらっと椅子が並び、上座の壇のうえには宝座が安置されていた。

その中央を眺める離れた奥に休憩場をつくってあった。衝立《ついたて》、円卓、茶器、香、長椅子が壁際に置かれており、足弱はその長椅子におろされた。

座布団がいくつも重ねてあり、板床に編んだ敷物が敷かれている。

「兄上、ここに座ってください」

「運んでくれてありがとう、レシェイヌ」

「いつだって、わたしの宝物を運ぶのは、わたしの喜びですよ。ところで、兄上。さっそくですが状況を説明しますので落ち着いてきいてください」

「ああ」

火事はどうなった？　海賊はどうなった？　一階にいるはずじゃなかったのか？　〈雷鳴〉はどうした？　足弱の顔には数々の疑問が浮かんでいる。

「〈青嵐〉、これまでにわかっていることを報告せよ」

「はっ。夜半に城下の集落にて不審火。一度に集落五軒、材木や小屋が時間を置かずに燃えだし、火事が発生。その火事の消火のために海岸防衛の夜番兵士が警鐘門から離れた隙に警鐘が鳴りました。夜番が急いで鐘のもとまで戻ると、人影はなく、床に石がいくつか落ちていたということです。遠方から石を投擲《とうてき》して鐘を鳴らした可能性が高いとみています。

海辺には不審な船はなく、海賊の上陸も確認されていません。

このことから、火事から警鐘までの一連の出来事は、陽動だとおもわれます。目的は兄上さまの拉致です。内部の犯行が一番疑われます。

なお、火事はほぼ鎮火されております」

足弱は、さきほどまで浮かべていた疑問が片膝をついた将軍の報告から晴れていくのを感じた。同時に胸の奥が重くなっていく。

「〈狼〉」

今世王の威厳ある声に、緑園殿長官が将軍より一歩前で片膝をついた。

「はっ」

「残念だ」

「ははぁ！　どうかこの始末、わが一族に」

そういうと、部屋にいた近衛兵、部屋の隅にいた侍従たちすべてがその場でざ！　と両膝をついて頭を深くさげた。

「有能な男だ。そのままにはできまい。ここまでは死人が出ていないときいている。火事で焼け落ちた集落には余から見舞金を払う。太守にもことばを添えよう。そなたらは王族の家臣。家臣の罪は主家の責任よ。本来であれば王族を無断で連れていこうとした咎《とが》で極刑は確定だが、かの者のこれまでの献身に免じて灰色狼一族内での私刑を許す」

「一族を代表して〈灰色狼〉より陛下並び兄上さまに謝罪と感謝を申し上げます。寛大なご処置、誠にありがとうございます」

「また何かわかれば報告するように。さがってよい」

「は！」

長官と将軍が部屋から出ていくと、侍従たちも立ち上がりまたそばに控えた。

（ああ、〈雷鳴〉か……火事も警鐘も〈雷鳴〉がやったのか）

周囲から一拍以上遅れて足弱は今回の事件を理解した。陽動、内部の犯行。「残念だ」「灰色狼一族内での私刑を許す」——それらは〈雷鳴〉のことを指していたのだ。

（おれを連れ去りたかったのか。何のために？　〈雷鳴〉は何といっていた？　救うため。おれとレシェイヌを救うため。そうだ、おれとレシェイヌを助けたくて、でも断られて、絶望して去っていったんだ）

だからこんなにも胸が痛い。

だからこんなにも悲しい。

今世王とふたりきりで話がしたくて、足弱は手で侍従たちが近づいてくるのを止めて、よこに座っている今世王を覗き込んだ。

「……なあ、レシェ。おれは、付いて行ってはいけなかったのかな」

青い瞳がじっと足弱を見返してくる。

「兄上はどうして付いていったのです?」

「近衛兵だから。灰色狼だから」

「狼たちを信頼しているからこそ、付いていったのですよね?」

足弱がうなずくと、今世王は黒髪に手を伸ばして撫でた。

「今回の件で、狼たちのことを信じられなくなりましたか?」

「いや、そんなことはないけれど……。もっと用心をしたほうがよかったのかと」

「今後は、灰色狼を疑うと?」

「そうしたほうがいいんだろうか?」

寝台から露台に連れ出されたりしなければ、差し出された手に手を置かず、躊躇し、疑い、用心して侍従たちを呼んで確認しておけば、〈雷鳴〉は王族から捧げた忠誠を断られるという事態に追い込まれたりしなかったのではないだろうか。

「兄上は信じた。一点の曇りもなく。どうかそのお気持ちをなくさないでください。兄上は灰色狼を信じたのです。そのままでいてください」

「そのままでも、いいんだな。そうか……」

あれでよかったのか、いまは判断がつかない。気持ちの整理もつかないからかもしれない。

「われわれはあの者を注視しておりました。ですので、兄上をこの城から離す気はありませんでした」

「見張っていたってことか?」

「あの者は潜入活動から戻った帰還兵なのです。帰還した兵士には通常、見守っている者がいるのですよ」

「そ、それじゃあどうして、〈雷鳴〉を止められなかったんだ?」

「あの者が優秀だからです。そして、われわれもあの者を最後の最後まで信じていたからです」

「なあ、〈雷鳴〉は、どうしてあんなことを……？」

「われわれへの忠誠ゆえでしょう」

「忠誠」

これまでずっと足弱を、今世王を、王族を護りつづけてきてくれた忠誠。

自分が一点の曇りもなく〈雷鳴〉を信じたんだとしたら、それは〈雷鳴〉の行動の根幹に忠誠があったからだろう。だから疑いもしなかったのではないだろうか。

「応えてやれぬ忠誠もあるのですよ」

そういうと、今世王は両目を閉じた。足弱の頭を撫でていた手を止め、自身の頭をこすりつけてきたので、今度は足弱が今世王の頭を撫でてやった。

(ああそうか、レシェイヌだって応えてやりたかったよな)

応えてやりたいのに応えられない。

そんな苦しみもあるのだと知った。

遠い〈雷鳴〉その七　逃走

〈雷鳴〉は、いまだオイシロ郡内であったもののその晩のうちに郡城のあったオイシロ県を抜けようとしていた。行き先は定めていないが無意識に北上していた。北上して、海岸に出てどこかの湊から小舟を奪って南方へ行くのもいいだろう。そのまま天宝山脈までたどり着いて、大回りで王国中央に潜《もぐ》り込むなど身を隠すすべならあるはずだ。

そう、わが身ひとつで逃走するなら、経路はいくつも浮かぶ。このまま身を隠し生きていくなら。

(陛下)

月明かりのした、白い肌に金髪碧眼《へきがん》の王族特有の美麗な容姿。その形のいい唇が「これまで大儀だった」と告げた。その右手には抜き身の剣。

〈雷鳴〉が二階の露台から離れる瞬間、今世王の背後にいた黒髪の庶子がこちらに向かって手を差し伸べてくれていた。

——あの手を取りたかった。

しかしすでに今世王に拒絶された身の上。どうして救いの手をつかむことができただろう。

疾走していた足が乱れるようだった。知らぬ間に目尻から涙がこぼれ、後方に去っていく。灰色の近衛軍兵士の衣装は捨て、以前扮装した旅商人の姿になっている。

悲しみで足が止まりそうになると、ふつふつと煮立つように怒りを反芻《はんすう》する。

そうだおもいだせ。

異国の民が王族に近づこうとしていた。お取り立てを望むなど、それを直訴するなどどれほど厚かましいのだろう。ラセイヌ王国民すべてがラセイヌ王族の民だとはいえ、王族の身近に仕える家臣は灰色狼一族だけだ。

それなのに、あの特異な容姿と能力と境遇で王族の興味を惹こうとしていた!

〈雷鳴〉は規則正しい呼吸法を繰り返し、走る速度を一定に保った。北へ北へ。ホウリョウホにももはや戻れない。北に北に。本当はもうどこにも行く当てはない。

そうだ、おもいだせ。

航海に達者な者たちが、海岸沿いで王族に会おうとするのを許すなど。なんという油断だろう。

近衛軍はラセイヌ王国最強の軍ではあるが水軍は持っていない。海の果てに王族が攫われたらどのようにして奪還するのか。助け出すにしても時がかかれば王族は儚《はかな》くなってしまう。

〈雷鳴〉は次々に浮かぶ最悪の想定に動悸をおぼえながら、夜、拙惨岳の民の集落を見張っていた。かれらの会話に耳を澄ませ。湊の警護状態を調べた。

御幸巡行の出発予告の報せは、本来なら〈雷鳴〉を安心させるはずだったが、むしろそれはかれに決行を決意させた。

異国からの脅威。王族への保護欲。果たすべき密命。

結果、〈雷鳴〉は自分の命より大事な王族から離れてひとり走っていた。日が昇れば、近衛軍の捜索が形ばかりおこなわれることになるだろう。御幸巡行の護衛から多くの数を割《さ》くことはできないからだ。それに、真実〈雷鳴〉を追跡してくるのは表に出ない灰色狼たちだ。灰色の衣を着ずに、じつに本来の狼らしく群れで獲物を追ってくる。

〈雷鳴〉はよくわかっていた。もっとこの逃走に本腰を入れないと捕まってしまう。みつかりしだい息の根を止められる可能性すらある。

(だれもわたしの心など知らぬ)

あの危機感のことはだれにも話していない。

潜入活動において口が堅いことは必須だ。隠忍自《いんにんじ》重《ちょう》できる者でなくては果たせない使命だ。

(……ああ、苦しい。楽になりたい)

いつしかそんなおもいに囚《とら》われている。

国道でもない里と里のあいだにできた人の通り道に沿いながら走っていた。月も沈み夜が明けてくる。その寸前の深い闇。さすがに〈雷鳴〉の足も遅くなる。

そんななか、近づいてくる気配があった。草をかき分ける音もなく風を切る動きすら感じさせない。背筋がぞっとした。

（わたしより強い）

精鋭選抜に抜擢《ばってき》される腕前の〈雷鳴〉より腕が上だ。しかも日の当たる場所で活躍する〈清流〉のような剣士ではなく、潜入活動をもこなす凄腕だろう。

〈雷鳴〉は間近でみた王族ふたりのことを想像した。ここで命を落とすのなら、幸せなことだけで頭をいっぱいにしておきたかった。逃げきれない。そして逃げきってもそこに主人たちはいない。仕えるべき王族がいない。

寝室のなか、外出着のまま寝台によこになっていた黒髪のラフォスエヌ。『木漏れ日《こもび》』という名をもつ王族の庶子。四十一歳を王族がいるべき場所で迎え、年齢にふさわしく落ち着いていて物静かで、年齢よりもずっと世間慣れしておらず朴訥《ぼくとつ》だった。

〈雷鳴〉の言上を静かにきいて欠片《かけら》も疑うことなく差し出した手に手を置いてくれた。

あの信頼こそ、これまで接してきた同胞たちが嘘偽りなく真心で仕えてきた証左《しょうさ》だろう。

目の端に光がみえた。木々のあいだから朝日が一筋こちらに差してきていた。朝日。太陽だと意識したとたん〈雷鳴〉があぁ、と声を発して足を緩めた。

自分を囲んでいた静かな殺意が近づいてくる。だが〈雷鳴〉はその囲いから逃げようという気力が湧いてこなかった。一筋の朝日から離れたくなかったからだ。

がさり、とわざと音高くだれかが近づいてきた。視線だけやれば、〈雷鳴〉の扮装とそう変わらない旅人のような恰好をしている。日に焼けた男の顔は強面《こわもて》で表情はない。右手に重りのついた綱を垂れさせたまま持っている。その背後にある樹の陰からもうひとりあらわれた。弓に矢をつがえているが矢先は地面にさげている。

弓手のよこから三人目の男があらわれた。剣を抜いていた。

（三人か）

あらわれたのは三人だ。まだ周囲にいるだろう。男たちは何もいわない。〈雷鳴〉も命乞いするようなことはない。釈明もない。

自分の心には納得している。もはや王族のいない地に行きたくもなかった。だが、熾火《おきび》のように嫉妬心《しっとしん》が消えない。だとしたらその焦燥を、想いを、剣に託すのみだ。その場に緊張感が高まった。

朝日が昇ってきている。

どうか太陽の末裔よ、愚かな狼の悪あがき、ご照覧あれ。

第十八話　応える手

三日前の真夜中に起こった火事と警鐘事件の後始末は、今世王のなかでほぼ片づきつつあった。

集落を別の場所に移転、見舞金、一時金、衣類、食べ物の提供。

ラセイヌ王国では木造建て家屋が多いので、火事で住む家を失う者もでる。家財もすべて失った民へは、住んでいる地の行政から借家や救済金、仕事斡旋《あっせん》などの援助がある。

他に、警鐘門の夜番の見直し、警護体制の確認など。

元々ここでの滞在は長くなっていいと想定していた。海岸沿いだけに限らないが、東西南北の国境と接する郡の太守との話は重要だからだ。

オイシロ郡の太守オウリは肝《きも》が据わっており、海の出入口に位置することの重要性をよく認識している。それゆえ、海賊の来襲や難民が押し寄せてくる領地の太守として最終的に今世王が選んだ男だ。

難民は北原の戦争から逃げてくる避難民と、遥かに南の方から海流に乗って漂ってきてしまった漂流者など二種類に分けられる。それら性質の違う他国民への対処や、海岸沿いの防衛、場合によっては海上警護など、他の領地では考えられないような問題が続出する地域だ。

歴代今世王も注意を払い、手厚く遇《ぐう》してきた。

(歴代王と余との違いは、まだ血脈がつづくとおもっていたころの王と、つづかないとわかっている王の違いだな)

海賊を積極的に駆逐《くちく》する案にしても、どこまで海上船団を武装し、訓練し、船を整えるか。百年先のラセイヌ王国の状況をおもえば、現状で打てる手も違ってくる。

様々に提出される献策のどれを採用し、どれを却下するか。

国境の郡の意見、朝廷の意見、そして今世王の意見、それぞれの立場で違ってくる。このなかで最終的な決定権を握っているのが今世王だ。

国境の郡や朝廷がつねに前に出ようとする荒馬であるとするならば、今世王が綱を引いている状態だ。

今世王は海外進出に消極的だ。国土防衛に重点をおいている。これは、今世王が生存しているあいだは変わらないだろう。

「明日、早朝には出発する。長く世話になったな」

「陛下と殿下のご滞在が延びましたことだけは、このたびの騒動のなか唯一の不幸中の幸いでございました」

「この問題の多い地の世話、苦労をかける。余が見込んだ通りそなたであればこそ治まっておるのだ。今後も頼むぞ」

「ありがたきおことば！　恐悦至極《きょうえつしごく》にございます」

壇のしたでオウリが頭を深くさげた。

午前中の引見は太守が最後、このあとは昼餉を足弱ととり、ふたりで涼しい部屋で午睡をする予定だ。

引見の間から太守が退出すると、〈灰色狼〉と〈青嵐〉が入ってきた。〈雷鳴〉の処分の話だ。まだ昼餉のまえの一仕事が残っていた。

ふたりとも灰色の衣装だが、身長差や体格差がかなりある。中肉中背の三十代後半の表情のない男と、長身で腰のきゅっと締まった均整のとれた体に癖のある長髪の四十に入った男。

ふたりは同時に片膝をついて頭をさげる。

侍従長に視線をやれば、〈一進〉が今世王の代わりに「面をあげよ」と声をかける。

侍従が扇で今世王に風を送ってくる。簾で直射をさえぎった窓からの日差しは短く、日の高さを示している。夏の虫がジーワジーワとうるさい。

「終わりました」

しゃがれた声の報告をきく。

「何か喋ったか」

「他国の民がわれわれの王族に近づいたことが許せなかったと申しておりました」

「それで兄上を連れていこうとしたのか？」

「一刻も早くこの地より陛下と兄上さまを他方へお連れするべきとおもったようです」

皮肉まじりに「忠義よな」ということばが口から発せられそうになり、今世王はぐっと呑み込んだ。

月夜の明かりだけの露台で、ひとり立っていた若い近衛兵の姿が脳裏に浮かぶ。今世王に手首を扇で叩かれ、剣を向けられても、腰にさげていた剣の柄に手を向ける振りすらしなかった。今世王からの拒絶に、一瞬にして月影の暗闇に呑み込まれたようだった。

あのとき、背後にかばった足弱が手を伸ばした。

こっちに来い、とでもいうように。

あのときあの場所で、たったひとり、孤独な兵士に救いの手を伸ばしたのは兄だった。

今世王はこういうとき、兄ラフォスエヌの存在に感謝する。自分とは違う思想と思考で行動できる身近な存在がいることに深い喜びを得るのだ。

「陛下、このたびの件、灰色狼一族として重大に受け止めております。今後は、潜入活動帰還者に対しての回復措置を取りやめることも考えております」

「――それにはおよばぬであろう」

よこで長官に発言を任せていた近衛軍将軍が視線をあげて今世王をみつめてきた。侍従の扇の風を受けて、冠の房飾りを揺らしていた今世王は、壇のしたのふたりからの視線を受けながらかれらをみ返すことなくつづけた。

「余と兄上を離れた場所から眺めるくらいの褒美、今後も与えてやるとよい。今回の件は、他国の民の接近により心を刺激され、極端な行動に走ったのであろう。事前に〈雷鳴〉を採用するかどうかの最終決定をしたのは余だ。兄上に話さないことを選んだのも余だ。それだけに残念ではあったがな」

一旦そこで話を切ると、足下のふたりとも表情は変わらないまでも落胆を共有している雰囲気はあった。

今世王はつづけた。

「事前に危惧を抱いていて、〈雷鳴〉を監視していたからこそ、この程度で済んだ。オイシロ郡に迷惑をかけた分は補塡した。犯人の件は太守に話してはいない。ただ、王族にからむ案件ゆえ首を突っ込んでこないだけの、察しのよさがある男だ。

それはいいとして、兄上にも事情を話したゆえ、表面上は今回の件、落着しているものと考える。あの者をどうするかはそなたらの自由であるとすでに許している。

さて、ゆえにこの一件を大げさにとらえすぎるのもよくはなかろう。そなたらの忠勤はよくわかっているつもりだ」

「多くを鑑《かんが》みての寛大なご処置痛み入ります」

そういうと、将軍の笑みが一瞬深まり、すぐに頭をより一層さげた。

「わが一族を代表し、王族方へのこれからも変わらぬ忠誠をお誓いします」

長官がうやうやしく頭をさげると同時に、引見の間にいた他の灰色狼一族も——扇を持つ侍従以外——頭をさげた。

〈雷鳴〉の行動が極端であったとしても、灰色狼一族の者たちが王族の家臣としての矜持をもつがゆえに、他の民への嫉妬心がまったくないとはいえないだろう。今世王は、そのことをわかっていた。

応えてやらねばならない。

あのとき、真夜中の狼には足弱が届かぬながらも手を伸ばして応えた。

だから真昼に、大勢を率いる群れの狼に対しては今世王が。

「その忠誠、王族を代表して受け取ろう。今後も励むように」

「ははぁ！」

第十九話　掌中《しょうちゅう》の珠《たま》

　オイシロ郡を離れる前の夜、足弱はあの近衛兵〈雷鳴〉について今世王から改めてきいた。

　長年の潜入活動から帰還後二年経過して、回復がみられて今回の御幸巡行の警護として抜擢されていたのだと。それが、この海岸沿いの郡の旅で他国の民の流入を目撃し、王族への陳情をみまもるうちに嫉妬心がくすぶり、今回の事件を引き起こしたのだと。

「――嫉妬？」

「心が弱っていると、物事を悪意ある方向で受け止めてしまうものです。灰色狼一族は王族への忠誠厚い一族です。国内ではどの一族より王族と昵懇《じっこん》といえるでしょう。そこに割り込まれたと感じたのでしょうね」

「よくわからないな」

「捕縛された〈雷鳴〉が訴えたという、ラセイヌの王族を狙う異国の危険性は昔からずっとあります。だからこそ〈雷鳴〉のように諜報任務につく者たちがいて、つねに国内外の怪しい動きに目を光らせているのです。決して油断などしていないのですが、裏の世界を知りすぎて、自分以外が愚かにみえる心境だったのでしょう」

「そうきくと、随分、悪い方向へ転がってしまっていたんだな」

「頭もいいし、腕もいいので、今回も手早く事を起こした。あの能力を惜しんで今回のことに至ってしまった」

　今世王は寝台によこになり、足弱に両腕を差し出した。この胸に来てくれ、という所作だ。寝台に腰掛けて話していた足弱は、沓を脱ぎ、自分で四方唯一開いていた薄い幕を引いて、もたもたしながら寝台にあがった。

「ここか？」

「ここですよ。レシェの胸が兄上の枕です」

「まあ、そういうなら」

　四つん這いで近づいた足弱は、おっしゃる通りとばかりにごろんと寝転んだ。とたん、今世王の長い腕が足弱を捕獲する。この三日間、焦げた臭いが薄くなったものの城の一室でむつみ合う気にもなれず『新婚夫婦』をおろそかにしていた。

「……自分が命をかけて護っている者を、途中から横入りしてきた者たちに欠片も奪われたくない、という気持ち」

薄暗くなった寝台のなかで、足弱を胸に抱いた今世王が小さな声でいう。

白い寝巻きの胸元をみつめながら、足弱は何度も瞬きした。

「それが、〈雷鳴〉の気持ちなのか?」

「兄上には怖いおもいをさせて申し訳ございませんでした。監視をつけさせていたのですが、火事の件で人に囲まれているわたしより兄上をさきに連れていこうとしたようです」

「露台に出ようって誘われたとき、侍従たちが来ないなっておもったんだ」

「露台まではぎりぎり城のなかとして、狼たちを我慢させていました。そこから出ようとしたら止めることになっていたのです」

「おまえが? レシェイヌがわざわざ?」

顔をあげてじっと弟の顔をみあげると、今世王は露《ろ》骨《こつ》に視線をはずした。

「わたしが一喝するほうが灰色狼を止める効果が高いですからね」

「……わざわざ危険なことをしたんだな、レシェ」

「それは……」

今世王はことばを濁した。

あのまま付いていったとして、あの灰色狼が王族である自分を害するなどということがあっただろうか。

これまでの経験から、足弱はないだろうとおもうのだ。あの灰色狼は、かれなりの忠誠で動いたまでで、今回は行為も結果も残念なことになってしまった。

それとも、嫉妬心からでは、どのように動こうとも残念な結果しか生まなかったのだろうか。

才能を惜しまれさえしなければ、あんなみたこともないような絶望した顔をみせた灰色狼など、みなくて済んだのかもしれない。

現状、事態は起こり、もはや過ぎ去ってしまったけれど、いまだ重く感じる感情やまとまらない考えの塊《かたまり》を、目の前の異母弟ももっているのかもしれない。

自分よりずっと灰色狼を熟知していて、自分よりずっと付き合いが長いのだ、きっと持っているはずだ。

（そうか、だからか。だから、灰色狼に任せず、自分で叱って、止めてやったんだな……）

そのことにおもい至ると、足弱は今世王に抱き付き直し、腕を伸ばしてそっと頭を撫でた。今世王も無言で足弱を抱き直す。しばしふたりは無言になった。

「今夜はおれ、別の部屋で寝るよ」

「兄上!?」

足弱が両手をついて起き上がると、今世王は腹筋だけで上半身を起こした。

「ごめんなさい兄上」

「怒ってないぞ。レシェが来てくれて嬉しかった。おたがい、剣を持っていた〈雷鳴〉に付いていったり、立ち塞がったりして、それだけ灰色狼を信頼しているってことだろう。〈雷鳴〉は一族内で仕置きされたっていうし、おれがいうことは何もない……」

そう。助命を嘆願するほどかれを知らない。

一族内でことを収めさせた時点で可能な限り今世王は赦している。

寝台から出ようと幕を片腕でのけて両足をおろし、足弱はぼんやりと天井をみあげた。

胸に腕がまわってきて、顔をよこに向けると唇を奪われた。

「ん……！」

ふはっと息を継ごうとして、顎をぐいっとあげられ、舌が割り入ってくる、熱く長い舌が、足弱の舌と唾液をからめとっていく。

「ふぅん、んっ」

鼻から息が抜け、気の抜けた声がでたのは一瞬で、直後からむさぼるように舌を吸われ、背筋がぞくぞくした。ぢゅっぢゅっと腰が砕けるまで口内を舐められ、舌を甘噛みされた足弱は、ずるずると寝台の中央まで引き込まれた。白い寝巻きの紐はほどかれて、素肌に今世王の白い指が這っている。乳首を痛いほどに引っ張られ、足弱は踵《かかと》で敷布を何度もかいた。

「あぁう、レシェ、れしぇえ」

濡れた赤い唇を舐めながら今世王は薄暗がりのなか青い目をらんらんと光らせた。

「兄上に気に留めてほしくなくて、名も事情も教えずにおりましたのに。もう決着のついたこと、お忘れください。いっときだけでも忘れてほしいです。そのお手伝いはレシェがしますから」

這っていた指先が股間に伸び、太腿を持ち上げるようにして尻肉を撫でる。寝巻きはめくれ上がり、仰向けの足弱の裸体が白い敷布のうえでよこたわっている。

硝子《ガラス》の蓋がはずれる音がして、花の濃厚な香りが寝台に溢れる。とろりとした琥珀色《こはくいろ》をした香油が、足弱の引き締まった腹に垂らされる。

「うっ」

びくっと跳ねた腹に今世王は戻した指で香油を撫でつけ、指に十分からめていく。

「兄上」

その一声に、足を開いていという指示を足弱はきいた気がした。足弱はちらっと今世王をみあげた。今世王は香油で濡らした指を肩まで持ち上げながら待っていた。

「兄上」

「うう」

足弱はなぜか半分泣きそうな気持ちで右膝を立て、のろのろと開いていく。その様子を今世王はじっとみおろしていた。そして頃合いをみて、隙間に濡れた指を二本差し入れてきた。

「ああ……！」

おもわず腰があがる。その隙間に今世王は枕を差し込み、指を付け根まで入れた。らんらんとした青い目は変わらず、しかしさきほどまでの薄い笑みと違い、今世王の笑みが深くなった。

「すごく気持ちよさそうです。このなか、いい感じですね」

香油を継ぎ足し、指二本を広げたり、なかを探ったりしていく。足弱はそれらの刺激にびくびくとひたすら体を小さく跳ねさせていた。三日以上ぶりの愛撫のどれもが腰に響く。『新婚夫婦』として頻繁に愛情深く交情してきた足弱の体は、今世王の前戯に溶けていく。

「ひっ、レシェ、あ、あ」

指は三本に増やされ、両足を広げるだけ広げている。足弱の正面にいる今世王も寝巻きを脱いで、もういつでも貫くばかりの状態だ。

「兄上」

今度は、いきますよと足弱にはきこえた。とっさに足弱は敷布をつかんでいた手を離して腕で両目を隠した。瞬間、のけぞって高い声をあげた。

「うぁっ、あああっ、あああ！」

太い箇所をずんと抜けると、いいところを突き上げ、こすり、そしてまさに体の奥深くまで貫かれたような衝撃だった。愛撫のあいだ発していた汗がさらに噴き出てくる。汗に濡れた体を折り畳まれるようにして押さえられ、繋がりが深くなる。

腰が揺らされるたび浅くなるが、また深くなる。

「あ、あん、あ、あっ」

「兄上、可愛い。兄上可愛いです。兄上、兄上」

息を荒らげた今世王が抱きついてきて、腰の動きが激しくなり、足弱は潤んだ目の端から何粒も涙をこぼした。

「う、ううっ、あ！　やっ」

「ラフォス、ラフォスエヌ……！」

今世王の動きが力強い。営《いとな》みなしの数日を経て、想いも精気も溜まっているようで、いつも圧倒されるほどの情熱を込めた情交が、今夜はそのいつも以上となっていた。

「ん、ぐっ」

骨がきしむように力強い。その強さで太くて熱いものにごりごりに押し入られていく。

「あ、ふぁ……っ」

早くも頂点に駆け上がっていきそうになり、足弱はなんとかこらえようとした。しかし巧みに快感を集めていく手腕になすすべがない。真昼の白い雲に乗るように意識が上昇し、そのままぐるんと夜に落ちていくように感じた。

空白。

押し上げられた腹のなかが熱い。今世王がすべて出し切ろうと腰を振っている。それなのに萎《な》えていない。同時に達していた足弱の一物《いちもつ》は、体の主と同じようによこにだらんと垂れて虚脱している。肩ごと上下させてなんとか息をする。ただでさえ暑い夏に、さらに汗をかく。数日ぶりの吐精はふたりともたっぷりと出て、足弱の腹は重く、また腹上もぬめり、敷布はびちゃびちゃだった。

目に入る汗に目を閉じながら、体をよこたえていると、右をしたたに体ごと傾けられた。抜けるかとおもわれた昂りは、溜まっていた白濁を外に吐き出しただけで、横向きにした足弱の背後から存在感たっぷりに進んでくる。

「レ、ま、息が」

「兄上、ゆっくりしますから」

しかし、太いもので滑りのいい熱いなかを愛撫されると、足弱もゆっくりなどできなかった。尻がぎゅっと勝手に引き締まる。

「んん、ぁ、兄上」

色っぽい弟の声に動揺する。

「レ、レシェ」

「兄上の気持ちのいいお顔、大好きですよ」

「え」

「まだまだいっぱい、今夜はそんな顔をさせたいな」

まったく自覚がなくて肩先に今世王をみあげると、足弱の左足を持ち上げ、白い鍛《きた》えた体に金色の波打つ長髪が張り付く、神々しいばかりに黄金の男が笑みを浮かべて自分をみおろしていた。

足弱は鼓動を跳ねさせ、わけもわからないまま上気した頬をさらに赤くした。

そんな足弱をみおろしていた今世王が目を細めた。

肌と肌がぶつかる音にしては湿った音がつづいている。

「もぉ、もお、で、ない」

「そうですか？　レシェは、そんなこと、ないと、おもうな」

「んぁ、そこ、あ、やめ、ろ。あ、あんっ」

「ほら」

「あ、あ、あ、あん、や、え、ろ」

新婚となって二年が経過し三年目に近づいている。

さらに今世王に慣れ敏感になった体は快感に溺れている。甘く思考が溶けている足弱は、自分がいまどんなに舌足らずであり、どんな喘ぎ声をあげているか自覚がない。今夜もう何回しているかもわからない。

だが、聴覚は今世王の声を着実に拾っている。

「ラフォス、わたしのラフォス……！　可愛いですね。本当に可愛いですね。わたしのラフォスエヌ」

こいつはおれのことを可愛いと、またいっている
――そんなことがぼんやりと脳裏をよぎる。

「……ラフォス、ああ、可愛い、どうしてくれようか」

「ひぃ、あ……！」

明日出発するときいているのに、郡城の一室で隅々まで愛《め》でられ、まだまだ足りないと求められていた。

清潔な白い寝巻きはどこかにいき、清涼でどこか甘い花の香りがする敷布はどろどろに乱れている。

――可愛い、わたしのラフォスエヌ。

山に打ち捨てられていた石だってこれだけ掌《たなごころ》で可愛い、可愛いと愛でられたら珠にだってなる。川辺の石にだって負けないくらいまん丸の。

（石だって珠になる……）

そんなことがおもい浮かぶと、足弱は鼻の奥がつんとした。

足弱はそのまま近くにあった今世王の体のどこかに強く頬をこすりつけ、熱い息を吐いてつぶやいた。

「レ……、あり、が、とう……」

腕に力が入り、足弱は今世王に抱き寄せられ、汗で濡れた頭に大きな手が置かれた。

「兄上、愛しています。大好きです」

おれも……。最後の返事は声に出ていたのか、心でおもっただけで寝てしまったのか足弱に記憶はない。

翌日、目を覚ますとすでに足弱は二階建ての馬車の寝台のうえにいて、オイシロ郡城を出発していた。そ

して着実に髪を伸ばしている今世王がその長い髪を胸に垂らしながら輝くような笑みをみせ、甘い口づけをしてきた。

「おはようございます、兄上。昨夜は素晴らしかったですね。

お腹の空き具合はいかがですか。今朝、天上の珍味と謳《うた》われる珍しい鳥が群れで飛来してきたのですよ。さっそく料理させています。昼に食べましょうね」

やはり今世王は太陽みたいに眩しい男で、腹の空く話をしてきた。

最終話　黄金と鱗

　フォセトウは北部騎馬民族が発祥で、古代では『盗人』とかいう意味だったらしく、いまは取り繕って『勇猛』という意味にしてあるのだとか。そのフォセトウたちはラセイヌ王国に臣従したあと、大多数は広大な牧草地のある東部にいきついて根をおろし、名馬の産地といえば東フォセトウ郡、というほど名が轟いているそうだ。

　この地へ向かう馬車のなかで今世王曰《いわ》く、

「馬は西方に生息していた動物ですが、このラセイヌ王国では天宝山脈の裾野全体に遊牧民が分布していて、もっとも馬を御《ぎょ》し、育てることが上手だった者たちが東フォセトウ郡に集まり、定住するようになりました。仄聞するところによると、東フォセトウ郡の牧草が美味なためのようですね」

　という説明をきいて足弱は小さな笑い声をあげた。

今世王の背後に窓があり、風だけが室内に入ってくる。日と陰の境で体感の違いを感じる。

「馬も人と同じで、美味しい食べ物があるところがいいんだな」

「そうなのでしょうね。そうそう、東フォセトウ郡の放牧地に行ったら、ちょっとした驚きがあるかもしれませんよ」

　今世王のおもわせぶりな台詞《せりふ》に、足弱は眉をちょっとあげた。

「へえ？」

　今世王は笑みを浮かべ、そのことについてそれ以上言及せず、違う話をつづけた。


　目的地に到着してから足弱は放牧地に案内された日以降、毎日馬の群れを見学しに行った。

　青々とした草原を、若馬たちがじゃれ合いながら走っていく。その脚はまだ華奢《きゃしゃ》で、体は細く軽い。どの馬も毛艶がよく、日光を浴びてきらめいていた。馬たちは木桶で水を飲み、人と同じように木陰で休む。

（アルセイルは元気にしているかな。ああ、いろんな毛色があって、みているだけで楽しい）

ちゃんと足弱たち見学者一行を認識していて近づいてこない。距離を置いて様子を探っているのだ。

緑園殿内にある馬場だけでなく、近衛軍の馬場にも足弱は馬をみに行ったことがある。どちらの馬場でも緑流城が風景のなかにあった。

ここ、東フォセトウ郡は海岸沿いではなく内陸にある。見渡す限りの草原は青草がゆるやかに波打ち、山並みが遠い。草原は驚くほど広いのに、青い空はその草原よりさらに広い。飛んでいる鳥がよくみえた。

草原にぽつぽつと立つ木々の幹は大人七人が手を繋ぐほど太く、隆起している根は巨大だ。潮風に耐えるために幹がいびつに曲がってもなお力強く伸びていた海岸沿いの防風林に比べると、東フォセトウ郡のまっすぐ伸びた太い幹は立地のよさをうかがわせる。

草原では、巨木の枝葉が生み出す木陰が、青い空と白い雲、緑の草原の黒い影としてあまりに印象的だ。その木陰の涼やかさ。馬たちや人の休み処としてだけでなく、小動物や鳥の棲処としても役立っている。

足弱は用意してもらった椅子に腰掛けて一息ついた。

ここまで足弱を連れてきた馬車と、随行者を乗せてきた他の馬車の馬も、仕事を離れて草を食べ、水を飲み、世話をしてもらってのんびりしている。近衛軍の騎馬も兵士も交代で休憩中だ。

飼育されている馬の群れのなかには人の乗った裸馬もいる。離れすぎた馬を追いかける役らしい。馬具もあるが、騎馬民族出身ゆえか馬具なしでも乗馬が巧みだ。

足弱は馬具なしで乗る自信はないが、裸馬に乗れば馬とさらに親しめるというのなら乗ってみたい気もした。

……フィー……ヒョロ―ロロロロロー……。

鳥の鳴き声に耳を澄ませ、枝先からこぼれてきた日差しに目を細めた。

馬たちが歩く心地よい蹄《ひづめ》の音をききながら景色をぼうっと眺めていた足弱は、はっとして顔を正面に戻した。そこには黄金の毛並みに輝く馬体をもつ神々しい馬が立っていた。両耳と額のあいだから垂れている黄金の鬣《たてがみ》は波打っている。丈はそれこそ飛節まである。瞳は黒で、少し脚を動かすと、滑らかな毛並みが黄金に輝く。

「あれは……」

足弱のだれに対してか意図せずに発せられた問いにどこからか答えがあった。

「『馬の王』でございます。王族の奇跡により誕生した黄金の馬の仔が血を繋ぎ、五百年以上かけて初代の毛並みになった。この偉大な王国においてすら非常に珍しい馬です。馬具も人の騎乗も許さぬ孤高の馬です。陛下に献上すべき馬でございますが、ただの観賞用となってしまうため、成馬となってもこの放牧地におります。……それもこれも、事情をお知りになった陛下が人に慣れないなら自由にしてやるようにとおっしゃったため、この地でだれに制御されることもなくかれは自由に生きております」

この放牧地の責任者が答えてくれたようだった。

だが足弱は黄金の馬から目を離せなかった。叡智《えいち》が詰まったような深い瞳。長い黄金の睫毛《まつげ》。絵画のような輝く毛並み。すべてが息を呑むほど美しい。まるで生きた彫刻だ。

黄金の馬は、足弱にそれ以上近づいてくることなく、気ままに、それでいてゆっくりと踵を返し去っていった。

あとで足弱は放牧地の責任者に話をきいた。

王族の奇跡により誕生する動物は瑞兆《ずいちょう》を示す白い毛並みの生き物が多い。緑園殿に突如あらわれるものもあれば、王国内で捕獲されて献上されてくることも多いという。

それらの生き物は大切に飼育されるが、一代限りであることがほとんどだ。だが、黄金の馬は番《つが》うことができ薄い茶色の仔馬が生まれた。以来その血筋に黄金に似た毛並みの馬と番わせつづけて五百年。ついに誕生したのがあの『馬の王』だそうだ。

初代が奇跡の馬だというのなら、その末裔は、初代の再来を望む人間の執念が誕生せしめた羨望の馬ではなかろうか。

そしてこの馬の真実の名は『馬の王』ではなく『黄金の王』と名付けたかったのではなかろうか。しかし今世王を憚《はばか》ったようにおもえる。

本来存在すべきではない時代と場所とに生まれた黄金のその姿は、それ以上穢《けが》されたくないとでもいうように足弱の目には映った。

ただ、それでも。

（おれはおまえをみたことを忘れないだろう）

たとえ懐いてくれなくても、振り向いてくれなくても、世話することを許されるならずっと見守っていたくなるような、そんな切ない想いを抱いた。

切なさのつぎに湧いてくるのは、献上されるべき馬を、「慣れぬなら自由にしてやれ」と命じた今世王のことばだ。

王に自由を許された、生きた黄金というほどに美しい馬。

希少な馬に広大な草原と空を与えた黄金の王。

今世王と出会わず、あの馬の『黄金の王』としか出会えなかったのであれば、自分はこの馬に一生を捧げたのではないだろうかと足弱はおもった。それほど一瞬で恋に落ちた。しかしだからこそ、王都に連れていきたいと口にはしなかった。その姿を足弱は大事に胸にしまった。


足弱が昼前に馬の観賞から帰ってくると郡城の三階の一室で今世王が待っていた。

「おかえりなさい、兄上」

「ただいま。午前中の政務は終わったのか」

「ええ、終わりました。兄上にみせたいものがあるのです。先日献上されてきたものなのですけれどね」

「うん？」

足弱は椅子から立ち上がった今世王に手を引かれて、衝立の内側に案内された。侍従たちがさがっていく。その狭い空間には、小さな円卓がひとつだけ。ただ、黒い漆《うるし》塗りの平たく大きな箱が置かれている。縦横一尺（約三十・三センチ）くらいある。

「ご覧ください」

足弱の手を離した今世王が蓋を開けた。なかには紫色の布のうえに半透明の光沢と白い濁りのある扇型の何かがあった。

「わ、なんだこれ。貝殻みたいだな」

「そうですね。贈り主はこれを鱗だというのです」

「へえ、鱗？　魚ってことか？　海には大きな生き物がいるらしいじゃないか。これがそれってことか？」

触ってもいいといわれていないので、足弱は体を折り顔を近づけて熱心に観た。

「これが鱗一枚だとすると、本体はそうとう大きいんだろうな……」

光沢する部分は角度によって虹色になっていた。

「兄上、これを献上してきた者の言《げん》によると、これなる鱗の持ち主は『竜』とのことです」

そっと耳元で囁かれたその内容。

足弱は、ひゅっと息を呑んだ。自然と肌が粟立つ。目を丸くして今世王を振り返る。目が合うと、今世王はゆっくりうなずいた。

「天宝山脈にて入手したとか。だとしたら、海の生物ではないでしょう。王都に戻って、もっと詳しく調べさせる予定ですが、いまのところ、未知の生物の鱗ですね」

「と、いうことは、りゅ、竜の可能性も、あるのか!?」

声を低めながらも足弱は興奮した声でいった。足弱が緑園殿に連れ込まれてすぐのころ、禿山《はげやま》と宮殿との行き来につかってくれと今世王が贈ってくれた小型の馬車があった。その馬車の飾りは雄大で長い胴体をもつ架空の動物が彫り込まれたものだった。そう、あれは『竜』の彫刻だった。

『竜』の意匠や絵というものは、宮殿内のあちこちに描かれ、彫られてはいたが、だれも実在する生き物だと口にしていない。足弱も書物を通じて知った存在だ。架空であるが、雄大で尊貴《そんき》。王者の風格をあらわす生物なのだ、ゆえに軍陣において、今世王の所在をあらわす旗は竜旗というのだ。

「可能性があるのか、ないのかといえば――あるのでしょうね」

胸がどくん、と鳴った。今世王のごく真面目な様子に、足弱は足元が震えた。

天宝山脈に竜がいる。

もしくは、いたかもしれない。

いままでずっと想像だ、架空のものだとされてきた尊い幻の獣がこの世にたしかにいるかもしれない。

「鱗が一尺だとすると、本体は十七間（約三十・九メートル）といったところでしょうか。竜でなかったとしても、巨大な生物が山脈に、いたか、いることになりますね。よき隣人だとよいのですが」

足弱の意識が幻の生き物という響きに宙へただよっていると、今世王が現実的なことをいった。

「え、もしかして、た、倒すのか……？」

「山からおりてきて田畑を荒し、人を殺《あや》めるというのであれば、倒すか、押し返すか考えることになるでしょうが、いまの段階ではなんとも」

「そうだよな」

あきらかにほっとする足弱に、今世王は微笑んだ。


「興味が湧きますね、兄上」

「ああ、そうだな。この鱗、だれが献上してくれたんだ」

「拙惨岳の民です。一族の家宝だとか。火事の件で家屋を別の場所に建築し直し、一族から数人、オイシロ郡太守オウリのもとへ出仕することになったのです。これは、その礼ですね」

おもわず足弱は円卓の箱の中身に目を戻した。保存のいい巨大な鱗。苦難の民の誇りや、心の支えだったのかもしれない。

「これが何の鱗であるにせよ、心に沁みるものであったのでわたしからかれらに返礼をしました。『拙惨岳の民』と呼ばれるのもラセイヌ王国ではよい印象を与えぬでしょうから、『山海緑《さんかいりょく》』という名を与えました。かれらは山でも海でも秀でているようですからね」

そういうと、今世王は黒漆の蓋をそっと戻した。

足弱は、『拙惨岳の民』から『山海緑の民』への変身に、胸を打たれていた。生活に困り海に飛び出し、異国にたどり着いたのはかれらのせいではない。ここで生きようと暮らしていた集落を燃やされたのはかれらのせいではない。被災後、手厚く遇された礼にと秘宝を献上してきたのは、かれらなりの処世術だったかもしれないが、こうして、名を与えられた。

灰色狼一族は、幼いころに全員が王族に名付けられるほどの家臣一族だ。

王族がここまでする氏族は他にいないときいている。その家臣がしでかした蛮行を、今世王は犯人の名を告げぬままに償《つぐな》っているのだ。見舞金を給付し、家を建て、取り立て、一族の名を与えて。

その途中で『竜の鱗』というとんでもないものがあらわれたものの、『山海緑』の名付けのことは当初から今世王の頭にあったのではないだろうか。

「たしかにかれら、肌がちょっと緑がかっているし、山海に優れているのなら、特徴にもあっている。『山海緑』、いいじゃないか……。喜んでくれるといいな」

「オウリのもとへ使者をやったので、その使者が戻ってきたら報告をききます。兄上にもお知らせしますね」

今世王は手を伸ばして、足弱の耳の後ろあたりを指の腹で撫でた。

「王都に戻ったら文献を当たらせて竜の記述を探させましょう。山海緑族を案内役にして天宝山脈にのぼる探索隊を組むことになるかもしれませんね」

耳にとても興味をそそられることを吹き込まれながら、妙に指先が優しく妖《あや》しい。

「早く王都に帰りたいですか、兄上」

「え、い、いや、巡幸の行程があるんだろうから、そんな急いでとは、おれは。それより、一度王都に戻ってからより、東フォセトウ郡から行けば鱗のあった山脈に近くないか？」

口では急いでいないといいながら、同じ口で案を出す。やっぱり竜の存在が気になる。足弱は指先から逃れつつそういった。視線が蓋をされた箱に注がれる。

「兄上、われわれの『新婚期間』は三年ですよ。いまだ二年目。それをまずはゆるりと楽しみませんか」

「もう、半分過ぎたな」

がんばったな、おれ、と足弱はおもった。

そして、楽しい一年と半分だったなともおもった。

自然に浮かんだ笑みを今世王に向けると、予想以上の近さで今世王の顔があった。わっと一歩さがろうとすると、腕をつかまれる。支えてくれたというより、捕まえられた気がした。

「まだ半分ありますね。あと半分ともいえます。どうでしょう、兄上。どうしても兄上が竜の痕跡を探したいというのであれば、『新婚期間』の延長と引き替えにこのレシェイヌと取り引きしてみませんか」

「え、え⁉　え、延長」

もうすでにここまで動揺していては最初から取り引きで負けている気がしたが、足弱は慎重にきき出すことにした。

「一応きくが、どれくらいの延長と引き換えなら、竜を探しに行ってもいいんだ」

「鱗を拾った場所を目指すだけで、延長三年ですね」

「また三年！」

「縁起よく十とするべく、元々の三年に七年を足すのもいいですね」

足弱はおもわず唇をむっと突き出した。これでは今世王が竜探しをすぐにする気がないといっているも同然だ。戯れの会話でしかない。

「ああ、兄上のお口が可愛くなってしまわれた……水鳥の嘴《くちばし》みたいですね。黒い水鳥だ」

足弱は今世王の手を振り払い、衝立の内側から離れた。足弱としても竜のことは予想外のことであったので好奇心を刺激されはするものの、それほど本気でいますぐ探しに行きたかったわけではない。

王都に戻って旅のあれこれについて前侍従長の〈命《いのち》〉に話をきいてもらいたかった。〈温もり〉によると、兄付き侍従や、侍従補佐の補充を考えていて、〈命〉に侍従補佐の候補者選びを依頼しているらしい。だから王都に帰還すれば、〈命〉は足弱たちを出迎えてくれるはずだ。

あの好々爺《こうこうや》は引退したいまでも、足弱と兄付き侍従たちの心の拠り所であった。

その老人に、胸の奥の澱《おり》のようなよくわからぬものまで吐露して、自分の心情を知りたかった。

あの真夜中の出来事は、まるで遠雷のようだった。

遠い空で光り、きこえ、振動が伝わってくるような余韻。それは何かの報せのようでもある。何の報せなのかはっきりわからない。そのわからないというおもいが塊となり、胸の底に沈殿していくようだった。

他にも侍従たち全員と旅の反省や感想をいい合うことなどもしたかった。

持ち帰る植物の整理も待っている。

「ラフォスエヌ。わたしの黒い鳥、こっちを向いて」

今世王が歌うように背後から声をかけてくる。機嫌をうかがっているようだ。その後しばらく、足弱は今世王から黒い鳥と呼びかけられ、みずみずしい果物を捧げられつづけた。

古代編

花と狼～十人の到来～

一、一番目の太陽

イッシンはひとつ大きなあくびをした。

表情が崩れても醜《みにく》いことはなかった。腰まである豊かな黄金色の波打つ髪が、日の光を浴びて煌めくさまを広場に集っていた者たちがうっとりと眺めている。

土の民たちはどの者も伸ばした髪を紐でまとめ、ある者は丸い石を首からさげ、ある者は木製の飾りを手首につけ、だいたいの者たちが毛皮を着ている。

イッシンも似たような恰好だが、素足ではなく革底の草履を履いていた。

「土器に向いた粘土という粘りのある土があってな。それを使って土器を焼いたなら、丈夫で大きな器が作れよう。そういう容器があれば、もっと水を溜めておけるし、物を貯めておけるのじゃ。その土器を甕《かめ》という」

「そ、そのかめを作るための土とは？」

「まずは、あちらこちらの土を掘って、粘りのある土を探さねばならぬな」

おお、どこを探す？　と民たちはざわざわしだした。

この地の者たちは、黒髪に黒い瞳に浅黒い肌をしている。

白い肌に金髪碧眼のイッシンとその弟妹たちは、この地の民たちとは人種が違った。かれら十人は遠方より流れ着いた、ただの流民だった。

この地に腰を据えて二年となる。

最初はことばすら通じなかった。

見知らぬ者たちが近づいてきたことに警戒した見張りが警告の声を発し、身振り手振りで意思疎通をはかっているうちに、相手の言語をさきに把握したのはイッシンのほうだった。

こちらに敵意はないこと。

ここに住居を構えたいということ。

友好の印に、食料を得る知恵を授けること。

それを片言で伝え始め、一旬もかからないうちにしっかり意思疎通できるようになっていた。

しかもどこかすっきりと話す。

いくつかの氏族たちと交渉したが、やがてとある氏族の族長が驚いた顔をし、みるみるうちに膝を震わせてやがて両膝をついてイッシンに拝礼した。

以来、

「お知恵を、賢者さま」

と、そういって伺候《しこう》するようになってきたのだ。

あれから月日が経《た》ち、朝、日が昇ってしばらくすると、大きな葉に果物や木の実などをのせてこの地の氏族たちがやってくるようになった。

最初はひとつの氏族だけだったが、噂をきいて他の氏族も顔を出すようになってきたのだ。

かれらが川辺に近い広場に揃うころ、イッシンは同族たちと暮らしている竪穴式住居からひとり歩いてきて、広場に唯一ある切り株に腰掛ける。

「どうかお知恵を」

といって膝をつき頭をさげるかれらに、イッシンは鷹揚《おうよう》に声をかける。

「さて、今朝はどんな悩み事があるのじゃな」

氏族内や他族との争い事から、食料を得るための苦労など、いろんな話が持ち込まれてくるようになった。

この相談会は晴れた朝にだけ開かれている。

雨になると中止されることから、氏族たちから「賢者に教えを乞うには供物《くもつ》を持参して晴天広場へ行け」といわれるようになった。


イッシンは二年前から始めた自分のこの行為を「知識の切り売り業」と同胞内でいっていた。

「ひとりや数人相手だったら叩きのめすことができるが、多勢《たぜい》に無勢《ぶぜい》。知恵と知識を切り売りして、われわれの家と身の安全を取り引きするのじゃ。ただの物知りとして振る舞うお仕事じゃな」

「わしらにとって、兄者は導く者じゃ」

「そうじゃそうじゃ」

夕餉の折には全員、その日あったことを報告し合う。

土地の者たちとの交渉はイッシンが一手に引き受けてくれているので、同族たちはイッシンの話を楽しそうにきく。イッシンもまんざらでもない。

焚き火に照らされる男女十人の容貌は、イッシンとそっくりだ。

年齢も十代から二十代半ばまで。イッシンが一番年《とし》嵩《かさ》だった。


イッシン（男）、ニツイン（男）、サジュイヌ（女）、シレイヌ（女）、ゴコク（男）、ムレイヌ（男）、ナナヨウ（女）、ヤツハレ（女）、コモウサ（女）、ジュレイヌ（男）。


男五人、女五人。

みな血が繋がっている。

だからイッシンはこの十人のなかで年長者として「兄者」と呼ばれ、十人という少数での長旅を成功させて居住地を得たため「族長」ともなっていた。

族長は年長者が順々になっていくと決まっているわけではなく、つねに一族内でもっとも賢い者、優秀な者、何かで秀でている者が選出されていた。

イッシン自身は単純に、自分が一番年上だから血族の兄弟姉妹とも呼べるかれらを守り率いていかなければならないという意識でしかない。

ただ、勘が働くときはそれに素直に従っている。

二又道でどちらに行くべきか迷うときは、できる限り草木の種類や天候や土の状態などからそれぞれの道の先を推測しようとしたが、結局最後は勘が頼りだ。

旅の途中、交代で見張りを立てて就寝していても、危険だと直感すれば躊躇なくみなを起こした。

そんな危機を潜り抜けてようやくたどり着いたさきは、土が硬く枯れた草ばかりの、荒れた地が広がっているこの地だった。川は細く、林の実りも少なく、襲ってくる獣ばかりが多い。人々は生きるのに必死ゆえに剣《けん》呑《のん》で、けして楽土《らくど》ではなかった。

「兄者、ここか……」

と、つぶやいた妹の声は落胆で嗄《か》れていた。

イッシンは自身でもここでいいのか……とおもっていただけに、妹の声を受け止め、ひどく胸が痛んだ。

ひと目でわかる楽土であれば、すでに人で溢れ返り、イツシンが交渉に使った知恵や知識を買い叩かれていたかもしれない。

十人で定住して生活を始めるならば荒地である必要があったのだ。しかしそれはあとから振り返ればそうとおもえることで、到着して早々のこの時期、けして率いてきた自分を責めてこない弟妹たちを抱えて、イツシンはひたすらどうやって安全に暮らすことができるかを全力で考えていた。

＊

この荒地に来た当初、土地の者たちに川魚を獲るための仕掛けを教えることと引き換えに材料や人手を提供してもらい、建て始めた竪穴式住居は、その季節のうちにできたが、それこそ十人が肩を寄せ合って暮らす狭い家であった。

それが約二年経過すると、目を見張る変化をみせた。

イツシンたちの知識と工夫で快適に改造された住居をみて、土地の者たちは驚いた。同じように土を掘り、木を倒し、組み立て、紐で結び、集めた茅《かや》を敷いた住居であるのに、ひときわ大きく、しっかりとした木の組み方になっており、紐ひとつとっても強度が違うのだった。

イツシンたち十人は、ひとつの家に全員いっしょに暮らすことに文句はなかった。むしろだれひとり離れる気などなかった。

家屋内での安全を得てから早朝、まず始めたことは、夜明けまえに起き、全員で瞑想《めいそう》することだ。

これはイツシンが弟妹たちにやり方を教えた。かれらのなかに流れる血に宿っている『異能』の使い方である。

「みなで安全に暮らせますように」

「恵み豊かに暮らせますように」

「今日も収穫がありますように」

最後は祈りとなって、太陽を待つ。

「わしらが住まう地が緑豊かになりますように――」

祈るだけでなく、定住して一年目はせっせと働いた。林に禽獣《きんじゅう》を捕らえる罠《わな》を仕掛け、小川に生け簀《いす》を作った。林で食べられる実をみつければ、収穫するだけでなく、その種類の若木を掘りだし、居住地の近くに植え直した。

妊娠して腹の大きくなっている妹と木製の器や莫蓙《ござ》など、手まわり品を作る妹、居住地の周囲で畑と柵を作る弟の三人を残し、他の七人でふたり組みになって、林と川に収穫へ向かう。

この組み分けでいつもひとりになるイッシンは他氏族との交渉役を割り当てられ、文句を垂れる。

「わしにも相方が欲しいのう。氏族たちの集落まで行ってくるのじゃぞ？　たったひとりで心細いのう」

弟妹たちが明日の仕事の振り分けを相談している。朝一でそれぞれ働きだすので、前夜に打ち合わせしておくのだ。囲炉裏《いろり》の白い煙が茅の天井に昇っていく。

旅路の果てにたどり着いたこの地で、全員でこの暮らしが快適になるように知恵と労力を寄せ合っていた。その努力の結果が少しずつみえてきて、団欒《だんらん》にも活気がある。

「兄者にはお付きの者がおるじゃろ？　誑《たら》し込んで護ってもらってくれ」

次男のニツインに片手を振られる。

余暇は言語を形に落とし込もうという空想じみた考えに憑《と》りつかれている男だが、一族のための食料集めにはちゃんと参加する。

「ええー。わしひとりじゃ襲われてしまうぞ。手籠《てご》めにされてしまうかも。こんなにいい男じゃもの」

長い金髪を指でからめて科《しな》を作る。

「はいはい、いい男いい男」

「力が余って薪《まき》を作りすぎた男がなんかいっておるぞ」

「わしはそこそこの腕力と脚力と体力しかないか弱き優男なのじゃぞ」

「か弱いか弱い」

「大猪の額に岩をぶつけて倒した男がなんかいっておるぞ」

主張の通らなさからして、発言力だけはたしかに弱かった。

二、〈コロス〉だけの男

その者の影は濃かった。

つねに物陰にいてこちらをうかがっている。

朝の晴天広場に貢物を持ってくることはなく、ただ、遠くからこちらをみている。それは獲物を狙う獣のようだった。

うかがいみられていることにイッシンは気づいていた。

「あの物騒な男はだれじゃ」

この地域で一番勢力のある氏族の長に尋ねてみた。白髪を後ろで束ね、白髭を垂らし、首、手首、足首の三つの首すべてを磨いた石で飾っている長老は、話しだすまえに口をぎゅっと閉じた。

両膝をついた姿勢のまま、眩しいかのように目を細めて話す。

「あの者は、おれっちらのなかでは『なんでもかんでも殺すやつ』といっておりますだなよ。乱暴者やはみ出し者の集まりを率いているのが、あいつです。いっちょまえに『長』と呼ばれていますだな。

大きな獣を獲ることが得意で、おれっちらの血の気が多い者があっちと喧嘩を売り合って、もう何年もこっちばかりが殺されてるんだなよ」

「おぬしは一族の者が殺されてそのままにしておるのか」

白髪白髭の長は首をよこに振った。

「いいえ、そのような！　しかし、こっちが大勢率いていっても敵《かな》わぬのです。あいつは、殺すことにかんしては頭がまわるやつなんだなよ」

「あの者は武力でおぬしたちを圧倒しておきながら、土地や物や女を奪っていったりはしないのか？」

「それは、多少は……」

「おぬしたちを滅ぼすほど追い詰めはしないわけじゃな」

「そこが、ずる賢いんですだなよ！」

イッシンはうなずいて、もうよいと手を振った。その場にいる他の氏族の代表者たちにも『殺すやつ』について何か知っているか問いかける。

「おれっちらのなかでも殺された若い者が三人おります」

「おれっちんところはふたりです」

「おれのところは、子供と女を奪われましただなよ……！」

するとを膝をついた姿勢から尻を浮かせて次々に発言する。首飾りや手首の装飾がじゃらじゃらと鳴る。

この荒れた土地に点在する氏族たちの多くと問題を起こしながら『殺す者』は氏族たちに一斉に攻撃されることなく生きながらえているようだ。

（これまで被害を受けた氏族たちが手を結び対策を立てなかったおかげかのう）

イッシンは少し考えた。

「――なぜおぬしたちは『殺す者』を放置しておるのじゃ？　この地にときに大きく狂暴な獣があらわれるそうじゃが、そのためかの？」

膝立ちで『殺す者』を非難していた長たちがひゅっと息を呑んだ。

「なるほど、役に立っていないわけじゃないのじゃな。雄々しく戦う者も必要じゃものな」

切り株に毛皮を敷いて座っているイッシンがそういうと、腰をおろした長たちは頭をさげた。

「ですが、乱暴者っちゅうのは本当だなよ。どうぞ、賢者さま、ご注意ください」

「なんだったら、おれっちらのところから腕の立つのをだして、賢者さまたちを守らせ……」

「それは、おれっちのとこでするだなや！」

「おれんとこだなや」

「おれっちだ！」

とたん、紛糾《ふんきゅう》しだした。

イッシンは広場の者たちをなだめ、仲裁し、テン族、ホ族、川上《かわかみ》族、コ族、クズ族から五人まで推薦させることを許した。

その後このときの話は本格化した。十人が暮らしている住居の周囲に柵を巡らし、推薦された警護の者たちが雨風防げる建物も必要だろうとなって小屋を建て、出入口に門番が立つことになった。

＊

イッシンや弟妹たちを遠くから眺めていたばかりの『殺すやつ』『殺す者』と呼ばれる男が珍しく近づいてきて話しかけてきた。

「やつら、あんたらの家が立派で、食い物も女も多いから襲うこと考えているだなよ」

「やつら？」

「あんたらを守るとかいって、門番しているやつらだなよ！」

「おお、あいつらか。それは怖いの」

初夏の昼過ぎ、川辺の岩に腰掛けて、イッシンは槍を修理していた。緩んだ紐を巻き直す。

そのイッシンは麻で編まれた衣類が毛皮と革で補強された、この貧しい土地ではまずみかけないほど充実した恰好をしていた。

腰の帯には青銅の鉈《なた》が吊るされ、足には革と布と紐の履物。貢物の首飾りは青い数珠《じゅず》だ。長い金髪も、顔の側面を細かく編んで、羽根飾りがついている。

見知らぬ者がみたとしたら、イッシンはどこかの氏族の地位ある者とみえるだろう。

イッシンの位置から十歩ほど離れたさきで、『殺すやつ』は違う岩に寄りかかっていた。太陽は天頂を過ぎ、日差しが足下に濃い影を作っている。お互い真正面から視線を合わせることなく、景色を眺め、手元の細工をしながら会話している。

「守ってやろうか？　おれと、おれっちの者たちが、あいつらから、守ってやろうか」

イッシンは眠たげな顔をあげて、鋭い視線を受けた。

「いまは赤ん坊もおるし、物騒なことは避けたいのう」

この地に来て一年しないうちに孕んでいた妹は女の子を無事に出産した。血族は十一人となった。

そして二年が経過して家が完成したころ、別の妹が妊娠したとわかった。生まれれば血族は十二人となる。

じゃり、と土を踏みつける音がした。

「だから、おれが……」

浅黒い肌に目つきの鋭い男は、体格だけでいうならこの地の者たちと変わらない。しかし、気配だけで荒ぶるものを感じさせる。

『殺すやつ』の一族は、他の氏族の地を奪い、このところ勢力を増しているらしい。

一年前よりここ一帯の草木の育ちがよく、川の流れも豊富で魚がよく獲れた。そのことが勢力を広げることに力を貸しているのだろう。

日差しを痛く感じてきたイッシンは、よこに置いていたかぶり物をかぶった。それは布を長く繋げたもので、脱げないように頭のまわりを紐で結ぶ。その紐の末端には小さな石と羽根を結んで重りにしてある。髪飾りと同じ羽根なので、脱いでもかぶってもお洒落《しゃれ》というやつだった。この感覚の共有は兄弟姉妹でしかできていないが、「おれが、おれが」というばかりの男も目を奪われていた。

何か自分の知らない芳醇《ほうじゅん》な文化の気配をかれも嗅ぎつけているのだ。

「〈コロス〉」

男はびくっと体を揺らして直立不動となった。イッシンよりも随分年上にみえるが、まだ三十代だろう。まだまだ貧しい地ゆえに四十も歳を数えたら死んでいく。

「〈コロス〉。おぬしのことじゃ。わしはおぬしを〈コロス〉と呼ぶことにした」

一方的な話に、〈コロス〉と呼ばれた男は突っ立ったまま茫然としている。

「〈コロス〉よ、そなたに氏族混合の警護の者の企みからわしらを護れと命じたとする。そうすると、そなたらはいわれた直後にあの者たちを屠《ほふ》る。そしてやっつけてやったとわしの元に来る」

「そ、そ……」

「それの何がいかんのかと疑問だろうよ」

〈コロス〉は激しくうなずいた。

「それはまずい手だからじゃ」

〈コロス〉の表情が変わらないので、イッシンはつづけた。

「そなたらと、残りの氏族は決定的に対立することになるじゃろう。せっかく実りのよくなったこの地に騒

乱の種が蒔《ま》かれる。わしはそれを好まぬ」

戦いに強い〈コロス〉側と、数の多い氏族側が対立し、争うことになればどちらが勝っても禍根《かこん》を残す。そして確実にイッシンたちは巻き込まれる。

（大義名分が立つようにせよとか、わしらへの襲撃計画をしている氏族だけ孤立させるよう根回しせよとかいうても、通じぬかな。身を守ってくれるのは嬉しいが……わしらを自分のものとおもってもらっては困る）

イッシンはことばを足した。

「そなたらはこれまでなんでも殺すことで解決してきた。この荒れた地で舐められたら殺すという生きざまは、これまでは道理であったろうよ。しかし、〈コロス〉」

イッシンが青い瞳でじっとみつめると、〈コロス〉は小刻みに震えていた。狂暴な衝動を抱えていた男が圧倒されている。

「わしには、殺すだけの男はいらぬのじゃ。押しつけがましい殺すだけの男はいらぬ」

槍を直したイッシンは柄をおろし、どんどんと地面を突いた。

「そなたに必要なのは、広い視野と一族を統《す》べる目的なのじゃ」

「な、なにを……」

「話が難しかったか？　すまぬな。まあ、時々顔をみせに来るがよかろう。遠くからではなく今のように近くからわしをみたかろう」

背を向けてイッシンが離れていくと、背後から声がかかった。

「あ、あんた、あんたら、襲われるぞ……！」

イッシンは「声はきこえたぞ」という意味で槍を振り、そのまま去っていった。

三、黄金の一族

その日の夕、集落に帰ってきた〈コロス〉の様子は尋常ではなかった。

「長」

「長、どうしたんだなや」

ぼうっとした顔つきをして、焦点も定まっていない。

それでいて小さな住居が点在する集まりの中心に作ってある焚き火のまえに座った。かれを長とする荒っぽい男たちが近づいてくる。

「今日も毛色の違うやつらんとこに行ってたんだなや?」

黄金色ということばを知らぬかれらは、自分たちの黒い髪との違いでイッシンたちを呼んでいた。

「長、飯です」

干した硬い肉や根野菜を煮込んだものが木の器に入っている。それを素手で食べる。

中央の焚き火周辺には狩りの戦力となる男たちが座っており、端の焚き火には赤ん坊を抱えた女たちが集まってにぎやかだ。老人たちは住居のなかで食べ、立ち騒ぐ年頃の子供たちは食べ終わって走りまわっている。

〈コロス〉が率いている一族だ。

四本脚の獣はみつけしだい狩った。

食料が足りなければ他の氏族の地から盗んだ。

子を産む女が少なければ他の氏族から攫った。

奪い返しに来たやつらは殺した。

他の氏族たちが奪われたままでいるともおもえなかったので、追放されたはみ出し者たちを受け入れて勢力を増やし、機会さえあれば他の氏族を屈服させてやろうと狙っていた。

奪うこと殺すこと力を得ることに傑出していた男は、その日、ことばにできないほど美しく輝く者に〈コロス〉と呼ばれた。

天から降り注ぐ日差しに輝く髪をもつ者はここら一帯のなかで「賢者さま」と敬称されだしていた。

賢者がひとりで川辺にいたので話しかけたら、よく響く声でたくさん喋ってくれたがその内容は理解しきれなかった。まさに賢き者だ。口だけのやつなど、男の振るう棒でたやすく倒してきたのに、賢者には口だけではない何かがあった。あの空の色の瞳にも、男は気圧《けお》されるものを感じていた。

（なんであいつらは、おれっちらとこうも違うのだろう）

異質な者たちの侵入には敏感な男は、すぐに気づいた。

その者たちは両手の指の数いた。

朗らかな雰囲気、高い身長、長い手足、みたことのない色の長い豊かな髪と、白い肌、麻の衣、紐と羽根の装飾品。

かれらと自分たちが違うということが警戒心を高めもしたが、焦がれて手を伸ばしても永遠に届かない何かのような気もした。

以来、〈コロス〉は目を奪われて過ごしてきた。

賢者とその一族の姿を遠くからみると飢えに似た感情が湧く。

広場で腰掛ける姿や、よく響く声をきくと胸がふさがれるような感覚をおぼえ、ついつい熱心に耳を澄ませてしまう。身に着けている物、飾りひとつひとつに心が感じ入ってしまう。

（……おれも、他の氏族のやつらみたいに膝をつきたいっていうのか……このおれっちが？）

明瞭にそこまで考えたわけでもなかったが、広場にいそいそと集まる者たちに混ざりたくなかった。自分はあいつらとは違うと激しくおもった。

その『違い』が得られないならば、力ずくでも得たい。

＊

〈コロス〉は毛色の違う一族がこの一帯にあらわれた時点から、二年のあいだ注視してきた。

貧しい地で食料を奪い合っているのだ、そこに新手が登場したらまず警戒するものだ。

よくよくみていると、男女のなかでたびたびひとりで行動している男がいる。のちにこの男は『賢者さま』と呼ばれるようになった。

まだ賢者が『賢者さま』と尊称されていなかった、あの十人が、この荒地の見慣れぬ毛並みの新参者でしかなかったころのある日。

のちの賢者は肩まである細長い棒を持ち、襲いかかってきた男ふたりを迎え撃った。

川辺近くにある林のなか。うるさい夏の虫の声さえ枯れてきている夕暮れだった。

男たちの武器は棒に石をくくりつけた斧。賢者に比べて背は低いが働き盛りの年齢で力も強く、組んで獲物を狙う要領で挟み撃ちした。

「よっし、いいぞ！」

「へへへ、いただきだ」

長い棒が、男たちの左右どちらかの膝、肩、肘を瞬く間に打ち据えたのを〈コロス〉はみた。

白い肌の長い腕も長い脚も驚くほど素早く動く。

「ぐえ！」

「あひっ」

男ふたりの顎下を突き上げて気絶させた賢者は、声を発して一族のひとりを呼ぶとふたりがかりで蔦《つた》で縛り上げて運んでいく。

よく似た容貌の賢者と相方が、男たちの武器を拾って帯に挟み、会話しながらそれぞれ拘束した男を引きずっていった。その後を〈コロス〉は距離を空けて追っていく。

藪《やぶ》に隠れて覗いてみると、ひとりの男を逆さ吊りにし、もうひとりは両手両足を後ろで縛って吊るしている。

ことばはわからないが、賢者たちは笑って作業をしていた。

(殺すのではないのか……いや、吊るしてから血抜きでもするのか)

〈コロス〉は人肉を食したことはないが、賢者の一族は食すのかもしれない。

しかし賢者は吊るす作業を終えると同族の者とにこやかな様子で帰っていった。

季節は夏だ。凍死の心配はない。

（なんだ。何が狙いだ。あれじゃ、気がついたらあいつら自力で逃げるぞ）

いっそ自分がとどめを刺して、賢者に「代わりにやっておいてやった」と告げに行こうかという案が浮かんだ。賢者に話しかける、いいきっかけのようにもおもえた。

しかしお互いのことばが通じない現状では、話しかけても失敗に終わりそうだった。

昏を舐め、〈コロス〉はしばし思案し、賢者の行為がどういった意図でどのような結果となるかを見届けることにした。

大地を照らす天の日の、日差しを浴びて、長く豊かに波打つ髪を輝かせるあの男女。

（あんな毛色、みたことないだなよ。いったいどこから来たんだか。色は違うがおれっちらと同じ人だろうけどな。あの男、腕が立つだな）

隙があるようにみえて、隙がない。あの男女がこの一帯に姿をあらわしてから、寝場所を毎晩変えている。交代で見張りをしているし、日中の小春日和《こはるびより》のようなのどかな様子とは一変して、夜はまったく油断していない。

翌日。

賢者とその一族が小川近くでくつろいでいるところに、昨日、斧で襲ってきたふたりの男が所属している氏族の長が、籠に果物や木の実を持った男女四人を引き連れて訪問してきた。

吊るされた男ふたりは気がついて汗だくになって蔦から逃れたが、夕刻から夜にかけてその汗に釣られて蚊に襲撃された。氏族の集落に戻ったときには顔や体が膨張しており、昼夜二回水で浸した布で冷やしてなんとか回復したそうだ。

風下でその話を盗み聞きした〈コロス〉はとても愉快になった。

獲物だとおもって襲ってみれば、反撃されたうえに延々と転げまわる痛さと痒さにみまわれたのだ。

氏族の長は、男ふたりのしたことを知り詫びを入れてきたのだ。

（ふん。おれなら一族の者がこけにされたらやり返し

てやるけんどもな。まあ、たしかに毛色の違うあいつらは、ちょっとすぐには手出ししにくいもんな）

耳を澄ませながらそんなことをおもった。

長と賢者の会話は手探りだった。お互いのことばが通じない。それはこっそりきいている〈コロス〉も同様で、賢者が何をいっているのかわからない。

だが、賢者は長のことばを拾って、繰り返し、身振り手振りで意思を伝えていく。

「ふたり、ゆるす。たべもの、うれしい。川、ここ、つかう」

喋った！

（もう、喋りおった!?）

いくらなんでも早い。驚いたのは〈コロス〉だけではなく、氏族たちもざわざわしている。

賢者は片言で話しつづけ、どんどん語彙《ごい》を増やしていく。

「川、うごくもの……さかな？　魚、とる。いい方法ある。しかけ、教える。わしら、ここで暮らす、ゆるす」

「ほ、ほう……？　魚の？」

氏族の族長は完全に呑まれたような呆けた声を出していた。

背の高い毛色の違う流民が、みるみるうちにこちらの言語を習得していくのだ。

この時代、奇異なことは畏怖《いふ》を強く人に抱かせる。

意味のわからないもの、理解できないものは、先祖からの使いであるとか、よい兆しであるとして敬い、祀《まつ》り上げる一方、悪い霊、悪い兆しであるとして、迫害するなどの両極端に走りやすかった。

賢者は襲撃者たちを撃退した腕前と同時に許す度量をみせた。だから、敵対者ではないという印象を族長に与えている。つぎに謝罪に来た族長を相手に、川での漁を教える代わりにこのあたりに住居を建築する手助けをするよう交渉した。

食料の確保は、貧しい土地に住まう者として関心の高い事柄だ。

賢者は自分たちが異物として排斥される危険を除く手順を踏んだのだ——〈コロス〉はうんうん考えて、

そういう結論に達した。

（殺すほうが簡単だとおもうんだがな……）

途切れ途切れの交渉の声をきいていた〈コロス〉は、その後何度もこの賢者の一族が漁をする川と、教えを受けた氏族の川を巡回した。住まいの代わりに提供された漁の仕掛けがどういう結果を生むか興味が尽きなかったからだ。

川に置く仕掛けはごく単純な作りであったが、魚の習性を利用し、最大の成果をあげるものだった。

その仕掛けを盗み見て真似をした〈コロス〉は、背筋にぞっとしたものが走った。

（……こんなの、どうやっておもいつくだなよ。違うのは毛色だけじゃないのか⁉）

仕掛けは簡易なものだ。だがこれを一から自分で考えて作れるかというと、そうはいかないだろう。常人におもいつけるものではない。

対峙して殺し合ったわけではない。それでも、賢者が自分より賢く、周到で、油断ならない相手だということは悟った。

生きるためならば何をしてもいいと暴力を振るって、その成功体験だけで人生を歩んできた〈コロス〉にとって、

――自分ももしかしたら敵わないのかもしれない。

そんな考えを初めて抱かせた人物だった。

＊

あの二年前から、〈コロス〉は毛色の違うやつらに夢中であった。しかしどう近づいていいのかわからなかった。少しくらいなら膝を屈してもいい気がしてはいたのだが、自分よりさきに恭順する氏族たちが続出すると、胸の奥がざわざわして行動できなくなった。

そうしてひたすら毛色の違うやつらの動向を追っているあいだにも季節は巡った。

夏から秋にかけて雨が降り、川の水量が増した。河川がところどころ氾濫《はんらん》して、肥沃《ひよく》な大地が広がった。大地や森の草木たちの生育していく勢いは、〈コロス〉が生まれて初めてみるものだった。

仕掛けを使った漁は、季節ひとつのあいだに大成功をおさめた。一年経ち、二年経つと賢者の住まう西の地よりその仕掛けが人づてに大陸中に時間をかけて広まっていった。その漁の仕掛けが広まるのと前後して、「西に賢者がいる」という噂も人の口にのぼった。

四、王者への道

ここに腰を据える決意をしたのは、生き残りの同族たちのなかに妊婦がいたからだ。

頑健な一族といえども出産は一大事だ。

いくつかの分かれ道を選び、イッシンはこの貧しい地に血族たちを率いてきた。

それから二年が経過して、立派な居住地ができた。十人と赤ん坊が住まう大きな竪穴式住居を建てただけでなく、その周囲の木を倒したり地を均したり、耕《たがや》したりした。

近辺の氏族たちから人手や建築材料の協力を得た。取引材料としたのは知恵や、一族が連綿と受け継いできた知識だ。

そもそも、下地となる知識があったので、現地の民とのおぼつかない会話からことばをおぼえていけたのだった。

だいたいこうだろうという解釈が当たり、共有する単語が増えた。そしてこの地に存在しないことばを教え、相互理解を深めた。

土地が痩せ、川も細いため食料の量産に関連することならば交渉しやすかった。


毎朝の習慣となった十人での祈り、すなわち『異能』と呼んでいた力を発揮するための瞑想。

イッシンの狙いを弟妹には話している。

貧しい土地を豊かにしたい。

「まずは食べていかねばならぬ。わしらだけ豊かだと狙われる。周りも豊かにして、そしてその豊かさはわしらのお蔭だと話をもっていくのがよい」

「兄者がそういうなら、そうしよう」

「わしらに異存はないぞ」

「そうじゃそうじゃ」

薄暗い住居のなか、赤ん坊以外は起床して、輪となって目を閉じる。茅葺《かやぶき》の屋根から日差しが入ってくると、いよいよ瞑想は深くなる。

イッシンはいつも率先して深く入っていく。

みなが口を揃えていうには、そこは明るく暖かい。足首まで澄んだ水が溢れている、と。

だがイッシンはさらにそのさきを知っている。その場で足に濡れない水を感じ、匂いを嗅ぎ、泉が湧く音をきいて情景をみることができていた。

(ここで住まうわしらに平穏を、やすらぎを)

(地に恵みを)

(わしらに友好な者たちの地にも潤いと豊かな土を)

(飢えは心を貧しくさせる。その飢えはわしらを害する刃となる。どうぞ、先祖たちよ、わしらを護りたまえ)

植物の根が生えやすい黒い柔らかな土、天からの光と水の恵みを得る青々とした草木と大地。豊かな川に水飛沫をあげる魚。実る木々。森に住まう動物たち。

おもい描くのは、人を養う豊かな土地だ。殺し合わずともみなが生きていけるだけの豊かさがある大地。

(ここで子を産みたいと望む妹たちを護りたい。弟妹たちに身の安全と飢えぬ日々を)

イッシンはそれを祈った。一族の安全と豊かな大地、その両方を望む祈りは大地に浸《し》みていくようだった。

＊

周りにいる氏族たちと交渉をもち知恵を授け、自分たちだけが豊かになるのではなく、貧しい土地に住まうかれらも豊かにしつつ、身の安全を確保する。

このイッシンの計画はほぼうまくいった。

その結果の余波があった。知恵を授けたことで、「賢者さま」と尊称で呼ばれるようになったこと。だがこれはまだ可愛いほうだった。

『異能』を発揮したことにより、有力な氏族たちが貢物を持参しては額《ぬか》ずいて、

「おれっちらの王になってほしいですだなよ」

「王となってくだされ」

「王となってほしいですだなよ」

と、懇請《こんせい》してくるようになってしまった。これは、

熟考を必要とした。

（……二年かけて築いた住処を捨てる気はないものの、『王』として推戴《すいたい》されることが、わしらにとって是《ぜ》か非《ひ》かはよく考えねばならぬ）

イッシン率いる十人がこの地を踏んだ時代、各地に存在するどの氏族も武装をしており、つねに豊かな土地や女を奪い合っていた。

だが、この貧しい土地の民たちは願ったのだ。十人の到来とともに訪れた大地の変貌、その恵みが恒常となることを。

「知恵」と「恵み」をもたらす存在を、民たちはやがて拝《おが》むようになった。

おかしなことに、イッシンを困らせた『王』の話、土の民であるかれらにそのような身分があることを教えたのはイッシンだった。

朝の広場で、族長よりうえの強き者、人をまとめる者、率いる者、治める者をなんというのかと尋ねられた。

「一族をまとめる者を族長という、領地をまとめる者を領主という、領主をまとめる者を王という。王が治める地を王国といい、国土という。すなわち王は国王なり」

それまで散々、氏族たちのちまちました喧嘩の仲裁や、水問題、林の実りはどっちのものかという裁断ばかりしていたなかでの、どこか詩情のある問いに、イッシンは機嫌よく答えた。

なにやら、二年経過するうちに、広場に集う者たちにもかれの薫陶《くんとう》を受けて、知識欲が育ってきたように感じた。

見どころのある者は、午後の散歩の供《とも》にしてことばを交わし、物事の考え方を伝えた。そういった地道な活動が実ってきたのだろうか。

すぐに腕力、暴力で解決しようとする氏族たちを感化していくのも、イッシンの血族を護るためには必要なことだと考えていた。

自己防衛は必要だが、血に血でやり返していたらいつまで経っても怨恨が消えない。

それにもっと単純な理由もある、殺すかどうかで話をつけようとする者たちとイッシンは話が合わないのだ。そんな者たちばかりが広場に集ってきても面倒すぎる。

＊

日が沈んでからは、イッシンにとって一族だけと過ごせる憩いの時間だ。

『族長』『兄者』と血族内で一応敬ってもらっているので囲炉裏のまえの特等席はかれのものだ。

イッシンは寝てしまった赤ん坊を片腕に抱いて干した肉を噛みちぎっていた。

「丸々肥えてよい赤子じゃな」

「泣き声も大きくて元気なものじゃ」

「兄者、そろそろわしにも抱かせてくれんか」

「わしは広場で長いあいだ座って面白くない話ばかりきいておったのじゃ、かわゆいこの子が必要じゃ」

「嘘じゃ、広場は午前のみで昼からずっとその子と添い寝しておったはずじゃ！」

「かわいいかわいい。赤子もおぬしもかわいいの」

イッシンがにこにこしていうと、からんでいた弟は脱力して矛《ほこ》をおさめた。

その赤子の父だとおもわれる弟――ゴコクは、焚き火に枯れ木を足して尋ねた。

「兄者よ、族長たちの王になってくれという件はどうするのじゃ」

「……まあ、考えてはおるよ」

ゴコクは赤子から視線をあげた。

「ほう？　兄者が王か。さすればわれらは王の家族か。王の家族とあらばニツインは日中の作業を放り出して文字作りだけに熱中できような」

次男のニツインは森羅万象《しんらばんしょう》から様々な『かたち』を得ようとしていた。

「なぜわしが王なのじゃ。そこはみなで相談であろう。とにかくな、わしらはわしらの身を護るためにわしらだけでなく周辺の地も潤えと祈った。王となれば、従う者たちの土地すべてに緑なせと祈らねばならぬ」

足された枝により焚き火は大きくなり、パチリと爆《は》ぜた。

「できぬかの？」

「それをなすには、従う者たちとのあいだにもっと強い楔《くさび》が必要じゃ。いまのままではわしらの祈りは、臣従を希望する遠方の者たちの土地までは届かぬじゃろう」

「わしらが協力しても足りぬのか？」

「わしらが五十人もいれば、十日歩いた土地くらいまでなら力押しでどうにかなろうかな」

「ならば、それをなせるという兄者のいう楔とは何じゃ」

「わしらを王として信奉し、恭順する誓い。臣従するという誠心が強ければ、わしらの祈りがその者らの土地にもおよぶであろう――。

　しかしこれには落とし穴があっての、心からの臣従というものは難しいものじゃぞ。臣下が心から臣従するには、王がその忠誠を受けるにふさわしい王であらねばならぬのじゃ。臣下が大地の緑を望むのであれば、わしらは王としてその願いを叶える責務を果たさねばならぬのじゃ。互いのあいだの楔が強固であればこそ、わしらの祈りも大地を走る。それが祖父母からの教えじゃ」

　この時代の誓いの儀式とは、壇を作り、肥えた獣の血を先祖に捧げて行うものだった。イッシンはそれを否定しようとはおもわないが、瞑想のさきにある祈りの力を知っているだけに、個々のしっかりとした意思をも必要としていると肌で感じていた。

　ゴコクの肩にもたれるようにして座っていた妹が、居住まいを正してイッシンをみあげた。

「ならば兄者。それらを知るわれらの祖父母は、臣従の誓いが破れたことがあったのじゃろうか」

「うむ、そうじゃろうな。だからな、王となってくれと懇願されたとしても安易に受けられぬというわけじゃや」

　春夏秋と季節を経るごとに収穫が増して、厳しい冬も越せるようになっている。しかしそれでも冬への蓄えは必要だ。日々の食事と、さきを読んでの貯蓄。これをつねに考えて暮らさなければならない。

うるさいほどの夜の虫の音は、秋の深まりとそのつぎに来る冬の気配を告げるものでもあり、虫を蹴散らす獣が近づいてくる気配がないことの証拠でもある。

　イッシンたちの住居の敷地は広がっていき、住居と田畑を荒らされぬように敷地すべてに柵をぐるっと巡らせている。出入り用に開けていた箇所には太い木の幹が埋め込まれ、しっかりとした両開きの戸がはめられて、門となり、そこには小屋が建てられて氏族たちのなかから選抜された腕達者たちが交代で門番をしている。

　その門番のなかには妹に近づいた若者がいて、弟たちにぶちのめされるという事件もあった。その際にはこの騒動の始末のためにイッシンが引っ張り出され、若者を選出した氏族に責任をとらせ、その氏族出身の門番は全員はずさせるという沙汰を申し渡した。

（いまひとつ、氏族たちも信用できぬ。弟妹たちを護るもっと強固な盾がいる）

　複数の氏族内でイッシンたちを襲う計画が持ち上がっては、そこから裏切者がでて計画が暴露され、罰として晴天広場での序列をさげたり、排除したりということを繰り返して平和をたもっていた。氏族同士で牽《けん》制《せい》し合い、賢者の一族の寵《ちょう》愛《あい》を得ようと競い合ういまはまだいい。

（わしが王の推戴を承諾しないせいか、広場に集う族長たちが、どうも落ち着かない。わしらの価値があがった分だけ、取り入りたい、優位に立ちたい、独占したいなど、族長たちの欲望を刺激するのじゃろう。やれやれ。わしらの身の安全のためには、つぎの手を打たねばならぬのう。面倒くさいことになるので、何も起きないでいてくれるといいのじゃが）

　腕のなかの赤子をゴコクに渡すと、イッシンは寝床に向かった。

五、『天啓』

その秋の日の午後、晴天広場から帰ってきてからイツシンは弟妹たちが収穫してきた食料を保存するための日干し作業を終えたあと、川の仕掛けの具合を観察しに集落から出ていた。

あいかわらず居住地から出てひとり歩きするのはイツシンだけだ。

片手に槍を持ち、色の変わった木々の葉を眺めそぞろ歩くこの実りの季節をイツシンは愛している。猛き動物も小動物も鳥も蓄えに励んでいる。

「兄者！　兄者どこじゃ⁉」

「ジュレ！　わしはここじゃ」

末弟ジュレイヌがすごい速さで近づいてくる。兄弟姉妹たちは声すら似ていたが、イツシンはもちろん全員をきき分けられる。

「シレイヌが襲われた」

「なんじゃと⁉　案内せい！」

弟の腕をつかんだイツシンは、そのまま足を止めさせず背を押した。

「どっちじゃ、どっちじゃ」

「クレスがよう落ちておるところじゃ。丸々したよいクレスがあまりに大量で、拾うのに夢中になっとったらシレイヌが離れてしもうたのじゃ、それで」

並走しながら弟の説明をきく。

「わしの弟妹に手を出すとは許さん！」

イツシンの怒りに、風のない午後、左右の木々がざわりと揺れた。

（またか！　また妹を狙われた！）

新たなる紅色黄色の葉が落ち、疾走によって舞い上がる。

「兄者、落ち着いてくれ。シレイヌは無事じゃ。その代わりな」

末弟の話が終わらないうちに林のなかの現場に着いた。

そこには襲われたらしい妹のシレイヌ以外にも弟妹たちが駆けつけていた。足下には倒れた人物がいて、それを囲むようにして血族以外の部族の男たちも複数いた。

「兄者」

「兄者、よう来てくれた」

「賢者さま！」

まずイッシンは足を止めたあと、深く息を吸い、自分を落ち着かせた。風にざわめいていた木々の揺れもようやくやんだ。

シレイヌは金髪の長い髪が乱れ、膝や裾を土で汚していたが目立った傷はみえない。いまはしっかりと他の妹に抱き寄せられている。

「話を順にきかせてもらおう、まずはシレイヌ、大丈夫か？」

血族以外の者たちに一言断ってから妹に声をかける。

「髪を引っ張られた拍子に髪飾りが壊れてしもうたのじゃ。あれは兄者が手彫りしてくれて大切にしておったのに」

「おお、元気そうじゃな。髪飾りはまた作ってやるからな。あと少しここで話をきかせてくれ。そしたらさきに戻って、サジュイヌたちに打ち身でもこさえてないかみてもらって、やすんでくれ」

妹の無事をたしかめてから、倒れている男、そしてこの場に居合わせている男たちを見回した。

〈コロス〉がいる。その部下たちもいる。地面に血で濡れた岩が転がっている。他は、賢者の一族を警護する若者を数人だしていたコ族の者たちだろう。

「シレイヌ。おまえを襲ったのはこの倒れているコ族の男か？」

「そうじゃ、背後から襲ってきた。抵抗しておったらこいつの仲間たちもやってきて仲間割れしておったな。いっしょになって襲おうという者とやめよという者とに分かれておった。そこにその、灰色狼の毛皮を着た男が乱入してきて、わしに圧し掛かっておった男の頭を殴りよった。あとは、灰色毛皮の男の仲間と、襲ってきた男の仲間との乱闘よ。それから、その物音をきいたみなが助けに来てくれたのじゃ」

「そうか、ようういうてくれた。あとでまた話をきくかもしれぬがさきに戻っていてくれ、ニツインがおったらこっちに来るよういってくれ。ジュレイヌだけは残ってくれんか」

弟妹たちのなかで末弟ジュレイヌだけ残して家に帰らせ、違う場所に狩りに行っているニツインが帰宅したらこちらに寄こすよう指示しておく。

弟妹たちが去っていく足音をききながら、イッシンは倒れている男の息を確認した。

「どうやら死んでおるようじゃの」

そういってコ族の男たち三人をみる。男たちはひるんだ顔つきで、次々に悪いのは殺されたその男だけだと弁解した。

「〈コロス〉、この件に関わったついでじゃ、手伝ってくれ」

「お、おう！　おまえたち」

「へい！」

抵抗するコ族の三人を土の柔らかい川岸に連れていくと、コ族三人で協力させて、それぞれひとりがしゃがんで入れそうな穴を三つ掘らせた。そしてひとりひとりを穴に入らせ、穴掘りのあいだに作っておいた格子の蓋を置く。男たちには顔と両手を蓋のうえに出させ、両手を格子に縛った。

このような見せしめ刑のようなかたちを知らぬ〈コロス〉とその部下たちが内心おびえている様子が手に取るようにわかる。イッシンは怒っていたのだ。だから大げさに脅していた。

「これからわしらがひとりひとり順に穴から出して遠くで話をきき出すので、残りのふたりが喋らぬよう見張っておいてくれるか？」

〈コロス〉にそういうと、声をかけられて嬉しいのかおびえが吹き飛び、黒い目をきらきらさせてうなずいた。

そこにちょうどやってきたニツインの手も借りてイッシンとジュレイヌがコ族の三人の話を順にきいた。内容としては襲われた妹のシレイヌにきいた通りだった。

妹がひとりでいる姿をみて邪《よこしま》な気持ちに駆られたコ族の男がいて、それに便乗しようとした者と止めようとした者がいた。問題はその全員が、コ族から賢者の一族を警護するために選出された若い男たちだったということころだろう。

コ族の若者たちの犯行に間違いないとわかると、末弟にコ族の族長の呼び出しと、遺体を運ばせる人手を頼む伝言をしに走ってもらうことにする。ひとりで行動させるのは嫌なので、一旦住居に戻って弟妹たちのだれかを連れていけという。

「わしはみなのなかで一番足が速いのに、だれかを連れていくと速さが落ちる」

末弟は文句をいっていたが、命じると従ってくれた。

「……それで兄者、どうするのじゃ」

次男からの問い。

川岸では三つ並んだ首を〈コロス〉の一族の者たちが棒でつついて遊んでいた。まだ日は高いが、秋の日暮れはあっという間だ。

焚き火の用意がいるなとおもいながらイッシンは喋った。

「コ族の族長に遺体とあの三人を引き取らせて、便乗しようとした男はコ族内で始末してもらおう。明日の晴天広場でこの顚末を語って、門番からコ族ははずそう。広場での序列も最後尾にまわそう」

この二年で午前中の広場でどこの氏族がどこに座るかは固定されてきており、賢者に恭順したのが早い氏族ほど前列に座れる。その列をコ族は最後尾にされるのだ。

「兄者がいう〈コロス〉たちは？　妹の恩人じゃろう」

「わしらをずっと見張っておったからできたことじゃがなあ。家の宝を盗もうとする狐を威嚇させるために狼を懐に引き入れていいものやら」

「危険か」

「わしらに自分をみてもらいたくてうずうずしておるのがわかるじゃろ？」

イッシンとニツインは、三つの首から離れた川岸の平らな岩にふたりで腰掛けて話していた。その様子を、〈コロス〉がしきりと振り返ってみてくる。

「そうじゃなあ、褒めてもらいたくてそわそわしているようにみえるな」

「あやつは他の氏族と足並み揃えて門番なんぞしたく

なかったのじゃ。自分のところだけわしら一族に特別に親しくされたいと望んでおるのじゃ。だから晴天広場にも寄ってこずに、それでいてわしらのことを見張っておった。まあ、執念深いやつらよ」

「手懐けられそうか？」

「面倒くさい」

それがイッシンのいつわらざる本音であった。ニツインが朗《ほが》らかに笑い声をあげる。それをきいて〈コロス〉が体ごとこっちを向いた。

「困った兄者じゃのう」

「妹を襲ったやつを殺すのはよいのじゃが、あの調子で、わしらのことを護るのは自分たちじゃと大きな顔をされると迷惑じゃ。他の氏族たちも面白くなかろう。叱ったりなだめたりせねばならぬのじゃぞ」

「それで、兄者の勘はどういっておるのじゃ？」

向こうの川岸に鹿の親子がみえた。人の気配に気づいてすぐに奥に引っ込んでいく。草木が盛んに繁るようになってから草食動物が増えた。川の水量も増して魚影も多くみえる。


イッシンは川面のきらめきを眺めていた。

イッシンはこれまで何度も判断を迫られる場面に遭遇してきた男だ。そしてそれを勘で切り抜けてきた男だ。

びょうびょうと風吹きすさぶ荒野。

いつ夜盗に襲われるかわからぬ道行き。

夜空の星々だけが豊かで、大地に心安らぐ場所がない。

人も獣も狂暴残酷で、信じられるのは血族だけ。

『漂流しても定住しても狙われる』

それこそ祖先たちが繰り返してきた歴史であり、積み上げてきた結果だ。

一族たちは居住地に残る者、移住先を探す者、囚われる者、四散したまま行方不明になる者などがいて数を減らした。

（ここに居着いたからこそ、妹たちも安心して妊娠出産できる）

だからこそ二年前にこの地の者たちと交渉してここに住まうことを決めた。そのことに後悔はない。

（わしがおもうに、旅に出た一族の他の者たちは安住する労力を厭《いと》うたのじゃなかろうか。それとも、いずれ大地の砂粒になるのならと、とうに未来を諦めていたのかもしれぬ。それはよくわかることじゃ。未来を諦めないということは、いま努力せねばならぬ。面倒じゃもの、自分だけのことなら適当にして、ほどよい年齢で死ねばいい）

そう、自分だけのことなら。

イッシンはよこに並んで座っているニツインの、自分そっくりでありながらちゃんと違いがある横顔をみつめた。

ニツインが視線に気づいてこちらを向く。鮮やかな青い瞳。この瞳の奥にどれほどの叡智《えいち》が宿っているだろうか。それを知るのは兄弟姉妹たちだけだ。

「勘ではない。ひらめきでもない。わしは、たとえ失敗しようとも、ここでできるだけ長く暮らしていけるよう工夫しつづけるほうがよいようにおもう」

ニツインはイッシンの目をみつめながらうなずいた。

「失敗して十年もせぬうちにまた旅立つことになっても、わしらは兄者に付いていくぞ」

「おお、嬉しいことばじゃ」

「わしらが今日まで生きてこられたのも兄者の『天啓《てんけい》』あればこそじゃ。いまの判断が『天啓』じゃないというのでもよいのじゃ。わしらのことを一身に背負って長として率いてくれる兄者がいうのじゃもの、わしは次男として兄者を支持する」

イッシンの勘は優れている。それは異能であろうといわれ『天啓』と呼ばれている。運命の分岐点においてその異能は発揮され、これまでの長い旅路において幾度も苦難や災難から逃れてきた。

弟の台詞に目を潤ませたイッシンは、ニツインの肩を抱き、その頬に唇を寄せた。そしてそのまま唇をよこに走らせて耳介を撫で、首筋を軽く吸う。

「ふふ、兄者。そのつづきは夜にしておくれ。灰色の者たちや地面から生えた首までもこっちをみておるぞ。みせつけたいのか？」

イッシンはむうとうなって離れた。他氏族にみせるなどもったいない。唇を尖らせたイッシンはその表情のまま立ち上がった。
ちょうど、川下から複数の足音が近づいてきていた。

六、千年への一歩

　イッシンはコ族の族長とはあっさり話をつけた。

　賢者の足下に膝をついた段階で前情報を知っていた老いた族長は青ざめており、話をきくにつけ若いやつらに対する怒りを抱えているようだった。これにより晴天広場に集う氏族たちのなかでの序列は最下位。新参扱いに戻るのだ。当然のこととして、門番を選出する仲間内からも弾き出される。

「そこに並べている首はコ族で引き取ってくれたらよい。仲間を止めようとしたやつもいるので、その者に対しては温情を与えてやってくれ。他の者についてはは内部で決めてくれたらよい。どうじゃ？」

「はっ。ありがとうございます！　今回は若い者が大変愚かなことをしましただなよ」

　ひとりの罪はその氏族すべての罪となる時代であったから、族長に付いてきた者たちも同時に頭をさげ、首だけ生えている者たちをみる目も冷たい。

　コ族の者たちが三人を罵りながら穴から引っ張り出し、蔦で両腕を拘束して連れていった。この時点で夕暮れが迫ってきており、ニツインが〈コロス〉の手下に声をかけて焚き火を作っていた。

（さて、残すは手柄を立てた〈コロス〉たちのことじゃな）

　暗くなるなか火に呼び集められるようにしてその場にいた六人の男たちが焚き火を囲む。イッシンとニツイン。〈コロス〉と部下三人。

「〈コロス〉」

　そうイッシンが呼ぶと、部下三人は焚き火の照らす範囲からさがって膝をついた。ニツインも一歩さがった。焚き火をあいだに対峙しているのはイッシンと〈コロス〉だけとなる。

　日が暮れていくにつけ、火に照らされたふたりの姿だけがくっきりと浮かぶ。川辺の林は黒色に染まり、秋の虫が鳴く。夜行性の動物も目を覚ましているころだ。

「わしらの妹を襲っていた者を殺すときどうおもっ

た？」

予想外の問いだったのか、黒い髪に目つきの鋭い〈コロス〉は少し目を見開いた。

「どう……？　た、助けようと」

やがて目をきょろきょろさせながらいう。

「あの男を殴りながらおもわなかったか」

泳いでいた目を捕らえてイツシンは力を込めて述べる。問いでありながら宣告するように。それは荒々しく、荒《すさ》んだ迫力をもつ〈コロス〉を圧した。

意識して威圧する。

身長の高さと、焚き火に光る黄金色の豊かな髪を、これでもかとみせて威嚇する。

十の兄弟姉妹たちを付けまわしている〈コロス〉の心はすでにこちらに傾いている。これまでそれを面倒だと放置していた。それをほんの少し、手助けしてやるのだ。足下を蹴り、完全に倒れ込んでしまうように。本当なら〈コロス〉がしたかったであろう状況にもっていってやる。イツシンの意図をこの場で理解しているのは斜め後ろに控えているニツインだけだろう。


「これでわしらに仕えることができる、と」

〈コロス〉の黒い瞳に一瞬おびえが走った。ぶるりと震え、灰色の毛皮を抱きしめる。

「お、おれっちは、そ、そんな」

心なしか膝を曲げ、萎縮したような体勢となる。

上から物を言われ、心が小さくなると人は体を折り曲げて防御の姿勢をとるらしい。

「手柄を立てたのじゃ、そなたの一族の者たちには内側の警護についてもらおう」

「う、内側」

「そうじゃ、柵を二重にする。外側は今まで通り氏族たちから選ばれた者たちに門番をしてもらおう。その内側の柵の門は、〈コロス〉、おぬしたちに任せよう。なんといっても、わしらに害なす者を屠《ほふ》ったのじゃ」

「お、おう……！」

イツシンの提案に〈コロス〉は歓声をあげた。他の氏族たちと明確に違いをだされ、心くすぐられた様子だった。

イツシンは初めて人にみせるような笑みを浮かべた。

〈コロス〉に向かって、よくやったというふうに。

ややや前のめりになっていた〈コロス〉は、ぽかっと口を開けて一歩さがった。

ふたりのあいだでパチパチと焚き火が爆ぜている。

「これからもわしらのために屠るがいい。そうすれば」

「そうすれば……？」

「ようやったと褒めてしんぜようぞ」

「う、ううっ」

浅黒い肌の頬にさっと血の気がのぼった。〈コロス〉は自分の情動に驚いたように肩をすくめ、うなずくような逃げるような素振りをみせた。

イッシンもそっと半歩引いた。

「そろそろ帰るとしよう。明日は晴天広場が終わったころに顔を出してくれ。柵を二重にする件を話し合おう」

「わ、わかった……。賢者さま」

長い枝のさきに火を移していたイッシンは視線だけをやった。

「おれっちらはやつらとは違う」

「〈コロス〉、そなたを別の名前で呼べるようになったなら、わしも心底違うと同意してやるのじゃがな。だが、このことについてはおいおい話そう。今日はご苦労じゃった」

火の始末を頼んでから、松明《たいまつ》を持ったイッシンはニツインと家に向かった。ふたりとも片手に武器を持ち、油断せず夜道を進んでいく。

しばしふたりのあいだは無言だった。

「……あんな感じでどうじゃろうか」

「帰ってからみなで話そう、兄者」

「まずかったか？」

「いや」

と、松明に照らされたニツインの秀麗な横顔がたびたび影に沈む。

「いかに兄者が人を誑し込んだかをわしがみなに話してきかせてやらねばならぬゆえな。兄者はわしのみなへの説明をきいておいてくれ」

「おいおい」

「あの灰色の毛皮の男が恥じらうおなごのようじゃったとみなにいわんと」

「それはニツインの目がおかしくなっとったのじゃろ」

「わしは、わしにみえたことを話すだけじゃ」

「それはともかく、よかったか悪かったかだけさきに教えてくれ」

ニツインを黙らせるわけにもいかないのでイッシンは妥協した。もう視界には門が入っている。

「よかったとおもうぞ。躾《しつ》けていくのはこれからじゃろうな。長いときがかかるじゃろう。わしらに入れ込んでおるという話は本当のようじゃから、手懐けがいもあろう」

「ふむ」

「……兄者、わしらはここでこれからも暮らしていけそうか？」

「この地域で一番荒々しい門番をこれから作るのじゃから、あれがここで長く暮らしていく地固めの第一歩となるじゃろう」

「よく吠え、よく嚙みそうじゃな」

そうニツインがいい終わるころに門に着き、門番たちに声をかけ戸を開けさせた。コ族の一件を知っているのか「おれっちらはやつらとは違う」と次々にいうのにうなずき、声をかけておく。

門から三十歩ほど行くと白い煙の出ている竪穴式住居がある。

イッシンもニツインも自然と肩から力が抜けた。

（さて、〈コロス〉はわしが望むような強固な盾になるじゃろうか。あれが盾になるようなら、この地で長く暮らしていく心算《しんざん》もできるというもの）

――殺すだけの男。押しつけがましい殺すだけの男。以前拒絶した男とその一族を取り込もうとしている。憧《あこが》れを含んでいるらしい執着を利用して、その牙《きば》や爪の向かうさきを主人にしてはいけないと諭《さと》し、その屠るさきはあちらだと教えていくことになるだろう。

（〈コロス〉たちの狂暴さを野生の獣退治として当てにしていたこの地域の者たちとわしも変わらぬな。いや、より巧妙にやってのけようというだけの話じゃ）

ニツインがまえに出て、頭をさげて戸口に入っていく。穴を掘って造られているため家屋に入るための下り階段がある。

「帰ったぞー」

「おかえり、兄者たち」

「怪我はないかえ？」

「夕餉ができておるぞ」

なかから、弟妹たちの明るい声がきこえる。イッシンは自然に浮かんだ笑顔のまま、なかに入っていった。

そして、イッシンの勘は明確に『これでよい』と告げていた。

婚約期間中の王族

一、お膝にのせたい

「兄上、お願いがあります」

今世王は殊勝《しゅしょう》な声を心がけた。この真剣なおもいが伝わりますように。

「なんだ？」

芳《こう》ばしい香りの黒茶の入った茶碗を手の平で撫でていた足弱は、目だけを動かしてこちらをみた。この行為は、ラセイヌ王国を統治し、崇拝《すうはい》されている今世王に対して行われたものであり、足弱以外に許される行為ではない。

緑溢れ、実り多き大地の支配者である今世王は、ごく真面目な顔でいった。

「膝にのってください」

庭に円卓をだし、二脚を肩が触れ合う距離で並べた午後の時刻。

台風の去った夏の終わり、白い大きな雲と、どこまでもつづく澄んだ青空が広がっている。日差しは案外強く、円卓のそばには日除けを持った侍従がふたり立っている。広大な緑園殿の庭園は落ちた枝と葉で雑然としていたが、それもまた風情があった。

足弱は手の平の茶碗に視線を落とし、一口飲んだ。

「レシェがまえ、そういったとき」

「はい」

「おれ、膝にのって、あちこち触られて……」

「はい」

「だから、のらない」

今世王はしばし前回のことを回想した。優秀で賢明な王はすぐにおもいだす。

甘い重みを膝に感じ、きれいな首筋から肌と花の香りを嗅いだ。肢体を支えるために腰に手をまわし、すぐそばにあった頰に唇を寄せた。

兄がくすぐったそうな声を漏らすので、胸が高鳴り、愛しい唇を塞いだ。ぶるりと震える体を落とさないよう抱きしめ、着物の合わせから手を滑らせて、兄の胸の飾りを指の腹で探った。

（……たしかに、触ったな）

足弱が声を漏らすたびに嬉々《きき》として口吸いをし、悶《もだ》える体をまさぐり、素肌が恋しくて着衣を乱した。

「わたしは、兄上の重みを膝に感じたいのです」

それだけです、と断言するように今世王はいった。

「……手を、動かさないならのってやってもいい」

「動かしません」

今世王は即答した。

足弱は茶器を卓におろし、手を椅子の背に置き、侍従に介助されながら立ち上がった。すぐよこに椅子を並べていた今世王は、円卓を少し移動させた。雲が動き太陽を隠したので、日除けを持つ侍従たちもさがらせる。皺のない艶のある絹を伸ばし、いそいそと姿勢を整え、両手を広げた。

「レシェ、手は肘置きに」

「はい」

今世王はにこにこしながら同意する。午前の執務を終えて緑園殿に戻った普段着姿の今世王は青い宝石の冠に、赤と青と黄色の花柄の上着を着ている。飾り帯にも花飾りがついて、華やかな容姿がさらに目を惹く。

足弱は花瓶に生けられた花々のような異母弟の膝のうえに、そろそろと腰をおろした。緑色の上着を着た足弱は、花束に埋もれていく青い野菜のようだった。

足弱は両手を弟の両肩に置いて、腰をひねる。お尻は片方の太腿にのせた。

「兄上、わたしにもたれてください。足を閉じますので、兄上も両足を膝のうえにのせてください」

「こ、これも膝に座ってるぞ」

「両手を動かしてよろしいですか?」

「だめだ。ちょっと待て」

足弱は右腕をぐっと今世王の首にまわして上体を胸に預けるようにしてもたれ、両足を持ち上げた。長い裾は素早く侍従たちが整え、今世王は片足を動かして、ついに両膝のうえに婚約者をのせた。自然と笑みが深くなり、くすくすとご機嫌な声が漏れる。

「レシェ、変だよ」

「何がですか」

「これ、そんなに楽しいのか?」

「はい、素晴らしく楽しいです。兄上は?」

「お、おれは……」

足弱は腕をまわしている首に顔を近づけてぼそっと囁いた。

「おれはなんだか恥ずかしい」

今世王はおもわず抱きしめたくなって、肘置きをぎゅっと握った。木製の椅子がぎしぎしと鳴った。

「何度か申しましたように、これは、ごく自然な行為です」

「そう、らしいな……」

「結婚を約束したふたり、伴侶となるふたりのするごくごく自然なことですよ」

「……そうだな、そうじゃないと、ちょっと距離が近すぎるものな」

「ええ、寄り添い合いますからね。愛しています兄上」

両手をしっかり肘置きに固定し、首に腕を巻きつけた兄を膝にのせたまま、今世王は堂々といった。

足弱は少しうつむき、ふふっと小さく笑った。

「さあレシェ、おれはおりるよ」

「もうですか」

「ああ、もういいだろう？」

「全然足りません」

「このあと、少し散歩をしよう」

荒れた庭園をみてまわりたいらしい。

「わかりました。では、最後に抱きしめさせてください」

懇願をたっぷり目に込めてみつめれば、足弱は視線を避けるように横顔をみせた。

（ああ、きれいだ）

今世王が目の前のうなじに見惚れていると、足弱は顔を戻し、うなずいた。

今世王は一度だけの抱擁《ほうよう》を無駄にはせず、ゆっくりと両腕と膝で兄の肢体と重みを感じ、唇を近づけて口吸いをも許してもらった。舌は蜜より甘い蜜をすすり、口内を存分にくすぐり、愛撫した。

豪華な花束のなかに埋没していた足弱は、離れたあと花の酔いから醒《さ》めるためにしばし深く息を吐いた。

「また、膝にのってくださいね、兄上」

「……つぎは口吸いもなしだ」

愛しい人を膝にのせたいだけなのに、どうしてどんどん条件が厳しくなるのか。
黄金の王は首をひねった。

二、お膝にのったら

暖かいとおもったら、やはり寒いを繰り返した春先。ようやく春が確定したように、太陽が連日ぽかぽかと広大な緑園殿の敷地を暖めている。

足弱はメイホウキの膨らんできた蕾《つぼみ》をみあげていた。優しい薄紅色である。

そんな春に合わせたように、侍従たちが今日用意した足弱の上着は、薄い黄色地に、白い淡い円が散った絵柄のものだった。飾り帯は品のいい灰色に黄色の線が等間隔に入り、象牙《ぞうげ》の飾りで留められている。

春先に蒔いた野菜の種も、ここ最近の陽気で芽をだした。畑の準備も進んでいる。苗を植えるのも近い。

足弱が手がける畑の作物は、薬草と野菜である。愛でる目的の花には食指が動かず、それらは庭園管理の〈寄道《よりみち》〉が以前と変わりなく率先して育てている。

お蔭で散歩や、馬車、乗馬をしているその折々に、季節の花をみることができる。

山で暮らしていたときは、老人が一輪の花を摘《つ》んで小屋に持ち帰って飾っていた。赤と黄色の紅葉を拾い、帯に挟んでいるのをみたこともあった。自然のなかの美しさを楽しむことを、そうしたことで足弱に教えていたようにおもう。

周囲に溢れ返る自然に対し、足弱の頭のなかでは食料のことが大半を占めていた。雪解けの川面の美しさ。冷えて切れるほどの澄んだ空。古木の趣。爪ほどの小さな花の群れ。それらをみつめて何かが胸の奥で動き、ざわめきさえ感じてもことばにできなかった。

「兄上、今日もお美しい」

待ち合わせ場所の王の房室前の庭に行くと、池を眺めていた今世王は振り向いていった。

午前の聴政から戻り、普段着に着替えた異母弟は、黄金色の肩まで緩く波打つ髪を珍しく結い上げて、銀色の髪飾りをつけていた。

白地に淡い紅色と黄色が、綿帽子のように肩を寄せ合っている上着に、白い飾り帯に、重ねて銀色の帯紐を結んでいる。色の白い今世王が、白っぽい着物を身に着けると、湖の精か何かのように足弱にはみえた。それとも春の清廉な空だろうか。

足を止め、無言で今世王を眺めていた足弱のもとへ、急ぐことなく弟が近づいてくる。

今世王はにこにこと笑みを浮かべている。

「昼食後はずっと散策をされておられたとか」

「ああ」

「気持ちのよい陽気ですものね」

「そうなんだ」

「ですが、そろそろ喉が渇いたのではありませんか」

右手を引かれて、足弱は用意されていた円卓に近づいていく。

「今日の装いもお似合いですね。兄上の清らかさと愛らしさを引き立てています」

また弟がよくわからないことをいっていた。

「服は、〈命《いのち》〉さんたちが選んでくれて……」

今世王は満足気にうなずいている。

「兄上、こちらに。昨日の昼からお会いしていなかったわたしを憐《あわ》れとおもって、どうぞここに」

卓のまえの椅子はひとつだけ座れるように引かれていた。足弱はそちらに誘導されていく。

「ここって」

「わたしの膝に」

腰に今世王の腕がまわり、ぐっと体が近づく。

「兄上の杖を」

「はっ」

左手からだれかが杖を取っていった。顔をぐるっと巡らすと、王付きも兄付きの侍従たちも庭の端に移動している。〈一進〉と〈温もり〉だけが、数歩先で膝をついて頭をさげて控えており、護衛たちは宮殿の廊下や、池の端までさがっている。

「兄上、膝に」

そういって、今世王は足弱の首筋に鼻を寄せ、頬を擦りつけた。

「兄上のよい香りがしますね」

嬉しそうにつぶやく。

（昨日の昼から会ってないって……そのまえの晩は）

これ以上深く繋がることができないほど密着してい

た。

「の、のらないぞ」

「どうしてです？」

「だって、のったら」

「ああ、まえもおっしゃっておられましたね。では、のせてからは触りませんから、兄上」

髪を結い上げて雰囲気が違う今世王が唇を重ねてきて、足弱はおもわずはっと息を吸った。首の後ろに手が置かれ、口内に入ってきた舌が深く探る補助をする。春の清廉な空にしては、欲望に忠実だった。

「ん、んぅ」

唇が離れたとおもったら、また覆うようにして吸いつかれた。

「は、っん……ううっ」

両手で頬を包まれて口吸いはつづき、両腕を今世王の首にまわすよううながされたときには、足弱は足がぶるぶると震えて目の前の弟に寄りかかっていた。

「座りますから、つかまっていてくださいね」

足弱を抱き寄せたまま今世王が椅子に座ると、椅子の背を支えていた〈一進〉と、裾を踏まないよう整えていた〈温もり〉はさがり、茶器が運ばれてきた。

足弱を膝のうえにのせてから、今世王は兄の背を撫でて支えるくらいしか触ってこなかった。

「約束は守ります」

なんの約束だったろうか。

「兄上の唇が赤くて、春の初々《ういうい》しい果物のようですね。摘《つま》んではいけませんか」

真面目な顔でそんなことをいうから、足弱は飲んでいた茶を弟の顔に噴き出しそうになった。そういう弟の唇だって赤い。

「黒髪が花の舞う風にそよぐ風情は、春の精のようだ。兄上、どうかずっとこの膝のうえにいてくださいね。風といっしょにどこかへ飛んでいってはいけませんよ」

その後も、今世王は足弱の衣服を乱したり臀部をさすったりといったことはしなかったが、しきりと甘いことばを告げてきた。春の清廉な空は霞《かすみ》がかっているようだ。

茶を飲み、体も気持ちも落ち着いたはずなのに、足異母兄弟は、侍従たちを連れて庭園の名所に向かった。


その午後、湖の精と春の精とお互いに比喩し合ったい力強い指が絡まってきた。

後ろで椅子から立ち上がる音がして、右手の指に長
「兄上のご案内ときいては断れませんね」

案内してやろうか、レシェ」

「さ、さっきみていたメイホウキのところまで、あ、
強引に足をおろした。

足弱は今世王の膝のうえでもじもじと体を動かし、
もこんなに近くて、髪が頬にふれるほど。

弟の懇願を、膝のうえからみおろすことになる。顔
のるのに躊躇してしまう。

これがあるから、触られるからだけじゃなく、膝に
今世王の膝にのると、これがあるのだ。

したから今世王が青い瞳でみあげてくる。

「もう少し……だめでしょうか」

「そんなことないだろう。もう、いいだろう」

「え。早いですよ兄上」

「レシェイヌ、そろそろ膝からおりるよ」

弱は面映《おもは》ゆくて顔が熱くなってくる。

三、使い古された杖〈温もり〉

足弱が赤い顔をして、椅子に腰掛けた今世王の膝からおりた。

メイホウキを観賞することに決めたふたりのもとへ、〈温もり〉が杖を持って近寄っていく。黒い漆の取っ手がつかみやすく、装飾は控えめながら工夫の凝らされた杖だ。

「兄上さま」

足弱は左手で受け取り、そのまま握って地面を突いた。

〈温もり〉が目をやると、隅に控えている〈命〉がうなずいた。うなずきを返した〈温もり〉は、そのまま足弱と今世王の邪魔をしない距離でそばに立ち、手に手を取った王族たちが歩いていくのにつづく。

「春は落ち葉が多い」

「春は花に目がいきますが、落ち葉もそういわれれば多いですね。歩きにくいですか？」

「そんなことないぞ。歩いて、踏んで、乾いた音をさせるのが好きだ。風に吹かれてかさかさいいながら動く」

「ああ、いい音ですね」

「これらの葉は、若い葉が生えてくるから、落とされたんだろうか」

「おそらく、そうでしょうね」

ふたりはゆったりと周囲を眺めながら会話を交わす。

春のこの一日の穏やかなひととき。このひとときを少しでも長くつづかせるために、灰色狼一族は存在している。

〈温もり〉はひしひしと責任を感じる。

このさきの自分が担うべき責の重さ。この、目の前を楽しそうに散策する王族ふたり、その奇跡。

兄付き侍従長の〈命〉は、ことあるごとに自分がやるべき役割を〈温もり〉に振り分ける。灰色狼一族の長である緑園殿長官からも〈命〉からも、つぎの足弱の侍従長は〈温もり〉であると内示を受けていた。

自負もあった。

なぜ、歳の近い〈一進〉が今世王の侍従長で、自分はその侍従の端にすら連なっていないのかと疑問を抱いて日々を送っていたくらいだ。自分なら〈一進〉に負けず劣らず勤め上げられると。

侍従として求められる礼儀、作法、気配り、知識、心得、剣術の腕まで磨いてその日を待っていたというのに。

いま、〈温もり〉は二十代の半ばを過ぎた。

主人である足弱は庶子であり、王族ほど長命ではないが灰色狼たちよりは長く生きる。

緑園殿で保護された直後、足弱がもっとも不安定だった時期を真心と経験によって支えたのは〈命〉だ。

そして、そのつぎは自分だ。

長年、年上の男と暮らしてきた足弱は、どこか自分より年輩の男性に強くいえないところがある。おもわずいうことをきいてしまうところがある。いまはそれがうまく働いている。

〈命〉は足弱の性格と、自分の有利な点をちゃんと把握して、それをもってより主人のためになることを計画してきた。

(わたしにその手は使えない。でも……兄上さまにもっとも長く仕えた侍従として、愛着を持っていただけるかもしれない)

いつか、足弱を支えつづけたさきで、使い古された杖のようになりたい。

「よく働いてくれた。ありがとう。もう休んでくれ」

そう、いつか、そんなことばをかけられる杖でいられるように、この日々を励むのだ。

四、最後の一口

灰色狼たちが長い袖を優雅に揺らして、庭の一角に円卓と椅子を設置した。

日増しに陽気が春めいて、冬に縮こまっていた心身が伸びやかになる季節となった。春風駘蕩《しゅんぷうたいとう》たる緑園殿の庭さきで、足弱は今世王と共にトウモレイヤの実を潰した薄焼きを食べていた。この薄焼きのうえに切って味付けされた果物がのっている。

果物をのせた薄焼きは一口で食べられるほどの手頃な大きさで、足弱はつづけて二個食べた。三個目を食べようとしたとき、池で魚が跳ねた音がした。足弱はそこで、波紋の広がる湖面を眺めながらの、ながら食いをしようとして薄焼きを口に入れそこねた。

「おっと」

足弱が視線を戻して口に咥《くわ》え直したときには、うえにのっていた果物の一片は円卓をてんてんと転がっていた。

左手に薄焼きを持っていた足弱は、右手でその一片を追った。赤い果実は透明な蜜を垂らして逃げる。果実を捕まえた足弱は、薄焼きの上にのせ直し当然のように食べようとした。

「兄上」

「兄上さま」

「兄上さま」

円卓の向かいに座っている今世王と、左右にいる侍従長〈命〉と〈温もり〉から制止の声が飛んできた。

「きれいだ」

簡潔に答えた足弱は、拾った果実の一片と薄焼きを再び口に入れようとした。

「兄上、まだたくさんありますよ」

「これを最後の一口にする」

新しいのをもうひとつ食べるより、これで締めくくってしまおうと足弱はおもった。昼餉もしっかり食べていたので、そんなに腹は空いていない。三個食べればもう十分満たされた。

「兄上の最後の一口、わたしに譲っていただけませんか」

「――え？」

今世王は皿にだされた分を平らげ、卓に頬杖をついて足弱に微笑んでいた。

足弱は手に持った薄焼きと、今世王の白い顔を交互にみた。

「レシェは、新しいの食べろよ。おまえなら、もう一個くらい食べられるだろ」

「兄上の、その一口がいいです」

「え……でも、これは……」

自分が食べるのは平気だが、弟が食べるとなると足弱は躊躇した。

「こんな、もう汁も落ちた小片じゃなくて、〈雪解け〉さんが丹精込めて作ってくれた新しいのを食べたほうがいいとおもうな。これは転がったし、味も落ちているとおもう」

「そうですか？」

「そうおもうぞ」

「でも、兄上の、欲しいな」

「だめだ」

そういうと足弱は持っていた薄焼きを皿に置き、〈温もり〉が差し出していた布巾で手を拭《ぬぐ》うと、新しいのをだしてくれるよう給仕に合図した。

「ホライカのにしてください」

さきほど食べようとした赤い実より、朱色をした甘くて味が濃いホライカのほうがさらに美味しかった。

給仕の青年が足弱のまえに置くと、足弱はその皿を持ち上げて今世王のまえに移動させた。

「ほら、レシェ」

「ありがとうございます、兄上」

今世王はにこにこしながら受け取り、上品にホライカの果肉をのせた薄焼きを半分食べた。艶やかな唇が笑みを作り、それをみている足弱も笑顔を浮かべた。

「兄上、お礼に半分どうぞ」

「なんだ、全部食べてもいいのに」

そういいながら、差し出された半分を足弱はちょっと身を乗り出して食べた。

ホライカにかけられた蜜は、果肉の濃い甘さとは違う甘い味がした。そのふたつの甘さを、トウモレイヤの素材だけの味がくるむ。この味の落差が楽しい。最後にさっぱりした青茶を飲むと、充実した間食のひとときを過ごした気分になる。

「美味しかったな、レシェイヌ」

「そうですね、兄上」

足弱は皿に置いた赤い果実の一片のことをおもいだして目で探したが、もうすでに片づけられていた。

「兄上、さきほど跳ねた鯉をみませんか」

今世王が椅子を灰色狼に引かせて立ち上がる。

「ああ」

杖を受け取った足弱も立ち上がった。

あとがき

このたびは「緑土なす　新婚旅行と、遠い雷鳴」をお手に取っていただき、ありがとうございます。このシリーズを刊行し続けることができたおかげで、「王族ふたりの東への新婚旅行」と「王族への忠誠を誤った狼」や「古代の王族と灰色狼一族の出会い」までも書くことができました。

本編について。王族ふたりは新婚ということで、いちゃいちゃしています。これほど王族を敬慕している灰色狼一族のなかから、王族を攫《さら》って逃げた者がいたかもしれない。そんな場合、灰色狼一族はどうしただろうと想像していて「病んだ狼」やその討伐を担う者たちが浮かびました。

なお、足弱は王都へ帰還後「烏賊焼《いかや》き」を食することができたことを記しておきます。

古代編の花と狼は、ぼんやりとした情景段階だったものをこの機会にはっきりさせました。

user先生、本書も素敵なカバーと挿絵、とても嬉しいです。そして大変な作画の果てに、ついにコミカライズコミックス第一巻発売（令和六年四月十日）！　おめでとうございます。

編集担当者さん、今作もよりよくなるようご助力をいただきありがとうございました。いつも感謝しております。

その他、本書に携わってくださった皆さまに御礼申し上げます。

読者の皆さまに、少しでも楽しんでいただければ幸いです。ぜひ、漫画版もご覧ください。

令和六年二月　　　　　　　　　　　　　　　　　　　みやしろちうこ

孤独な王×
山で野人のように
暮らす男
モンスター級BL小説、
絵師userによる待望のコミックス発売！
BBCDX
「緑土なす1」
漫画・user《ユーザー》　原作・みやしろちうこ
2024年4月10日発売予定
定価790円（10%税込）

国土に緑をもたらす最後の王と、
山奥で野人のように
暮らしていた男の恋
そして、ふたりを護る
王族命の家臣一族
「灰色狼」の物語
誰もが認めるWEB発BLノベル
モンスター級の傑作!
緑《りょく》土《ど》なす
著・みやしろちうこ　イラスト・user《ユーザー》
黄金の王と杖と灰色狼
きみ抱きて大地に還る
きみに捧げる花の名は
天から降る黄金の花《はな》弁《びら》
祝祭の残り香にひたる
新婚旅行と、遠い雷鳴
絶賛発売中
サイズ：四六判
特設WEB　https://www.b-boy.jp/special/ryokudo/

「はなれがたいけもの」
八十庭たづ　ill／佐々木久美子

「賢者とマドレーヌ」
榎田尤利　ill／文善やよひ

「緑土なす」
みやしろちうこ　ill／user

「愛を与える獣達」
茶柱一号　ill／松基 羊

初　出

新婚旅行と、遠い雷鳴／書き下ろし
古代編　花と狼～十人の到来～／書き下ろし

婚約期間中の王族
＊上記の作品は「つむじかぜ」
（http://romacy.blog23.fc2.com/）に
期間限定で掲載された作品を加筆修正したものです。

『緑土なす　新婚旅行と、遠い雷鳴』をお買い上げいただきありがとうございます。
この本を読んでのご意見、ご感想など下記住所「編集部」宛までお寄せください。

アンケート受付中
リブレ公式サイト　https://libre-inc.co.jp
TOPページの「アンケート」からお入りください。

緑土なす

新婚旅行と、遠い雷鳴

著者名　みやしろちうこ

発行日　2024年2月19日　第1刷発行

発行者　太田歳子

発行所　株式会社リブレ
〒162-0825 東京都新宿区神楽坂6-46 ローベル神楽坂ビル
電話　03-3235-7405（営業）　03-3235-0317（編集）
FAX　03-3235-0342（営業）

印刷所　株式会社光邦
装丁　ウチカワデザイン
本文デザイン　ウチカワデザイン
高津深春（CoCo.Design）
企画編集　安井友紀子

Printed in Japan
ISBN978-4-7997-6611-8